L'appartement aux cinq fenêtres

Charlotte Jacques

L'appartement aux cinq fenêtres

Roman

LE LYS BLEU
ÉDITIONS

ISBN : 979-10-377-1926-3

Chapitre 1

Jeanne Morand ouvrit la porte, la referma doucement et déposa ses clefs sur la console de l'entrée. La chaleur dans laquelle baignait son appartement contrastait avec le froid glacial de ce mois de novembre qui l'avait giflée lorsqu'elle était sortie du taxi. Elle fit quelques pas dans le couloir et adressa un sourire à la jeune fille qui avait refermé son livre en l'entendant entrer et s'affairait maintenant dans le salon pour récupérer ses cours éparpillés sur la grande table.

— François n'est pas rentré ? s'enquit-elle.

— Non, madame, je ne l'ai pas vu, c'est Évelyne qui m'a ouvert quand je suis arrivée.

Jeanne hocha lentement la tête en retenant un soupir de mécontentement, tendit un chèque à la baby-sitter, pianota un moment sur son portable et la congédia en lui disant qu'un Uber l'attendait dans la rue. Ensuite, elle retira enfin ses hauts talons. Ayant déposé son sac et sa veste sur le dossier d'un canapé, elle marcha silencieusement vers les chambres des enfants situées au fond du couloir. Dans la première, Alexandre dormait profondément, les bras serrés autour de son oreiller. L'aîné des Morand-Baussère n'avait jamais su dormir autrement. Elle sourit, caressa tendrement ses cheveux bruns, remonta la couette sur ses épaules et quitta la pièce sur la pointe des pieds. À côté, le repaire de Gaspard était encore éclairé par la veilleuse du petit garçon. Sa peur-panique du noir durait depuis plus d'un an maintenant. Blotti sous sa couette, il disparaissait presque entièrement dessous, comme s'il avait voulu se soustraire à la lumière malgré tout. Le pouce dans la bouche, les autres doigts enserrant l'oreille de son doudou, il dormait lui aussi à poings fermés. Elle l'embrassa et passa dans la dernière chambre, l'ancien bureau de François, avant l'arrivée de Louise. La benjamine de leur famille sommeillait paisiblement, étendue sur le dos. Ses boucles blondes répandues sur son oreiller lui donnaient l'air d'un ange. Elle souriait, perdue dans ses rêves. Jeanne resta un long moment debout, au pied de son petit lit à barreaux pour la contempler, le cœur lourd. Depuis sa naissance, plus de quatre ans après celle de Gaspard, elle était déchirée entre l'envie obsessionnelle de continuer à plaire à son compagnon et l'envie d'aimer sa fille de tout son cœur, comme elle aimait ses aînés. Happée par son travail et par le regard de François, elle délaissait pourtant les trois enfants qui étaient confiés à une nourrice toute dévouée à eux depuis de longues années. Ces derniers temps, il arrivait qu'une baby-sitter prenne le relais, comme ce soir-là, parce qu'ils étaient souvent retenus par une soirée ou un dîner à l'occasion duquel il fallait à tout prix se montrer sur son trente-et-un et paraître heureux. Jeanne était fatiguée de ces faux-semblants. Elle avait l'impression qu'ils lui avaient volé son bonheur. Autrefois, ils partaient en week-end à la campagne, dans la maison qu'ils avaient acquise au début de leur vie de couple. Alors, lorsque son travail lui laissait enfin quelques jours de repos, François y allait seul. Il disait qu'il avait besoin de calme et de silence et qu'être à l'appartement le week-end ne lui permettait pas de se reposer. Parfois, il emmenait leur aîné et lui imposait des entraînements sportifs trop lourds pour son jeune âge. Il n'écoutait pas les remarques de la jeune femme, lui répliquait que ce n'était pas en le chouchoutant qu'on en ferait un homme. Elle n'osait plus rien dire… Tout en laissant libre cours à ses pensées, Jeanne avait retiré une à une les épingles qui retenaient son chignon pour rendre leur liberté à ses boucles châtaines. Elle s'était lentement démaquillée et ses yeux avaient perdu leur éclat. Banals yeux marron qu'elle peinait de plus en plus à illuminer chaque matin… Elle s'observa dans le miroir de la salle de bain. Son reflet lui renvoya l'image d'une femme fatiguée dont les cernes n'étaient plus dissimulables et dont les épaules s'étaient voûtées au cours des derniers mois. D'ailleurs, toute sa silhouette s'était transformée et elle ne s'aimait plus. Rageusement, elle se débarrassa de sa robe qu'elle abandonna sur le carrelage, enfila une nuisette et se glissa dans le grand lit qui trônait au centre de leur chambre. Elle éteignit la lumière. Au même moment, la porte de l'appartement claqua, le couloir s'éclaira, des pas résonnèrent, faisant craquer le parquet, et l'ombre de François apparut.

— Jeanne ? s'enquit-il doucement.

— Je ne dors pas, tu peux allumer, lui répondit-elle en se redressant pour s'asseoir.

Il obtempéra, referma la porte et s'assit au bord du lit pour retirer ses chaussures sans même la regarder. Sa veste atterrit sur le dossier du fauteuil, tout comme sa chemise immaculée et son pantalon gris foncé. Sans un mot, il passa dans la salle de bain.

— Où étais-tu ? fit-elle lorsqu'il revint. Je t'avais dit que j'avais un vernissage ce soir et tu étais censé garder les enfants, pas demander à une baby-sitter de le faire à ta place !

— Jeanne, il est presque deux heures du matin… Si tu comptes me faire des reproches, autant m'envoyer directement dormir sur le canapé, répliqua-t-il les mains sur les hanches, debout au pied du lit.

— François… soupira-t-elle en levant les yeux au ciel.

— Putain ! Jeanne, mais qu'est-ce que tu as en ce moment ? s'énerva-t-il, les sourcils froncés.

— Je t'ai posé une question, et toi, comme d'habitude, tu me réponds par une autre question !

— Je dînais avec des associés. Ce n'était pas prévu mais comme on signe à la fin de la semaine prochaine, je ne pouvais pas dire non. Voilà, tu es contente ? On peut dormir maintenant ?

Jeanne acquiesça d'un mouvement d'épaules. Il avait toujours une bonne excuse, c'était pire qu'agaçant, elle se sentait humiliée par sa répartie, elle qui avait perdu toute sa verve depuis quelques mois. Il s'allongea et lui jeta un regard appuyé, la sondant tout entière de ces yeux gris dont leurs trois enfants avaient hérité.

— Tu n'es pas satisfaite, nota-t-il.

Elle ne pouvait soutenir ce regard d'acier plus longtemps, surtout pas ce soir alors qu'elle se sentait si fatiguée. Aussi, baissa-t-elle les yeux avant de s'étendre et de lui tourner le dos. La voix de François s'éleva à nouveau :

— Jeanne, mais qu'est-ce que tu as ?

— Je suis fatiguée, répliqua-t-elle sèchement, espérant qu'il n'insisterait pas plus longuement.

— Prends ta journée demain, la galerie tourne bien, Claire et Jérémie comprendront.

— Merci pour ton conseil, claqua-t-elle en se pelotonnant davantage sous les draps.

— Tu ne pourras pas me reprocher de ne pas avoir voulu t'entendre et de ne pas avoir tenté de t'aider, conclut-il sans insister en éteignant la lumière. Bonne nuit.

Il se tourna dos à elle et le silence revint. Elle remonta la couette sur son visage tandis que des larmes silencieuses coulaient le long de ses joues sans qu'elle comprenne pourquoi.

Le lendemain matin, le rythme trépidant de leur vie parisienne reprit son cours, comme la veille, comme tous les jours depuis quinze ans. Éteignant son réveil, François se leva le premier, disparut dans la salle de bain, revint rasé de frais, enfila un nouveau costume, serra son cou dans une cravate, passa une main dans ses cheveux blonds coupés en brosse et quitta leur chambre. Restée seule, elle se leva à son tour, fourbue, fatiguée, espérant que la douche effacerait les traces de sa mauvaise nuit. Lorsqu'elle le rejoignit dans la salle à manger, il emplissait son bol de café et l'odeur du pain grillé flottait dans la pièce.

— Bonjour, lança-t-il en lui souriant.

— Bonjour, souffla-t-elle en s'asseyant près de lui.

Elle se sentit observée tandis qu'elle portait son bol à ses lèvres. Concentrée sur ses mouvements, elle tenta de se soustraire à son regard perçant.

— Chérie, qu'est-ce que tu as ?

Jeanne tressaillit. Il y avait bien longtemps qu'il ne l'avait pas appelée ainsi et c'était la troisième fois qu'il lui posait cette question en quelques heures. Bien sûr, si elle avait eu une réponse, elle la lui aurait donnée. Cependant, elle n'en avait aucune. Son cerveau était à la fois vide et empli de mille pensées. Elle était au bord des larmes, à fleur de peau. Tout son être lui hurlait de se laisser aller mais elle n'y arrivait pas, elle voulait, elle devait garder le contrôle, ne pas craquer devant lui. Qu'allait-il penser d'elle ? Ses muscles se tendirent, ses entrailles se serrèrent, se tordirent, même. Un sourire crispé naquit sur son visage.

— Juste un petit coup de fatigue. Je t'assure que tout va bien, je me reposerai ce week-end, lui répondit-elle en plongeant courageusement son regard dans le sien.

— Je demanderai à ma mère de venir chercher les petits, si tu veux, ce sera plus calme pour toi.

— Pourquoi pas ?

— On en reparle ce soir ? Je suis en retard, il faut que je file, s'exclama-t-il en se levant après avoir jeté un coup d'œil à la Jaeger-LeCoultre attachée à son poignet.

Elle hocha la tête, surprise qu'il prenne le temps de déposer un baiser sur sa tempe avant de disparaître. Quelques instants plus tard, il claquait la porte de l'appartement. L'horloge accrochée au mur indiquait sept heures et quarante-cinq minutes. Elle se leva et traversa le couloir pour aller réveiller ses aînés. Alexandre émergea en souriant, Gaspard en bâillant. Ils jaillirent de leurs petits lits et coururent à la salle à manger pour y prendre leur petit-déjeuner. Évelyne arriva pendant que Jeanne terminait de se préparer. La nourrice habilla, débarbouilla et peigna les deux garçons qui se disputaient presque pour lui raconter leurs rêves. À cette femme qui s'était occupée d'eux depuis sept ans, ils disaient tout. Elle, elle ne recevait jamais aucune confidence, ne soignait aucun bobo et se révélait piètre consolatrice lorsque l'un ou l'autre faisait un cauchemar. Elle avait pourtant essayé de renouer avec eux au moment de la naissance de Louise mais le mal était fait. Elle les avait trop délaissés, trop éloignés d'elle. Ils ne l'embrassaient même plus, de peur d'abîmer son beau maquillage. Après l'avoir saluée de la main, ils descendirent avec leur nourrice, cartable au dos et elle les déposa à l'école située à quelques mètres à peine de l'immeuble. Jeanne enfilait ses talons, vêtue de son tailleur-pantalon préféré, lorsqu'elle revint.

— Bonne journée, Évelyne ! s'exclama-t-elle en quittant l'appartement alors que Louise n'était même pas encore réveillée.

Elle ouvrit sa galerie à dix heures, après avoir passé en revue le catalogue des ventes des deux dernières semaines en compagnie de ses associés. Claire et Jérémie travaillaient pour elle depuis près de deux ans maintenant. C'est à Claire, une stagiaire extrêmement talentueuse, qu'elle avait confié les rênes de son bijou lorsqu'elle avait dû prendre son congé maternité quelques semaines avant la naissance de Louise, épuisée par sa grossesse. La jeune femme avait engagé Jérémie pour la seconder en comptabilité et comme les affaires fonctionnaient bien, Jeanne avait décidé de le garder à son retour. À eux trois, ils avaient un œil sur les artistes les plus en vogue du moment et ne rataient aucune occasion de développer leur marché avec du neuf. Claire savait, tout comme Jeanne, repérer une sensibilité, une particularité qui ferait toute la différence. Jérémie leur apportait un regard plus masculin, plus terre-à-terre et leur trio remportait de francs succès. Jeanne tenait cependant à rester maîtresse de sa galerie et il lui arrivait de plus en plus souvent de jalouser ses collègues pour leur jeunesse et la liberté avec laquelle ils se laissaient vivre. Elle aurait voulu, elle aussi, avoir encore l'énergie de ses vingt ans, ne pas être une compagne fidèle, encore moins une mère, pour pouvoir disposer de son temps comme elle le souhaitait. Elle prenait de moins en moins part à leurs conversations, se sentant en décalage constant avec eux. « Quelle horreur de vieillir ! » se dit-elle en sentant la fatigue de la veille refaire surface en milieu d'après-midi alors que ses deux associés se demandaient à quel endroit ils allaient retrouver leurs amis pour faire la fête le soir même. L'entrée d'un visiteur la ramena au présent et elle s'empressa de lui faire bon accueil, sourire aux lèvres et regard charmeur. Il ressortit une heure plus tard, non sans avoir laissé un énorme chèque à la jeune femme. Au moins pouvait-elle encore compter sur ses charmes pour séduire un potentiel acheteur !

*

Jeanne avait rencontré François à la fin de sa cinquième année d'études. Étudiante en histoire de l'art à l'École du Louvre depuis son bac, elle passait le plus clair de son temps à la bibliothèque, le nez dans les livres, ou dans les galeries du musée, crayon et carnet de dessins à la main. Elle sortait peu, n'avait pas un sou en poche et vivait dans une toute petite chambre de neuf mètres carrés au dernier étage d'un bel immeuble haussmannien du cinquième arrondissement. Lorsqu'elle apprit qu'elle avait réussi le concours d'entrée dans l'école de ses rêves, quelques années plus tôt, elle avait eu du mal à y croire. Prisonnière d'une petite ville du Nord de la France depuis sa naissance, elle avait enfin trouvé son ticket de sortie ! Elle avait obtenu une bourse et partit donc, un matin de septembre, avec un grand sac à dos et une valise pleine à craquer de vêtements et de livres. Ses parents lui ayant offert un aller simple pour Paris, elle n'était jamais rentrée à Dunkerque. De toute façon, elle ne s'était jamais entendue avec eux. Ils ne vivaient que pour la mer et la pêche et elle avait horreur de ça. Elle, elle aimait l'art, les livres, les tableaux, la sculpture, le luxe. Elle s'était réfugiée dans les méandres de sa passion et avait travaillé d'arrache-pied pour obtenir son bac et réussir ce concours. Une fois arrivée à Paris, elle tourna le dos à son passé, à son enfance malheureuse et à son adolescence silencieuse. Tout ce qui lui venait de ses parents, leurs principes, leurs valeurs, elle avait tout rejeté en bloc et s'était ouverte à la vie telle qu'elle la désirait. Elle s'était délivrée de son carcan, laissant ses longues boucles châtaines cascader librement jusqu'au milieu de son dos, ne les attachant plus que par des foulards bariolés noués à la va-vite ou par un crayon lorsqu'elle avait besoin de se concentrer sur quelque chose. Adieu les robes de petite fille, elle avait troqué ses vieux vêtements contre des jupes longues, des jeans slims, des blouses et t-shirts de couleurs et des gilets de grosse maille aux poches profondes dans lesquelles elle pouvait emporter ses trésors. Elle avait appris à mettre en valeur ses grands yeux noisette en les surlignant d'un trait doré et avait fini par apprécier son teint légèrement plus mat que celui des gens qu'elle avait toujours côtoyés. Les origines espagnoles de sa mère lui déplaisaient alors qu'elle vivait dans le Nord de la France. À Paris, elles passaient inaperçues et elle se réjouissait de ne pas avoir besoin de se maquiller les joues pour avoir un beau teint en plein hiver. Lorsqu'elle n'étudiait pas, elle servait dans une brasserie proche de chez elle pour avoir un peu d'argent de poche. Elle avait quelques amis mais préférait souvent la solitude qui lui permettait de laisser libre cours à ses grands rêves. Et elle rêvait… Elle voulait se faire connaître et être reconnue, elle voulait de l'argent, beaucoup d'argent, elle voulait qu'on se retourne sur son passage dans la rue, elle voulait qu'on murmure lorsqu'elle entrerait dans une pièce. Elle avait de grands rêves mais, selon elle, pas encore les moyens d'y parvenir. Ce soir-là, dans la brasserie, deux hommes fêtaient leur réussite avec leurs amis. En écoutant d'une oreille leurs conversations, Jeanne avait compris que, sortis d'une prestigieuse école de commerce cinq ans plus tôt, ils avaient créé une start-up au cours de leur scolarité. Ils s'étaient endettés pour qu'elle prenne de l'ampleur et, ce jour, leurs efforts étaient récompensés : ils gagnaient enfin leur vie et l'entreprise tournait très bien. Ils décrochaient de plus en plus de contrats à l'international et vivaient enfin leur rêve. Le champagne coula à flots une bonne partie de la soirée puis les invités commencèrent à s'égailler. Il ne resta bientôt plus qu'un petit groupe de jeunes trentenaires, éméchés et heureux, qui parlaient fort et riaient grassement.

— Tu peux y aller, Jeanne, je ferai la fermeture, lui lança son patron. Ils ne vont plus tarder, de toute façon.

La jeune fille hocha la tête, ravie de pouvoir enfin partir. Elle avait le dos rompu et les pieds douloureux. Retirant son tablier, elle rendit également leur liberté à ses cheveux, récupéra son sac et sa veste et quitta la brasserie. Sur la terrasse, l'une des deux stars de la soirée s'amusait à faire rire deux jeunes filles debout près de lui. Il lui sourit lorsqu'elle arriva à leur hauteur. Elle en rougit et fit mine de ne pas l'avoir vu.

— Mademoiselle, murmura-t-il pourtant alors qu'elle le dépassait, puis-je vous offrir un verre pour vous remercier de nous avoir si bien abreuvés ce soir ?

Les deux poupées se turent et la détaillèrent des pieds à la tête. Elle se sentit affreusement mal, coincée dans la vieille veste aux teintes passées qu'elle avait dénichée dans une friperie quelques jours plus tôt et qui dissimulait mal sa tenue de serveuse. Les deux femmes qui lui faisaient face brillaient, perchées sur des talons vertigineux, coiffées et maquillées avec soin. Leurs robes devaient valoir une fortune. Humiliée par un simple regard, Jeanne secoua la tête et fit quelques pas pour quitter la terrasse.

— Excusez-moi, je dois vraiment rentrer, j'ai cours demain, se justifia-t-elle sans regarder en arrière.

— Attendez, reprit le jeune homme insistant, en plantant les deux sirènes sur le trottoir pour lui emboîter le pas. Dites-moi au moins votre nom, ça ne vous engage à rien !

— Jeanne, souffla-t-elle en s'arrêtant à nouveau pour plonger ses yeux bruns dans les siens.

L'éclat d'acier de son regard la fit tressaillir. Il était à la fois vif et doux, coupant et tendre. Elle sentit les battements de son cœur s'accélérer et s'obligea à détourner la tête pour ne pas se sentir happée plus longtemps par ses yeux ensorcelants.

— Vous avez un très joli prénom. Je suis ravi d'avoir fait votre connaissance, Jeanne, et j'espère que nous nous reverrons très vite, lui déclara-t-il en souriant.

Elle ricana. Comment pouvait-il être sincère alors qu'il y avait deux magnifiques jeunes femmes aux décolletés plongeants pendues à ses lèvres quelques minutes plus tôt ?

— Qu'est-ce qui vous fait rire ? s'enquit-il.

— Ce que vous venez de dire. Regardez-moi et regardez vos amies. Rien à voir. Nous ne sommes pas du même monde, monsieur. Ce soir, vous avez bu et moi j'ai empli vos verres avant de les nettoyer, claqua-t-elle en croisant les bras.

— J'ai dû boire un peu trop parce que je ne comprends pas ce qu'il y a de mal à vouloir être poli, répliqua-t-il en se penchant vers elle. Je souhaitais simplement vous remercier.

— Eh bien dans ce cas, je vous remercie de m'avoir remerciée et vous souhaite une bonne nuit, monsieur, fit-elle en lui adressant son plus beau sourire, rêvant du moment où elle serait enfin débarrassée de lui et des regards perçants des deux jeunes filles postées à quelques mètres d'eux et qui ne semblaient pas perdre une miette de leur conversation.

— Je m'appelle François, lui répondit-il encore. Dites-moi, mademoiselle, que faut-il faire pour que vous vous détendiez un peu ?

— Je ne suis pas tendue, répartit-elle. Vous avez beaucoup trop bu et demain vous ne vous souviendrez plus de rien. Allez donc retrouver vos amies, elles se languissent de votre présence. Bonne nuit, François !

Elle s'était éloignée fièrement mais pendant des jours elle n'avait plus pu se sortir le visage du jeune homme de la tête. Ses cheveux blonds coupés en brosse, ses yeux gris, son sourire arrogant et sa haute stature hantaient ses rêves. Les portes de la gloire s'étaient ouvertes pour lui, il gagnait sa vie et, à en juger par le costume et la montre qu'il portait fièrement, il la gagnait plutôt bien. Elle regrettait de ne pas avoir su profiter davantage de ce qu'il aurait pu lui offrir. Toutefois, en elle-même, elle repensait à sa petite chambre, à ses petites études, à son petit portefeuille et elle se disait qu'elle aurait eu honte de lui parler de tout ça. Mieux valait qu'ils ne se recroisent pas. Pas tout de suite, en tout cas. Dans quelques années, lorsqu'elle serait sortie de l'école des marchés de l'art, alors, peut-être que ça vaudrait le coup… Elle en rêvait au milieu de ses livres, pestant contre ses révisions qui n'en finissaient pas… Un matin, en parcourant distraitement le journal qu'elle avait pris en entrant dans le métro, elle croisa son regard figé sur une photo. L'article faisait le tour des start-up montantes et la sienne était en première ligne. Dans une interview, il expliquait au journaliste comment l'idée lui était venue de développer une telle activité et comment il avait fait en sorte que ça fonctionne. Aujourd'hui, il voyageait dans le monde entier, entretenait des relations avec les patrons des plus grosses boîtes européennes et frôlait des sommets chaque fois qu'il décrochait un contrat. Il admettait n'avoir pas eu beaucoup de vie ces dernières années mais glissait que cela faisait partie du jeu et que le jeu en valait la chandelle. Jeanne découpa l'article et le garda précieusement. Le nom de François Baussère commença à circuler autour d'elle. Ses quelques amies de l'École du Louvre se pâmaient lorsqu'une nouvelle photo de lui apparaissait. Et moi qui ai refusé son invitation, soupirait-elle en ajoutant chaque photo, chaque article à sa collection, au fond d'une petite boîte qu'elle cachait sous son lit. Comme les partiels approchaient, elle suspendit, comme chaque année depuis cinq ans, son contrat avec la brasserie pour se concentrer sur ses examens. Elle oublia tout pour ne plus s'occuper que des épreuves qu'elle passa les unes après les autres, dans un état de stress et d'excitation intense. Le soir de son retour à la brasserie, alors qu'elle s'apprêtait à partir, son cœur eut un raté. Il était là, debout sur le trottoir d'en face, les mains dans les poches de son costume. Elle se mordit les lèvres en réalisant qu'elle n'était pas du tout à son avantage avec son chignon sévère, sa chemise blanche et sa jupe noire. Il traversa la rue et marcha dans sa direction. Un merveilleux sourire éclairait son visage.

— Jeanne, fit-il, une fois arrivé à sa hauteur.

— François, murmura-t-elle, les yeux levés vers lui.

— Je suis heureux que tu te souviennes de moi, répartit-il en adoptant immédiatement le tutoiement.

— Qu'est-ce que tu fais là ? lui demanda-t-elle, un peu perdue, ne sachant que lui dire.

— Je t'attendais. J'ai bien cru que tu ne reviendrais jamais.

— Tu… m'attendais ? fit-elle, craignant de ne pas avoir bien entendu.

— Oui. Ton patron m'a dit que tu passais tes examens ces dernières semaines et que tu suspendais ton contrat à chaque échéance mais il ne savait pas exactement quel jour tu reviendrais. Alors je suis venu aussi souvent que j'ai pu !

Jeanne le regarda, interloquée. La gorge sèche, elle tenta de comprendre où il voulait en venir. Avait-il à ce point eu envie de la revoir après ce qu'elle lui avait répliqué le soir de leur rencontre ?

— Pourquoi m'attendais-tu ? reprit-elle, les paupières tremblantes.

— Pour t'offrir un verre, tiens, fit-il dans un sourire.

— Mais, je…

— Je suis complètement sobre, je te le promets, déclara-t-il, la main sur le cœur. J'ai simplement envie de connaître un peu plus de choses sur toi que ton prénom et ton sens de la répartie. On y va ?

Jeanne avait hoché la tête, n'osant y croire. Ils avaient marché un peu, dans un silence gêné, avant de s'asseoir à la terrasse d'un café ouvert jusque tard dans la nuit. Elle avait commandé la boisson la moins chère de la carte, roulant des yeux affolés en découvrant les prix. Il avait ri et lui avait presque ordonné de choisir autre chose : elle n'aurait rien à payer, il le lui offrait. Elle avait d'abord refusé, fièrement drapée de sa dignité, et ils s'étaient battus un peu, puis elle avait cédé lorsque François lui avait proposé de mettre leurs dettes à plus tard.

— Tu m'offriras un verre lorsque tu seras devenue la galeriste la plus en vue du Marais, lui avait-il dit.

— Comment sais-tu que c'est ce que je veux devenir ? s'était-elle exclamée.

Il avait souri et avait sorti une feuille de papier pliée en quatre de sa poche. Elle avait reconnu son CV et en avait rougi de honte alors qu'il le parcourait des yeux.

— Jeanne Morand, née le quatorze avril, originaire de Dunkerque (bien pourri, ton coin non ?). Formation : cinquième année de l'École du Louvre, mazette, mademoiselle est douée ! Et ici, un point ajouté au crayon tout récemment : Candidature pour l'IESA en master d'art contemporain en cours, avait-il lu.

— Où as-tu trouvé ça ?

— C'est ton patron qui me l'a donné. Alors ? On fait comme ça ? Je t'invite jusqu'à ce que ton salaire dépasse le mien, et ensuite on règle nos dettes ?

— Il va en falloir, du temps, avait-elle soupiré en pensant aux nombreux chiffres qui s'étalaient certainement sur le solde de son compte en banque.

— Je suis prêt à le prendre.

— Je ne comprends pas. Quel intérêt le patron d'une start-up qui cartonne pourrait-il trouver à côtoyer une étudiante en art ?

— Aucun intérêt, tu as raison, avait-il répliqué en portant son verre à ses lèvres avant d'ajouter, mais tu me plais Jeanne Morand et je serai très heureux d'apprendre à te connaître.

Parlait-il au futur ou au conditionnel ? Quelques heures et quelques verres plus tard, l'ayant raccompagnée en bas de son immeuble, il l'embrassait. Tremblante, elle avait gravi ses six étages sur un petit nuage. Pour la première fois en cinq ans, elle n'avait pas pesté contre ces dizaines de marches auxquelles elle devait faire face chaque soir en remontant chez elle. Puis, sans y prendre garde, en quelques semaines, elle était tombée follement amoureuse de cet homme qui ne ratait jamais une occasion de la surprendre, l'attendant à la sortie de son immeuble, la rejoignant jusque dans la bibliothèque où elle préparait son admission dans sa future école pour la soutenir et l'encourager, lui offrant des fleurs, des bijoux, et mille occasions de rêver éveillée. Au mois de juillet, ayant validé son deuxième cycle à l'École du Louvre, elle avait passé le test d'admission dans l'école des marchés de l'art. Ils avaient attendu les résultats ensemble, dans le bureau du jeune homme où elle était désormais la bienvenue. Si les amis de François s'étaient étonnés, au départ, de le voir en compagnie de cette jeune fille qui ne ressemblait en rien à toutes les autres, ils avaient vite compris que Jeanne était et resterait intouchable. Il fallait l'accepter ou se retirer. Jamais François n'avait encore entretenu de relation durable avec une demoiselle, il préférait les amourettes d'un soir et rappelait rarement celles qu'il ramenait chez lui après une soirée un peu trop arrosée. Avec Jeanne, c'était différent. Elle était partout où il était, et, de plus en plus à l'aise, elle ne manquait pas de distribuer des sourires et quelques traits d'esprit à ceux qu'elle rencontrait. De six ans son aîné, il avait pour elle un côté rassurant, une attention particulière qui la touchait. Il s'assurait qu'elle ne manque de rien, prenait soin d'elle, la soutenait dans ses démarches et croyait en elle. D'ailleurs, il ne fut même pas étonné lorsque le mail annonçant que Jeanne était prise arriva sur la boîte de la jeune fille. Il la serra dans ses bras, la souleva et la fit tournoyer autour de lui, balayant d'un haussement d'épaules les moqueries de ses collègues, embrassa bruyamment ses joues puis ouvrit le réfrigérateur du bureau et en sortit la bouteille de champagne qu'il avait prévue pour l'occasion. Ils trinquèrent à la réussite de la jeune fille qui n'en revenait pas de la confiance que le jeune homme avait eue en elle. Blottie contre lui, enserrée dans ce bras musclé qu'il avait passé autour de sa taille, elle avait compris que son rêve devenait réalité. Finies les économies de tout, finie la petite chambre étriquée, fini le petit milieu. Les portes du monde s'ouvraient à elle, à travers une école et un stage qui la mèneraient vers les sommets auxquels elle avait toujours aspiré. Elle respirait enfin. Quelques jours plus tard, ils partaient en vacances à Malte. François lui avait tout offert les billets d'avion, la chambre d'hôtel, les repas, les visites… Ils avaient passé les premiers jours avec ses amis d'école, puis ceux-ci étaient partis et pour fêter dignement sa réussite, le jeune homme lui avait offert une croisière. Jeanne avait donc suivi François sur un énorme bateau qui rallierait Malte à la Sicile, offrant à ses passagers des paysages paradisiaques et des escales magnifiques. Ravie, la jeune fille s'était réconciliée avec le monde marin. Il faut dire aussi que la Méditerranée n'avait rien à voir avec la mer du Nord et que partager la cabine de celui qui faisait battre son cœur était quelque chose de nouveau et de particulièrement réjouissant pour elle. Le premier soir, elle n'en menait pas large, face à ce grand lit double. Elle était restée debout devant, sans oser se glisser dans les draps, tandis qu'il prenait sa douche en sifflotant. C'était trop beau, trop luxueux, et beaucoup trop intimidant surtout ! Il était ressorti de la salle d'eau en caleçon, les cheveux humides et l'avait regardée de ses yeux gris, sans comprendre pourquoi elle était encore habillée sans doute.

— Je… je vais prendre une douche, moi aussi, s'était-elle entendue déclarer avant de se barricader dans la salle d'eau où, face à son reflet, elle s'était traitée de nunuche et de coincée.

Le jet d'eau chaude l'avait détendue mais elle avait réalisé trop tard qu'elle n'aurait rien d'autre qu'une serviette pour se couvrir en sortant puisqu'elle n'avait pas ouvert sa valise avant de se réfugier dans la pièce. Mordillant nerveusement ses lèvres, elle était ressortie, la serviette nouée au-dessus de sa poitrine et s'était dirigée très calmement vers sa valise qu'elle avait ouverte à la recherche de son pyjama. La voix de François s'était élevée dans son dos mais elle ignorait s'il était juste derrière elle ou plus loin.

— Qu'est-ce que tu fais ?

— Je cherche mes affaires, j'ai oublié de les prendre pour…

Elle n'avait pas pu poursuivre. Les bras du jeune homme l'avaient enlacée, son nez avait respiré ses boucles folles, ses lèvres s'étaient posées à la base de son cou. Elle avait cru défaillir, ses jambes ne la portant plus, mais il la tenait fermement et l'avait empêchée de s'écrouler. La serviette avait glissé sur le sol et elle s'était retrouvée dans ses bras, au milieu du grand lit. Le regard de François l'avait happée, ses baisers l'avaient enflammée, elle s'était abandonnée à leur chaleur et à la tendresse de ses caresses. En ouvrant les yeux le lendemain matin, elle avait découvert le jeune homme endormi à ses côtés, la tête reposant sur un oreiller, les cheveux en bataille. Elle s'était redressée sur un coude pour mieux l'observer. La gravité de son visage et la dureté de ses traits s'atténuaient dans son sommeil. Il était encore plus beau lorsqu'il avait l'air paisible comme ça. Le soleil perçait à travers les rideaux du hublot mais elle n'avait aucune envie de se lever pour l'admirer. Elle avait attendu qu'il se réveille pour se pelotonner dans ses bras, contre son torse tout chaud. Les yeux et le cœur emplis des merveilles qu'ils avaient découvertes au cours de cette semaine, ils étaient rentrés à Paris. Dans le taxi qui les ramenait de l'aéroport, François avait pris la main de Jeanne dans les siennes. Le regard brûlant, il lui avait demandé si elle acceptait de passer la nuit chez lui car il n'était pas prêt à la quitter. Elle avait dit oui et n'était plus jamais retournée dormir dans sa petite chambre de bonne. Ils avaient récupéré ses quelques affaires, elle avait rendu les clefs à son bailleur et s'était définitivement installée avec le jeune homme. Ses deux années à l'IESA, rythmées par des stages et des cours passionnants et la rédaction de son mémoire, avaient filé comme une flèche pendant que l'entreprise de François et Camil prenait de plus en plus d'ampleur. Malgré leur vie bien remplie, ils trouvaient encore le temps de profiter de la présence de l'autre et chaque moment partagé à deux devenait un trésor. Un samedi matin, lorsqu'elle avait ouvert les yeux, son regard avait croisé celui de François. Elle lui avait souri, étonnée par la profondeur de ses yeux gris. La veille, ils étaient sortis tous les deux et elle avait senti quelque chose de différent dans sa façon de la regarder, de la caresser, de l'embrasser. Il l'avait attirée dans ses bras, sur sa poitrine, et les yeux toujours ancrés dans les siens, il avait pris une grande inspiration avant de murmurer :

— Je t'aime, Jeanne Morand.

C'était dit avec tant de douceur, tant de tendresse et tant de force à la fois ! Elle avait su qu'il lui disait la vérité, qu'il ne lui mentait pas, qu'il n'essayait pas de l'amadouer. Elle avait tant attendu, tant rêvé que quelqu'un prononce enfin ces quelques mots pour elle ! Et c'était lui, le grand blond aux yeux gris qu'elle aurait pu ne jamais rencontrer, qui avait su la séduire et parler à son cœur. C'était lui et il n'y aurait personne d'autre que lui, elle le savait. Elle avait dégluti difficilement, le cœur battant à tout rompre dans sa poitrine. Elle lui avait répondu, sur le même ton, en essayant de donner la même profondeur à son regard. Le visage de François s'était éclairé d'un sourire ravi et il l'avait embrassée avec une passion nouvelle. Devenue une jeune femme sur le marché du travail, elle avait peu à peu délaissé son style bohème pour adopter des vêtements plus seyants, plus chics, qui convenaient mieux à son futur métier et au milieu dans lequel elle évoluait désormais. Elle avait appris à dompter sa crinière et se plaisait maintenant à relever ses boucles folles en chignon pour dégager sa nuque. Elle se maquillait avec soin, chaussait ses pieds d'escarpins hors de prix et ne sortait jamais sans l'une ou l'autre de ses pochettes fétiches. François était fier de paraître avec une femme si belle à son bras, elle le savait et manquait rarement une occasion de l'accompagner à des dîners ou des soirées de gala dans lesquelles elle se créait son réseau. L'éclat de sa jeunesse, au milieu de tous ces fringants trentenaires, était une chance et elle ne voulait pas la gâcher. Ses traits d'esprit étaient attendus et célébrés par tous les amis du jeune homme, elle en jouait sans doute un peu trop mais François ne pouvait rien lui refuser. Parfois, ils se disputaient parce qu'il lui reprochait de jouer les séductrices. Elle s'amusait de sa jalousie d'enfant gâté et le rassurait en lui rappelant qu'elle était à lui et à lui seul, parce qu'elle l'aimait et n'aimerait personne d'autre.

La veille de sa remise de diplôme, alors qu'elle venait d'apprendre, ravie, qu'elle allait pouvoir travailler pour une galerie exposant principalement des photographes de renom, François l'emmena dîner dans un restaurant de la place du Tertre. Comme il faisait bon ce soir-là, une fois leur repas terminé, ils firent le tour de la butte Montmartre à pieds et s'arrêtèrent sur un banc, dans le square jouxtant la Basilique du Sacré-Cœur. Tout était silencieux. On entendait à peine les oiseaux piailler dans les arbres. L'obscurité recouvrait peu à peu la Terre… Jeanne laissa sa tête trouver refuge dans le creux du cou du jeune homme. Elle le remercia pour le dîner et la promenade. Il embrassa son front, sans un mot. Elle voulut suivre son regard, mais il se perdait quelque part et elle n'aurait su dire où.

— François ? Est-ce que tout va bien ? s'enquit-elle en se redressant.

Il hocha doucement la tête et reposa son regard sur elle.

— Jeanne, murmura-t-il, j'ai envie d'un enfant…

La jeune femme ne put retenir un petit rire amusé. Elle avait appris, au cours de ces deux dernières années, qu'il ne s'embarrassait pas de mots et qu'il aimait l'effet de surprise. Elle appréciait son côté direct et la façon qu'il avait de continuer à trouver le moyen de la surprendre, même après des mois de vie commune. Ça, elle ne s'y attendait pas. Même s'ils vivaient ensemble depuis presque deux ans, elle n'avait jamais imaginé qu'il puisse vouloir plus, au point de faire d'elle la mère de son enfant… Elle était touchée qu'il le lui propose mais, au fond d'elle-même, quelque chose résistait. Il était plus âgé qu'elle et elle pouvait comprendre, bien sûr, qu'il veuille un enfant, comme tout le monde autour d'eux. Cependant, elle ne se sentait pas du tout prête à en avoir un. Le cœur battant, elle s'apprêtait à lui répondre lorsqu'il se redressa et lui prit les mains avant de reprendre :

— Je voudrais vraiment que tu sois la mère de mes enfants, Jeanne. J'ai besoin d'une femme comme toi à mes côtés, une femme courageuse, battante, merveilleuse. J'ai besoin de pouvoir m'appuyer sur la femme que j'aime.

La jeune femme déglutit difficilement. Elle prit une profonde inspiration et plongea son regard dans le sien.

— Je ne me sens pas prête, souffla-t-elle.

— Pas prête ? fit-il.

— Je t'aime énormément, François et je n'envisage pas ma vie avec quelqu'un d'autre que toi, le rassura-t-elle, mais j'ai envie de travailler, j'ai envie de voyager, j'ai envie de profiter encore un peu de ma vie avant d'avoir un enfant. Est-ce que tu comprends ?

Elle se mordait les lèvres, angoissée. La quitterait-il, si elle refusait encore longtemps ? Elle ne s'était encore jamais vue en mère, elle ne savait pas comment on s'occupait d'un enfant, encore moins d'un bébé. Les souvenirs de son enfance douloureuse ne l'encourageaient pas non plus à rêver d'avoir un enfant dans les bras. François hocha la tête et déposa un tendre baiser sur son front. Elle le regarda, inquiète, souhaitant de tout son cœur qu'il dise quelque chose.

— J'attendrai, murmura-t-il.

— Et moi je te promets que nous aurons un enfant dans quelques années, déclara-t-elle dans un souffle.

— Cette promesse me convient, rit-il doucement. Accepteras-tu ceci, pour la sceller ? s'enquit-il ensuite en sortant un écrin de la poche de son costume.

— François, c'est… C'est beaucoup trop, souffla-t-elle, les yeux rivés sur l'anneau d'or blanc surmonté d'un saphir rose étincelant qui trônait au centre de l'écrin. Un entrelacement compliqué de petits diamants entourait la pierre pour la mettre en valeur.

— Elle te plaît ?

— Oui, beaucoup, mais je… tu es sûr que ce n'est pas… trop ?

Il secoua la tête, amusé, prit délicatement la bague entre ses doigts, saisit la main de Jeanne et la lui passa à l'annulaire gauche. La jeune femme observa sa main. Elle sourit et jeta ses bras autour du cou de François, folle de joie.

— Merci, s'exclama-t-elle en l'embrassant. Elle est magnifique !

Depuis ce jour-là, ils ne s'étaient plus quittés. Ils avaient même délaissé le petit loft de François pour emménager dans un nouvel appartement aux pièces plus vastes et plus nombreuses, aux fenêtres larges et hautes, aux murs blancs et lumineux. Un appartement dans lequel, déjà, la chambre d'un futur bébé était là, servant de chambre d'amis ou de débarras en attendant. Par la suite, Jeanne avait rencontré Thierry et Valérie Baussère, les parents de François. Le jeune homme l'avait emmenée passer un week-end en Charente, là où ils avaient pris leur retraite quelques mois plus tôt, dans une vaste maison au bord du front de mer, face à l'île d'Oléron. Tremblante, la jeune femme ne s'était pas démontée devant l'écrasante personnalité du père de son compagnon dont les yeux gris, semblables à ceux de son fils, l'avaient sondée tout entière au moment où elle pénétrait dans le salon. La poigne solide du vieil homme l'avait surprise mais elle avait tenu bon et répondu à ses questions d'un ton calme et posé. Elle avait compris pourquoi François parlait si peu de ses parents et pourquoi elle les rencontrait si tardivement. Thierry était grand, imposant, impressionnant. Il parlait haut et fort dans un français pur et parfait. Pas un sourire, pas une expression ne traversait son visage ridé et tanné par le grand air dont il profitait depuis qu'il avait pris sa retraite. Il toisait son fils comme il toisait son épouse, comme il toisa la jeune femme qui releva fièrement le menton, refusant de se laisser intimider par ses grands airs. Valérie ne lui ressemblait guère : petite femme un peu ronde au tendre sourire et aux yeux rêveurs, elle vouait à ses hommes une admiration sans bornes et ne s'en cachait pas. Jeanne détesta sa prévenance et ses petites intentions. Elle ne se sentait pas du tout à l'aise en sa présence, n'avait rien à lui raconter et aucune envie de l'écouter débiter ses « recettes familiales » préférées. Dans la soirée, Marion arriva, flanquée de son mari et de leurs deux enfants. La sœur aînée de François était grande et blonde, à l'image de son frère. Ses yeux bleus ressemblaient à ceux de sa mère, mais une autre lueur y brillait, plus féroce et plus vive. Elle embrassa son frère et lui cala un tout petit bébé dans les bras en riant de sa maladresse :

— Eh bien mon vieux, il va pourtant falloir t'y faire ! Il n'aura pas tout de suite vingt ans, ce bébé dont tu rêves !

Elle se tourna ensuite vers Jeanne qu'elle embrassa sur les deux joues avant de lui présenter les membres de sa famille. Gaël, son mari, n'avait rien à envier aux hommes de la famille Baussère : grand, bien bâti, aussi brun qu'ils étaient blonds, il avait un sourire de charmeur et un regard ensorcelant que Jeanne peina à soutenir. Accroché à son cou, Félix, quatre ans, était tout son portrait. Quant à la demoiselle qui gazouillait dans les bras de François, elle s'appelait Mathilde et avait tout juste un mois. Le cœur battant, la jeune femme s'approcha du bébé. Son visage rond et lisse aux traits déjà si doux n'était pas sans rappeler celui de Valérie Baussère qui avait dû être une très belle femme autrefois. Le week-end se passa bien mais, dans le train qui les ramenait à Paris, Jeanne ne put s'empêcher de soupirer de soulagement. Elle ne savait pas si elle pourrait un jour s'entendre avec celle qui se considérait déjà comme sa belle-sœur. Marion était une tornade, pleine d'énergie, bavarde et intarissable sur n'importe quel sujet de conversation. Plus calme, Gaël n'en était pas moins bien présent et très à l'aise dans cette maison qu'il fréquentait déjà bien longtemps avant d'épouser la sœur de François. Leurs enfants étaient chéris de tous, même de Thierry qui avait passé son dimanche à jouer avec le petit Félix. Comment un homme si froid envers ses enfants pouvait-il se montrer si tendre avec ses petits-enfants ? Elle fit promettre à François qu'ils ne les verraient pas trop souvent. Il rit et promit : lui aussi, il n'était pas toujours à l'aise en leur compagnie. Même après des années de lutte, il ne parvenait pas à s'entendre avec son père et ne supportait pas le regard humide de fierté que sa mère posait sur lui chaque fois qu'il évoquait son travail. Quant à Marion, bien qu'ils se soient toujours bien entendus lorsqu'ils étaient enfants, leurs routes étaient tellement différentes à présent qu'ils peinaient à trouver du temps à se consacrer l'un à l'autre. Il fallut aussi rendre visite aux Morand, et c'est ainsi qu'après de longues années d'absence, Jeanne retrouva Dunkerque et la petite maison dans laquelle elle avait vécu son enfance et son adolescence. Ses parents n'en revenaient pas de découvrir la jeune femme qu'elle était devenue. Ils avaient passé le week-end à la féliciter et avaient été ravis de rencontrer François dont le charisme les avait impressionnés. Ils regrettaient simplement qu'il n'y ait pas de mariage prévu. Ils auraient tant aimé voir leur fille remonter l'allée de l'église dans une grande robe blanche, comme c'était la tradition dans leur famille. Jeanne n'avait plus voulu entendre parler de Dieu depuis son arrivée à Paris et François, quant à lui, n'avait pas été éduqué dans la tradition catholique. Baptisé par convenance pour faire plaisir à ses grands-parents, il n'avait jamais mis les pieds dans une église, sauf pour visiter lorsque l'occasion se présentait. Et même, les temps faisaient qu'ils n'avaient pas envie de se marier. Ils s'aimaient, ils avaient des projets, cela leur suffisait.

Oui, malgré le temps qui passait, François continuait à l'aimer. Jeanne s'en étonnait elle-même, surtout lorsqu'elle constatait que le temps commençait son œuvre, laissant sur son visage et sa peau des marques indélébiles… Mais lui, qui vivait entouré d'hommes et de femmes tous plus apprêtés les uns que les autres, ne semblait pas s'en inquiéter. Alors elle soupirait de soulagement et se blottissait dans ses bras pour tenter d'oublier ses angoisses. La vie était douce à ses côtés. Elle ne manquait plus de rien, son travail lui plaisait et ils profitaient de leurs vacances pour voyager et découvrir de nouveaux lieux. En Europe, d'abord, pour explorer les rives de l'Adriatique dont ils gardaient un tendre souvenir, puis en Asie, à la recherche de paysages à la fois sauvages et introuvables ailleurs. Ils avaient investi dans la pierre en achetant une maison en pleine campagne bourguignonne dont ils avaient fait refaire l'intérieur selon leurs goûts. Et puis, au bout de quatre longues années durant lesquelles François avait souvent insisté pour qu'ils aient enfin un enfant, Jeanne s'était sentie prête à être maman. Alexandre avait pointé le bout de son nez en plein cœur de l'hiver parisien le plus glacial qu'elle ait connu. Alexandre… Petite boule d'amour qu'elle n'aurait jamais imaginé pouvoir aimer à ce point. Elle avait eu tellement de mal à se faire à l'idée qu'elle allait être mère qu'elle ne comprenait pas elle-même la nature de cet amour qui bouleversait tous ses plans. Elle pleurait souvent en le tenant contre elle, incapable d'expliquer ces crises de larmes silencieuses que François peinait à consoler. La chaleur qui se dégageait de son bébé lorsqu'il était blotti dans ses bras était son seul réconfort. Elle l'aimait de toutes ses forces, de tout son être. C'était plus fort que tout. Quel déchirement ça avait été lorsqu'elle s'était remise au travail et qu'elle avait dû confier son fils aux bons soins d'une nourrice ! Pourtant, vivifiée par l'amour inconditionnel qu'Alexandre lui offrait, et grâce à un réseau désormais solide d'artistes de tous bords, la jeune femme avait ouvert sa propre galerie d'art contemporain, variant les supports et les styles. Elle se souvenait parfaitement du jour où elle avait commencé à y travailler. Elle avait ouvert la porte de sa galerie, laissant l'air délicieusement doux s'engouffrer à l'intérieur. Respirant profondément, elle était retournée en souriant s'installer derrière son bureau, face à la vitrine. La veille, son tout premier vernissage avait connu un grand succès. Mécènes et artistes s'y étaient retrouvés et leurs amis s'étaient mêlés à eux. Quelques curieux avaient également passé le pas de la porte pour se joindre à la foule de personnes qui se pressaient déjà dans ses soixante mètres carrés d'exposition, observant les toiles accrochées aux murs. Rayonnante, la jeune femme avait déambulé parmi ses invités, prenant des nouvelles de chacun, présentant les uns aux autres, le sourire aux lèvres. François était venu la soutenir, il s'était montré parfaitement à l'aise au milieu de ces gens qui lui étaient, pour la plupart, inconnus. Il avait loué son travail et sa ténacité auprès de leurs invités de marque. Et pour couronner le tout, il lui avait offert une nuit merveilleuse lorsqu'ils étaient enfin rentrés chez eux et avaient congédié la baby-sitter qui avait veillé sur le sommeil d'Alexandre en leur absence. Penchée sur le nouvel anneau qui ornait son annulaire droit, deux joncs d'or jaune entrelacés autour d'un beau rubis ovale, Jeanne avait souri. François la lui avait passée au doigt au petit matin. C'était pour la féliciter pour sa belle réussite, lui avait-il susurré à l'oreille. Elle avait fait jouer la lumière et les rayons du soleil sur la pierre qui s'était mise à étinceler. La bague était plus simple que celle qu'il lui avait offerte autrefois mais elle l'adorait déjà. Elle la porterait fièrement, comme la précédente, parce que cette nouvelle bague était aussi le signe qu'ils s'aimaient depuis maintenant huit ans. Elle en avait frémi en y repensant et avait secoué la tête en découvrant son sourire béat dans le reflet que lui renvoyait l'écran de son ordinateur. Revenant à l'instant présent, Jeanne avait consulté sa messagerie avant de faire le tour de ses tableaux. Une pointe d'appréhension était née au creux de son ventre. Et si elle ne rencontrait pas le succès promis par ce vernissage réussi ? Si personne ne poussait la porte de sa galerie ? Si les tableaux choisis ne plaisaient pas ? Si elle s'était trompée ? La jeune femme avait serré les poings. Allons, elle n'avait pas fait tout ce chemin pour rien. Ses professeurs avaient vanté ses mérites et ses premiers employeurs aussi ! Elle avait même organisé quelques expositions qui avaient remporté un franc succès l'année précédente, avant d'accoucher. Tout ira bien, s'était-elle rassurée en retournant s'asseoir. À l'instant même, la clochette annonçant l'arrivée d'un visiteur avait retenti. Elle s'était redressée en souriant. Un couple était entré dans sa galerie. Elle les avait salués et avait engagé la conversation avec eux dans un anglais parfaitement maîtrisé. Une heure plus tard, ils repartaient avec l'une de ses plus belles toiles et elle rangeait son premier contrat de vente dans son bureau. À midi, alors qu'elle avait déjà accueilli une dizaine de passants, François entrait à son tour. Il l'avait laissée terminer la conversation qu'elle avait avec une jeune femme intéressée par plusieurs tableaux en faisant le tour de la pièce. Lorsque la jeune femme était sortie, quelques instants plus tard, il était venu à elle et l'avait prise par la taille avant de se pencher pour l'embrasser.

— Puis-je t'inviter à déjeuner ? avait-il demandé en serrant sa main droite dans la sienne, pour jouer avec le rubis qui l'ornait.

— Avec plaisir, avait-elle répondu, ravie de cette surprise en attrapant son trench et son sac à main.

— As-tu eu quelques visiteurs ? avait repris François en lui présentant son bras lorsqu'elle avait refermé la porte à clef.

— Une dizaine, dont trois acheteurs, lui avait-elle encore répondu, passant son bras sous le sien.

— Génial ! C'est de bon augure, ça !

Jeanne avait vigoureusement hoché la tête et lui avait emboîté le pas. Son rêve s'était réalisé. Elle possédait sa galerie, vendait les toiles des artistes qu'elle avait choisis, et en plus, elle se promenait au bras de François. Il n'était pas parti, il ne l'avait pas quittée, et ils avaient un fils. Un petit ange aussi brun qu'elle, dont les yeux reflétaient déjà le regard gris de François, marque de fabrique des Baussère depuis de longues générations… Que pouvait-elle demander de plus ? Se hissant sur la pointe des pieds, elle avait déposé un vif baiser sur la joue du jeune homme qui lui racontait sa matinée. Il s'était arrêté au milieu de sa phrase et lui avait jeté un regard surpris.

— Je t'aime, avait-elle alors soufflé en plongeant ses yeux dans les siens. Entre ma galerie, Alexandre et toi, j'ai tout ce que j'ai toujours souhaité, tout ce dont j'ai toujours rêvé. Je suis heureuse, François, si tu savais !

Il avait ri et déposé, à son tour, un baiser sur sa tempe.

— Moi aussi, avait-il murmuré en lui adressant un clin d'œil avant de l'entraîner à l'intérieur du restaurant devant lequel ils s'étaient arrêtés.

Gaspard était arrivé deux ans après son aîné. Mais entre-temps, tout avait changé pour Jeanne. Elle avait aimé Alexandre avec une passion dévorante parce qu'elle n'avait pas encore connu à la gloire et la renommée dont elle rêvait. Depuis, elle savait ce que c'était, et dans le milieu qu'elle fréquentait désormais, son ventre arrondi n'avait pas obtenu autant de succès qu'auprès de leurs amis et de la famille de François la première fois. On lui avait demandé pourquoi elle avait voulu d'un deuxième enfant alors que le premier aurait été suffisant. Elle s'était beaucoup questionnée au sujet de cette nouvelle grossesse. Et après avoir à nouveau vécu les douleurs de l'accouchement, elle s'était juré qu'elle n'en aurait plus d'autres. Si Alexandre et François avaient accueilli Gaspard avec une joie immense, elle s'était vite lassée de cet enfant qui ne faisait que boire, dormir et hurler lorsqu'elle cherchait désespérément le sommeil. Aussi blond que son frère était brun, Gaspard peinait à attirer l'attention de sa maman sur lui. Cette deuxième grossesse l'avait alourdie, la peau de son ventre s'était distendue. Elle en voulait à François d'avoir encore insisté pour qu'Alexandre ait un petit frère. À quoi ressemblait-elle, maintenant ? Obnubilée par sa réussite professionnelle, Jeanne avait vite confié l'éducation de ses fils à Évelyne. Les mois avaient passé, puis les années, et alors que tout lui souriait, l'entreprise de François s'était effondrée. Le marché n'était plus intéressant, leurs propositions s'étaient faites moins alléchantes, et leurs clients leur avaient tourné le dos pour aller vers d'autres offres. François avait énormément souffert de se sentir abandonné par tous ceux qui lui avaient donné leur confiance et leur parole et qui se permettaient de quitter le navire en sentant le vent tourner. Il avait lâché les rênes et accepté, à contrecœur, un poste dans une petite boîte de conseil, en attendant de pouvoir remonter sa propre boîte grâce à de meilleures offres. Il y travaillait d'arrache-pied, enfermé dans son bureau jusqu'à des heures tardives. Le moindre bruit l'ennuyait, et il avait, à son tour, délaissé ses fils alors qu'il en était fou quelques mois auparavant. Il s'était mis au sport pour ne pas sombrer dans la folie, et lorsqu'il ne s'enfermait pas dans son bureau, c'était pour aller courir des kilomètres à perdre haleine, nager à en perdre le souffle, envoyer furieusement ses poings contre un *punching-ball*, ou grimper des murs d'escalade dont la hauteur faisait trembler Jeanne. Une Jeanne qui, concentrée sur son travail et sur le soutien qu'elle voulait lui apporter, avait réalisé bien tard qu'elle attendait un troisième enfant. Des nausées, une grande fatigue, des fringales… Elle avait dû se rendre à l'évidence et un test le lui avait confirmé. Sa troisième grossesse avait commencé deux mois plus tôt. Elle avait longuement hésité avant d'en parler à son compagnon, laissant un nouveau mois s'écouler à force de tergiverser. Et puis, un soir, après avoir longuement contemplé son ventre à peine arrondi dans le miroir de la salle de bain, et cette bague qui ne l'avait pas quittée depuis qu'ils avaient parlé d'enfant pour la première fois, elle avait pris son courage à deux mains et le lui avait annoncé.

— Mais comment tu as pu me faire ça ? s'était exclamé François en l'apprenant.

— Pardon ? Te faire quoi ? Mais je te rappelle qu'il faut être deux pour faire un enfant, François ! Je ne suis pas la seule responsable, s'était-elle indignée, rouge de colère.

— Et tu crois que c'est le meilleur moment pour avoir un enfant ?

— Je sais bien que non mais il est là, maintenant.

— C'est malin ! Toi qui disais que tu ne voulais plus d'enfant, je me demande si tu ne m'as pas berné depuis tout ce temps ! Mais j'avais fini par l'accepter, et on s'était mis d'accord pour que tu prennes la pilule… Tu as une chose à ne pas oublier, Jeanne, putain, une chose, avait-il finalement grondé, un doigt menaçant en l'air. Et il a fallu que tu l'oublies !

— J'ai eu un peu autre chose à faire que de penser à ma pilule ces derniers temps, François.

— Et on va faire comment, hein ? On va le mettre où, surtout ? On n'a pas les moyens de déménager, Jeanne. Tu sembles ignorer la situation désastreuse de mon compte en banque !

— J'ai de l'argent, moi, avait-elle murmuré.

— Eh bien sers-t'en pour t'occuper de ce bébé. Moi, je ne veux pas en entendre parler, c'est clair ?

Ça avait été très clair. Ils n'en avaient plus reparlé, malgré le ventre de la jeune femme qui s'arrondissait de plus en plus au fil du temps. François n'avait assisté à aucune échographie et il s'était arrangé pour accepter un voyage d'affaires au moment où elle devait accoucher. Jeanne s'était rendue à la maternité avec Valérie Baussère, accourue à Paris pour l'aider. Et la jeune femme n'avait rien ressenti lorsqu'on avait déposé Louise dans ses bras. Du vide, seulement du vide. Un gouffre sans fond. Elle avait pleuré toutes les larmes de son corps sur cet enfant qui n'avait rien demandé à personne et venait au monde au milieu de leurs ennuis. C'est la mère de François qui était allée la déclarer à la mairie. Jeanne était rentrée chez elle, épuisée, et elle avait dû subir la froideur du regard de son compagnon durant des semaines, des mois même, lorsqu'elle lui donnait le biberon et la berçait en marchant à travers l'appartement. Ils l'avaient installée dans son ancien bureau. Alexandre et Gaspard étaient fous de leur petite sœur, ils insistaient pour la porter, et ils la présentaient fièrement à leurs copains lorsque Évelyne les attendait à la sortie de l'école. Jeanne avait repris son travail mais il lui manquait quelque chose. L'étincelle de sa jeunesse ne brillait plus… Et puis, un jour, François était rentré le sourire aux lèvres. Il avait décroché un contrat, on s'intéressait de nouveau à sa boîte qui s'était modernisée et était redevenue attirante. D'autres contrats avaient suivi. Il avait pu reprendre à plein temps, ils avaient renoué avec leur vie sociale, mais quelque chose avait changé. Ils ne parlaient plus, sortaient rarement tous les deux, comme s'ils n'appartenaient plus au même monde. François avait rencontré d'autres personnes, il fréquentait de nouveaux réseaux. Elle ne comprenait pas ce qui lui arrivait. Il devenait plus spirituel, attachait moins d'importance au prix de ses costumes, portait le même manteau plusieurs jours de suite, laissait sa barbe pousser et passait à nouveau du temps en compagnie de ses fils. Un fossé s'était petit à petit creusé entre eux. Les jours, les semaines, les mois passant, ce fossé était devenu un ravin profond, impossible à combler, encore moins à traverser. Obsédée par l'idée qu'elle pourrait ne plus lui plaire, Jeanne usait et abusait de crèmes et de produits anti-âge censés masquer les ravages du temps sur son corps. Elle ne supportait pas les quelques kilos pris lors de sa dernière grossesse et dont elle avait tant de mal à se débarrasser. Elle ne supportait pas non plus de sentir son ventre gonfler alors qu'elle s'affamait pour tenter de le perdre. Elle supportait encore moins les petites rides qui apparaissaient au coin de ses lèvres et de ses yeux. Elle avait tout essayé, rien n'y faisait : le temps la marquait, et François ne la regardait plus. Ils vivaient l'un à côté de l'autre, comme des étrangers.

Chapitre 2

Des pleurs. Des appels désespérés. Jeanne se retourna dans le noir et se couvrit les oreilles de son oreiller pour ne plus les entendre. À ses côtés, François grommela avant de la secouer doucement.

— Jeanne, Gaspard pleure.

— Eh bien lève-toi ! répliqua-t-elle en pestant intérieurement contre lui.

— C'est toi qu'il appelle.

Jeanne soupira, quitta à regret la chaleur de leur lit et se glissa dans le couloir en bâillant. François exagérait. Il avait été absent plus de dix jours, il n'allait quand même pas lui faire croire qu'il n'avait pas profité des charmes de la Thaïlande en cette saison ! Au regard de la peau pâle des membres de sa famille, son teint hâlé le trahissait, d'ailleurs… Elle entra dans la chambre de son fils et s'étonna que celle-ci soit plongée dans le noir. Elle était pourtant certaine d'avoir laissé la veilleuse allumée en le couchant. Elle tâtonna dans la pénombre, trouva l'interrupteur et une douce lumière revint éclairer le lit de Gaspard. Recroquevillé sur lui-même, le garçon serrait convulsivement son doudou contre sa poitrine. Son visage sillonné de larmes et ses grands yeux affolés émurent la jeune femme qui s'assit près de lui et caressa tendrement ses boucles blondes.

— Maman… Il faisait tout noir… J’ai fait un cauchemar, bégaya l’enfant en se redressant.

— C’est fini, murmura-t-elle en essuyant ses joues humides. J’ai rallumé la veilleuse.

— C’est pas drôle de l’avoir éteinte, soupira-t-il en baissant les yeux.

— Ce n’est pas moi qui ai fait ça, Gaspard.

— J’ai eu peur, reprit-il, encore tout tremblant.

Jeanne l’attira maladroitement contre elle, l’installa sur ses genoux et le berça doucement, le menton calé dans ses cheveux tout emmêlés. Le pouce dans la bouche, il blottit sa tête contre sa poitrine et ferma les yeux.

— Ça va mieux, maintenant ? s’enquit-elle au bout de quelques minutes.

N’obtenant pas de réponse, elle se pencha et constata que sa respiration était redevenue plus régulière. Ses paupières closes tressautaient par intermittence mais son visage s’était détendu. Il s’était rendormi. Elle le rallongea avec des gestes lents, prenant garde à ce que sa tête ne heurte pas trop fort son oreiller, et le recouvrit de sa petite couette avant d’embrasser délicatement son front tiède.

— Merci, maman, souffla-t-il dans son sommeil alors qu’elle se redressait.

— De rien, mon trésor, murmura-t-elle en quittant la pièce.

Revenue dans sa chambre, elle se recoucha sans minimiser ses mouvements, ce qui réveilla le jeune homme étendu près d’elle. Il se tourna vers elle, soupira exagérément et grogna :

— Tu aurais pu être plus discrète.

— Tu aurais dû laisser la veilleuse de Gaspard allumée, répartit-elle, furieuse. Tu sais très bien qu’il a peur du noir.

— Ton fils est une mauviette. À six ans, on n'a plus peur du noir, se justifia-t-il en haussant les épaules.

— Ce n'est pas en le prenant comme ça que tu régleras le problème. Et je te rappelle qu'il est aussi ton fils.

— Eh bien, il a dû hériter de sa mère plus que de son père, fit-il, moqueur.

Jeanne déglutit difficilement. Depuis que ses parents avaient révélé à François qu'elle avait longtemps eu peur du noir étant petite, lors d'un déjeuner de famille quelques semaines plus tôt, il la rendait responsable des accès de frayeur de leur cadet. Avoir dû se lever pour consoler leur fils au beau milieu de la nuit était une chose. Apprendre que c'était lui qui avait provoqué la panique qu'elle avait ressentie en le serrant contre elle quelques instants plus tôt en était une autre, et elle ne pouvait le supporter. Elle tira la couette à elle et le poussa sans ménagement hors du lit.

— Mais qu'est-ce que tu fous ? s'exclama-t-il.

— Dégage ! lui répondit-elle en lui jetant son oreiller à la figure. Va dormir ailleurs !

— Ce que tu peux être gamine quand tu t'y mets, soupira-t-il en quittant pourtant la pièce, son oreiller sous le bras.

*

— Madame Morand ? Bonjour, c'est madame Reugelle, je suis la directrice de l'école de vos enfants. Auriez-vous quelques minutes à m'accorder ?

Jeanne acquiesça et s'enferma dans son bureau en faisant signe à Claire de s'occuper de leur client. Que la directrice de l'école l'appelle un jeudi après-midi n'augurait rien de bon. Elle s'assit et écouta son interlocutrice lui raconter les faits qui s'étaient déroulés quelques instants plus tôt dans la cour de récréation. Plusieurs maîtresses, dont celle d'Alexandre, avaient dû intervenir pour arrêter une bagarre. Son fils s'était battu très violemment avec un de ses camarades, lui envoyant ses pieds dans le ventre et ses poings dans la figure à plusieurs reprises alors que celui-ci était au sol. Jeanne sentit le rythme de son cœur s'accélérer. D'une voix blanche, elle demanda à la femme qui lui parlait s'il y avait une raison pour qu'Alexandre en soit arrivé là. Il dit que Timéo l'a provoqué, lui répondit-elle, et qu'il a simplement voulu le pousser pour s'en débarrasser. Timéo serait revenu à la charge plusieurs fois, ce qui aurait contraint Alexandre à le jeter par terre pour le rouer de coups. Jeanne couvrit sa bouche de son poing pour ne pas hurler. Comment son fils avait-il pu accéder à un tel niveau de violence alors qu'il était si calme à la maison ? La directrice était très embêtée car un comportement pareil ne pouvait rester impuni. Bien sûr, la jeune femme comprenait. Une rencontre avec les parents de Timéo aurait lieu le soir même, à dix-huit heures. J'insiste pour que vous ou le père d'Alexandre soyez là, reprit son interlocutrice. Jeanne s'enquit tout de même de l'état du garçon. Il s'en tirait avec quelques bleus au visage et pour le reste, il fallait attendre les résultats des radios qu'il était parti faire sitôt la récréation terminée. Jeanne raccrocha pour rappeler immédiatement François et le mettre au courant. Il s'énerva, bien sûr, qui ne l'aurait pas fait ! De plus, quitter son bureau plus tôt que prévu pour se confronter à des parents qui auraient de bonnes raisons de l'attaquer sur la façon dont il éduquait ses enfants le rebutait. Mais il lui promit de faire de son mieux pour être là à l'heure et raccrocha.

Un peu après dix-huit heures, Jeanne sonna à la porte de l'école d'Alexandre et Gaspard et rejoignit le bureau de la directrice, qui lui serra la main et lui présenta les parents du petit

Timéo. Elle les salua gravement et prit place avec eux, face à madame Reugelle.

— Devons-nous attendre le père d'Alexandre ? s'enquit celle-ci en jetant un œil vers l'horloge accrochée au mur.

Jeanne consulta son portable et hocha la tête.

— Il sera là dans cinq minutes, murmura-t-elle en rangeant son téléphone dans son sac et en s'appuyant au dossier de sa chaise.

— Bien. En attendant, je laisse monsieur et madame Vimond vous donner des nouvelles de Timéo.

La jeune femme se tourna vers eux et écouta leur récit, les lèvres pincées, les doigts serrés sur son tailleur. Les coups d'Alexandre avaient brisé deux côtes de Timéo mais heureusement, aucun organe n'avait été perforé dessous. Il n'en garderait aucune séquelle, seulement les os pourraient mettre plusieurs mois à se réparer, et en attendant, Timéo devrait cesser toute activité sportive. Jeanne prit sa tête entre ses mains. Elle ferma les yeux, se demandant encore et encore comment son fils avait pu se montrer si violent. Le regard voilé de larmes, elle releva la tête.

— Je suis terriblement désolée, déclara-t-elle à l'égard du couple qui lui faisait face. Je ne comprends pas comment mon fils a pu devenir si violent… Il… Il est plutôt calme, à la maison.

— Madame Morand, ce n'est pas la première fois que Timéo revient avec des bleus à la maison, lui répondit-on. Et le prénom de votre fils est souvent mentionné lorsqu'il nous raconte les bagarres qui ont lieu dans la cour.

— Madame Vimond, de mon côté, c'est la première fois que j'entends parler d'une bagarre dans laquelle mon fils serait intervenu. Et je ne l'ai jamais vu rentrer de l'école avec des bleus ou des traces de coups.

La porte s'ouvrit alors que la jeune femme allait lui répondre, et François entra. Il s'excusa, salua rapidement la directrice et les Vimond, puis s'assit à côté de Jeanne qui lui expliqua en quelques mots ce qui s'était dit avant son arrivée. Hochant la tête, le jeune homme l'écouta jusqu'au bout.

— Si je comprends bien, Alexandre n'a pas été capable d'expliquer pourquoi il a jeté Timéo à terre avant de lui envoyer des coups de pied dans les côtes ? s'enquit-il en promenant son regard sur les personnes qui les entouraient.

— Nous ne lui en avons pas laissé l'occasion, monsieur Baussère, lui répondit madame Reugelle. Il a terminé son après-midi dans mon bureau mais, les faits parlants d'eux-mêmes, je n'ai pas souhaité entendre sa version.

— Pardonnez-moi d'insister, madame, reprit François. Sachez, monsieur et madame Vimond, que je ne souhaite en aucun cas prendre sa défense dans cette histoire. Alexandre a montré qu'il était capable d'atteindre un degré de violence extrême et je ne laisserai pas passer ça. Ma compagne vous l'a sans doute dit, notre fils est d'un naturel calme et plutôt réservé. C'est pourquoi j'aimerais savoir s'il n'y a pas eu quelque chose qui aurait déclenché cette bagarre entre eux. Quelque chose qui l'aurait poussé à se montrer si violent envers votre fils.

Jeanne le regarda sans comprendre où il voulait en venir. Les Vimond échangèrent un regard entendu, et le père de Timéo prit la parole pour la première fois depuis le début de l'entretien.

— Essayeriez-vous de nous dire que c'est Timéo qui a provoqué les coups qu'il a reçus ? demanda-t-il.

— Non, monsieur, je cherche à comprendre comment Alexandre a pu passer du petit garçon calme que je vois à la maison au gamin bagarreur et violent que vous me décrivez et qui ne lui ressemble pas. A priori, bien qu'on ne nous en ait rien dit, ce n'est pas la première fois qu'il sort ses poings dans la cour !

— Madame Reugelle, pourquoi ne nous avez-vous pas alertés plus tôt ? renchérit Jeanne en ancrant son regard dans celui de la directrice de l'école.

— Mais enfin, madame Morand, s'exclama la mère de Timéo sans lui laisser le temps de parler, c'est évident !

— Je ne vois rien d'évident, madame Vimond, lui répondit-elle, tremblante.

— Mais il y a un sérieux problème dans l'éducation de vos enfants ! Le peu de temps que vous passez avec eux vous empêche de voir la réalité telle qu'elle est, c'est tout.

Jeanne pâlit. Elle se tourna vers François pour chercher son appui mais il ne répondit rien et se contenta de fixer le couple qui leur faisait face de ses yeux gris. Elle déglutit difficilement et affronta tant bien que mal le regard furieux de la jeune mère assise près d'elle.

— Qui êtes-vous pour me donner des leçons d'éducation ? reprit-elle d'une voix blanche qui peinait à masquer son émotion.

— Madame Morand, je dépose mes enfants à l'école tous les matins, je me suis arrangée pour les récupérer le mercredi et le jeudi midi, ils restent certes à l'étude, mais c'est moi qui viens les chercher à la sortie. Vous, on ne vous voit jamais à la sortie de l'école.

— Mon travail ne me le permet pas.

— Alors ne cherchez pas plus loin ! répartit la jeune femme. Votre fils n'est pas devenu violent à cause de Timéo. C'est… C'est à cause de vous !

— Alice, souffla monsieur Vimond, tu ne peux pas dire ça.

— Si, Charles, si, je peux le dire ! Madame Morand, un enfant a besoin d'attention, d'amour, de sécurité. Et si vous n'êtes jamais là, comment Alexandre peut-il savoir que vous l'aimez, que vous le protégerez ? Vous êtes en train d'en faire un monstre avec votre éducation permissive…

— Ça suffit ! la coupa François en se levant vivement. Madame Reugelle, je suis sincèrement désolé pour l'attitude de mon fils. Monsieur et madame Vimond, s'il faut vous dédommager d'une quelconque manière pour les frais d'hospitalisation de Timéo, nous nous en chargerons. Viens, Jeanne, nous rentrons.

Jeanne se leva à son tour et le suivit dans le couloir, la tête bourdonnante. Il le remonta à grands pas et elle peina à le suivre. Sur le trottoir, il enrageait encore, et dans l'ascenseur, il ne desserra pas les lèvres. Elle aurait voulu lui parler mais elle était encore sous le choc de ce que lui avaient répliqué les Vimond. Elle n'en revenait pas qu'il ne l'ait pas défendue, et qu'il ait mis tant de temps à intervenir. Elle avait supporté l'humiliation en tentant de rester la plus droite possible, en s'efforçant de conserver un visage neutre, mais chaque mot de la pauvre mère affolée assise près d'elle était venu s'enfoncer dans sa poitrine pour lui rappeler à quel point elle avait négligé ses enfants ces derniers mois. François ouvrit la porte de l'appartement à la volée, ne prit même pas la peine de se débarrasser de son manteau de laine.

— Alexandre ! rugit-il en avançant dans le couloir sans prêter attention à Louise qui courait à sa rencontre sur ses petites jambes encore maladroites et tremblantes.

Jeanne se mordit les lèvres lorsque leur aîné apparut à la porte de sa chambre, le visage grave et déjà enfoncé dans ses épaules crispées. Tout comme Évelyne, qui préparait le dîner dans la cuisine, elle regarda le jeune homme marcher vers lui et sut ce qui allait se passer une fois la porte refermée derrière lui. La colère de François se mêla aux cris d'indignation d'Alexandre. Le cœur battant, Jeanne les écouta. L'un hurlait, furieux, honteux, humilié, dépassé par l'attitude de l'autre qui pleurait et essayait de le gagner à sa cause. François posait question sur question, le ton montait, et Alexandre se défendait, disait qu'on l'avait provoqué, qu'on l'avait cherché, qu'il n'avait pas voulu lui faire si mal mais qu'il n'avait pas voulu se laisser faire non plus. Son père lui rappelait qu'il lui avait quand même cassé deux côtes. Et il pleurait, pleurait, disait qu'il ne l'avait pas fait exprès, que ce n'était pas ce qu'il voulait. Le silence se fit. Jeanne posa une main sur la poignée de la porte, prête à entrer. Comme il n'y avait toujours aucun bruit, elle ouvrit la porte et découvrit son fils, le visage baigné de larmes, les yeux rougis à force d'avoir été tant frottés, debout, les lèvres et les poings serrés, face à François qui, les bras croisés, le dominait de toute sa hauteur, pâle de colère.

— Ah, te voilà ! s'exclama-t-il en lui jetant un regard glacial. Ton fils ne semble pas comprendre la gravité de son geste.

— Maman, j'voulais pas, j'te jure je voulais pas qu'il aille à l'hôpital, se défendit l'enfant en se tournant vers elle.

— Je sais, lui répondit-elle d'une voix douce. Mais c'est ce qui s'est passé, Alexandre. Qu'est-ce qui t'a pris de le frapper si fort ?

— Mais je sais pas ! J'ai pas fait exprès…

François leva les yeux au ciel, les bras ballants. Elle sentit qu'il allait à nouveau s'énerver et voulut s'interposer mais n'en eut pas le temps parce que contre toute attente, Alexandre reprit la parole. Et ses quelques mots lui brisèrent le cœur.

— Vous êtes nuls, comme parents, lâcha-t-il, les yeux à nouveau emplis de larmes. On vous voit jamais, et vous voulez jamais comprendre ce qui se passe. Pour vous c'est forcément ma faute si Timéo il est parti à l'hôpital ! Mais moi je voulais pas, je vous jure que je voulais pas ça ! Et la maman de Timéo, elle est venue le chercher pour l'emmener alors qu'elle travaille. Vous, vous venez jamais nous chercher ! Et même, j'ai vu que vous êtes tous les deux arrivés en retard chez la directrice, alors qu'eux, ils étaient à l'heure. Vous en avez rien à faire de nous. Moi je voulais vous voir, je voulais qu'il me tape aussi, je voulais avoir des bleus sur le visage, mais j'ai rien alors c'est moi le méchant. Mais c'est pas moi qui suis méchant, c'est vous !

— Comment oses-tu me parler sur ce ton ? rugit François en le prenant par le bras pour le secouer.

— J'en ai rien à faire, tu peux me taper j'aurai pas mal, répliqua le garçon en le défiant du regard.

— François, lâche-le, supplia Jeanne en essayant de les séparer.

D'une main ferme, il la repoussa et jeta leur fils sur son lit, prêt à baisser son pantalon de pyjama pour lui administrer une solide raclée.

— François, arrête ! reprit la jeune femme en saisissant le bras qu'il s'apprêtait à rabattre sur le garçon. Tu ne régleras rien en le frappant, ce n'est pas la bonne solution, poursuivit-elle en se plaçant entre lui et leur fils.

— Mais bon sang, est-ce que tu vas me laisser agir un jour, où est-ce que je suis condamné à te regarder en faire des mauviettes ou des dépendants affectifs ? cracha-t-il, et son regard d'acier lui glaça le sang. Alexandre a commis une grosse erreur et il doit être puni, Jeanne, point.

— Je suis d'accord, François, mais pas comme ça, pas de cette manière. C'est… C'est comme pour la veilleuse de Gaspard, tu t'y prends mal. Il vient d'envoyer un enfant à l'hôpital, ne crois-tu pas qu'il s'est déjà assez puni lui-même ? Faut-il que tu le frappes à ton tour ? Combien de temps cette escalade de violence va-t-elle se poursuivre ? Est-ce que tu vas l'envoyer à l'hôpital ? Lui montrer qu'il ne pourra, effectivement, jamais compter sur toi, s'appuyer sur toi ? N'as-tu pas entendu ce qu'il vient de nous dire ? As-tu déjà oublié ce que les Vimond nous ont dit tout à l'heure ?

François ferma les yeux. Elle lâcha son bras et recula d'un pas, attendant qu'il réagisse. Un long moment, il plongea ses yeux dans les siens, et comme elle soutenait son regard silencieusement, il hocha lentement la tête, tourna les talons et quitta la pièce. Jeanne poussa un profond soupir et se tourna vers son fils, soulagée. Elle voulait le prendre dans ses bras, le rassurer, mais il s'échappa et courut à la poursuite de son père dans le couloir. Stupéfaite, la jeune femme le suivit. François avait retiré son manteau et déposé sa veste sur le dossier d'une chaise. Il regarda le garçon venir à lui et se poster tout près, les mains croisées dans le dos, le visage levé vers le sien.

— Comment tu faisais, papa, quand tu étais très en colère, pour pas taper ceux qui t'embêtaient ? lui demanda-t-il doucement. Et comment t'as fait pour pas me taper alors que t'en avais envie ?

Jeanne étouffa un cri de surprise dans sa main. François parut réfléchir quelques instants, puis il s'assit dans un canapé et invita Alexandre à prendre place près de lui. Elle n'entendit pas ce qu'ils se disaient. Ayant consulté sa montre, elle enjoignit Évelyne à rentrer chez elle et mit la table. Alors qu'elle installait Louise dans sa chaise haute pour lui donner à manger, Gaspard apparut, hésitant. Voyant que la crise était passée et qu'une grande discussion avait lieu dans le salon, il rejoignit son aîné et son père dans le canapé. Jeanne respirait mieux. Tout semblait être rentré dans l'ordre. Pourtant, cette nuit-là comme les précédentes, François préféra dormir sur le canapé alors qu'elle avait espéré qu'il la rejoindrait dans leur chambre. Tournant et tournant dans son lit pour trouver le sommeil, elle se dit qu'elle l'avait cherché, et qu'après tout, c'était elle qui l'y avait envoyé la première fois… Le lendemain, Jeanne quitta sa galerie plus tôt que d'habitude pour aller chercher Alexandre à l'école. Ses insomnies lui avaient permis de trouver un moyen pour qu'il se rachète : Timéo étant encore en observation à l'hôpital, ils allaient lui rendre visite, et Alexandre s'excuserait. Penaud, son fils n'en menait pas large dans le métro. Il gardait obstinément la tête baissée vers le sol, le regard vissé à la pointe de ses chaussures. Lorsqu'ils pénétrèrent dans l'enceinte de l'hôpital, il glissa sa main dans la sienne et elle lui adressa un sourire encourageant.

— Mais maman, s'il ne veut pas me voir ? s'enquit-il alors qu'ils atteignaient le couloir où se trouvait la chambre du garçon.

— Tu auras au moins fait un pas vers lui, lui répondit-elle.

— Tu viens avec moi dans sa chambre ? demanda-t-il encore, les yeux levés vers elle.

— Non, Alexandre.

— Pourquoi ?

— Tu as été capable de le jeter par terre pour le frapper, et tu vas me faire croire que tu n'as pas le courage d'entrer seul pour t'excuser de lui avoir fait si mal ? souffla-t-elle en s'arrêtant.

Les yeux gris de son fils s'emplirent de larmes qu'il ravala aussitôt. Il hésita un peu, mordillant nerveusement sa lèvre inférieure. Puis, ayant pris une grande inspiration, il frappa contre la porte et entra. Jeanne s'assit sur un banc de l'autre côté du couloir et attendit, écoutant d'une oreille distraite les bribes de conversation qui lui parvenaient à travers la porte entrebâillée. Lorsqu'Alexandre ressortit, de longues minutes plus tard, elle lut une immense détresse sur son visage. Les larmes qu'il avait fièrement retenues noyèrent ses joues rouges de confusion et de honte. Tout son corps se mit à trembler. Le cœur serré parce qu'elle lui avait imposé une dure épreuve, Jeanne attira son fils contre elle et le serra dans ses bras, caressant ses boucles brunes de la main. Il pleura longtemps, abandonné contre sa poitrine, puis il se redressa, essuya bravement son visage et replongea ses yeux dans ceux de sa mère.

— Je suis fière de toi, Alexandre, murmura-t-elle en ancrant son regard dans le sien.

— Je suis désolé, maman, de lui avoir fait si mal…

— J'espère que tu as compris pourquoi je t'ai amené ici.

Il hocha la tête. Jeanne se releva, lui prit la main et l'entraîna loin de cette chambre, loin de cet hôpital. Il avait compris la leçon, pour elle, c'était suffisant. Ils rentrèrent silencieusement et Alexandre s'attabla à son bureau pour faire ses devoirs sans rechigner tandis que la jeune femme relayait Évelyne dans la salle de bain, lui offrant de partir plus tôt pour une fois. Lorsque François rentra, leur dîner était prêt, la table de la salle à manger était dressée pour deux, et les trois enfants attablés dans la cuisine finissaient leur dessert. Le jeune homme leva un sourcil étonné en constatant qu'elle l'avait attendu et que les enfants avaient dîné sans eux.

— Désolé, fit-il à son intention en baissant le nez, j'ai oublié de te dire que je ne dînais pas ici ce soir. Je suis juste passé me changer, je vais à l'escalade.

Jeanne sentit une bouffée d'angoisse lui serrer la gorge. Ses mains se mirent à trembler et elle resserra sa prise sur le pot de yaourt qu'elle était en train de racler pour Louise. Son cœur se comprima dans sa poitrine tandis qu'il disparaissait dans le couloir sans lui laisser le temps de trouver les mots pour lui répondre. Elle ravala sa tristesse, sourit bravement à ses enfants et se concentra sur sa tâche. François repassa, vêtu plus simplement, son sac de sport sur l'épaule. Il enfila sa parka, les salua et s'éclipsa. Une heure plus tard, les enfants couchés et endormis, Jeanne sanglotait sur l'assiette vide en face de laquelle elle s'était assise, et le dîner qu'elle avait mis tant d'amour à préparer lui semblait fade et froid. Elle rangea les restes, mit en route le lave-vaisselle et se coucha, vidée, humiliée, un désir de vengeance naissant au creux de son ventre.

*

Les vacances de Noël qui commencèrent quelques jours plus tard ne furent pas, comme Jeanne l'avait espéré, un moyen de se rapprocher de François. Préoccupé par un contrat qui n'en finissait pas d'être négocié, le jeune homme annula ses congés au dernier moment, la laissant partir seule en Charente avec leurs trois enfants. Jeanne eut beau le supplier de les y accompagner, ne souhaitant pour rien au monde se retrouver seule avec sa belle-famille, rien n'y fit. Il descendrait pour le jour de Noël, mais remonterait dès le matin du 26 décembre à Paris. Face à Marion qui, après vingt ans de mariage, filait toujours le parfait amour avec son mari, la jeune femme se sentit écrasée par le poids de son chagrin. Elle fit bonne figure, ne voulant pas gâcher la fête, mais au fond d'elle, elle pleura toute la semaine. Les enfants riaient, jouaient pendant des heures au grenier, chouchoutés par leurs cousins, et elle, elle gardait la tête haute, acceptait une promenade, un tour au marché, un café, tentant de garder une contenance devant chacun des membres de sa belle-famille. Lorsque François arriva enfin, le soir du réveillon, son arrivée fut saluée par tous et elle fit de son mieux pour l'accueillir chaleureusement. À la nuit tombée, alors que les enfants s'endormaient en rêvant des cadeaux que le père Noël allait déposer sous le sapin pendant la nuit, ils se retrouvèrent dans la chambre qu'ils avaient toujours partagée depuis le jour où elle était venue pour la première fois. Une seule chose avait changé : ils n'avaient plus partagé le même lit depuis de longues semaines… Comme il se dévêtait sans un mot, elle retira sa robe, ses escarpins et ses collants, défit lentement le chignon qui retenait ses cheveux et se démaquilla. Parée pour la nuit, elle se glissa sous les draps. Il fit de même et éteignit la lumière.

— Bonne nuit, souffla-t-elle alors que la pénombre envahissait la pièce.

— Bonne nuit, Jeanne, lui répondit-il en lui tournant le dos.

Le lendemain, les cris de joie et d'excitation des enfants réveillèrent la maisonnée. Tous se retrouvèrent dans le salon, le visage encore marqué par le sommeil. Au pied du sapin, une montagne de cadeaux emballés dans du papier rouge et doré attendait d'être prise d'assaut. Bientôt, on n'entendit plus rien que le papier qui se déchirait et se froissait entre les doigts de chacun. Alexandre, Gaspard et Louise découvraient les surprises auxquelles ils avaient rêvé sous l'œil attendri de leurs grands-parents, oncle et tante, et cousins. Assis sur le canapé, légèrement en retrait, Jeanne et François les regardaient s'échanger leurs cadeaux, sourire, rire, se rappeler le jour où ils en avaient eu l'idée. Bientôt, les trois enfants abandonnèrent la pile de jouets qui s'étalait devant eux pour courir dans leurs bras et les remercier. Émue, Jeanne serra ses trois enfants contre elle, les embrassa, caressa leurs joues roses d'excitation, leur demanda s'ils étaient heureux. Louise se lova sur ses genoux, une jolie poupée blottie dans ses bras. Elle noya son visage dans ses boucles blondes, espérant que le fait de voir ses enfants heureux suffise à faire son bonheur. À ses côtés, François aidait déjà Alexandre à construire un vaisseau spatial en Lego, et Gaspard et Félix partaient pour une course de voitures télécommandées sur la terrasse. Plus tard, alors que les enfants savouraient leur petit-déjeuner, Jeanne reçut un paquet des mains de sa belle-mère, un autre de celles de sa belle-sœur. Elle remercia chacune pour les présents qui se complétaient et embelliraient ses robes préférées avant de leur tendre, à son tour, les cadeaux qu'elle leur avait préparés. Embrassades et exclamations de joie s'en suivirent, qui réjouirent un peu son cœur oppressé : et si François l'avait oubliée ? Ils avaient choisi ensemble les cadeaux qu'ils avaient offerts à leurs enfants, mais n'avaient pas parlé des leurs. À force de chercher, elle avait fini par trouver ces boutons de manchette dont il avait beaucoup parlé ces derniers temps, et ils étaient là, tout près, enfermés dans leur écrin de velours recouvert de papier cadeau. Pinçant les lèvres, elle saisit le petit paquet, se releva et fit quelques pas vers François qui discutait avec son père du livre que celui-ci venait de lui offrir. Thierry s'éclipsa et ils se retrouvèrent face à face. Elle se sentait ridicule, engoncée dans son peignoir, avec ses cheveux défaits, alors qu'il portait si bien le jean et le pull marin qu'il avait enfilés au réveil. Un sourire éclaira son visage aux traits tirés par de trop longues journées de travail et de trop longues nuits de veille.

— Merci, fit-il simplement en se penchant pour déposer un baiser sur sa joue.

La jeune femme hocha vigoureusement la tête, ne pouvant soutenir le regard brûlant qu'il posa sur elle en découvrant l'objet de son désir. Un deuxième baiser effleura sa joue, et il partit à la recherche de quelque chose parmi les quelques cadeaux qui attendaient encore sous le sapin. Un bel album recensant les dernières œuvres d'art contemporain révélées au public apparut sous le papier cadeau. Son cœur se gonfla de joie.

— Il te plaît ? s'enquit François.

— Bien sûr ! Merci, François, merci beaucoup !

Elle se hissa sur la pointe des pieds et l'embrassa juste à la commissure des lèvres. Surpris, il s'écarta d'un pas. Une lueur étrange s'alluma dans ses yeux gris, comme s'il cherchait à comprendre pourquoi elle lui manifestait tant d'affection d'un coup. C'est Noël, aurait-elle voulu lui dire, j'aimerais tant que nous fassions la paix… Mais son cœur, enfermé depuis trop longtemps dans un étau de glace, ne le lui permettait pas. Honteuse d'elle-même, de s'être laissé aller à un élan de tendresse alors que rien ne l'appelait chez lui, Jeanne fit, elle aussi, un pas en arrière et monta lentement vers leur chambre pour s'habiller. Elle en profita pour se recomposer un visage neutre et lorsqu'elle redescendit quelques instants plus tard, un joli sourire de façade l'éclairait. Elle avait pris soin d'accrocher ses nouvelles boucles d'oreille et de ceindre son poignet du bracelet qu'on venait de lui offrir. François était sur la terrasse en compagnie de ses fils, de son beau-frère et de son neveu. Une course de voitures endiablée avait lieu. Mathilde et Louise parcouraient un livre de contes, assises au fond du canapé, et Marion et Valérie s'affairaient dans la cuisine. Elle les rejoignit, heureuse, pour une fois, de pouvoir se rendre utile. Elle fut presque soulagée que François reparte le lendemain matin, tant la tension était palpable entre eux. La semaine terminée, elle rentra à Paris et dut se concentrer sur la préparation du Nouvel An. Pour fêter les dix ans de l'ouverture de sa galerie, l'un de ses amis organisait un vernissage en souvenir des plus belles pièces qu'il avait exposées et vendues depuis. Elle lui avait promis son aide et son soutien, aussi s'y employa-t-elle de son mieux. La veille, lorsque François rentra enfin, elle le rejoignit dans la salle de bain.

— Tu m'accompagnes toujours chez Nathan demain soir ? lui demanda-t-elle, un peu anxieuse.

— Oui, lui répondit-il, laconique, en se débarrassant de sa veste et de sa cravate.

— Très bien. J'irai pour vingt et une heures.

— Parfait. Ça me laissera le temps de repasser ici en sortant du bureau. Que faut-il que je porte ? s'enquit-il en revenant dans leur chambre.

— Eh bien… ton smoking, murmura-t-elle.

— Entendu. Qui garde les enfants ?

— Thaïs, comme d'habitude.

François hocha la tête, attrapa son oreiller, lui souhaita une bonne nuit et rejoignit le salon. Jeanne soupira. Au moins, il serait là le lendemain, comme promis, et elle pourrait lui montrer ce dont elle avait été capable pour que le vernissage de Nathan soit réussi. Et ce fut bel et bien une réussite ! Nathan exultait : le travail de Jeanne avait transformé sa galerie, et chacun des invités s'en émerveillait. Ravi, il la remercia chaleureusement pour son aide précieuse et la félicita devant tous ses invités. Très fière, Jeanne lui adressa un signe de tête entendu. Quelques instants plus tard, de nombreux artistes et mécènes venus pour l'occasion se pressaient autour d'elle pour se présenter. La jeune femme, jouant son rôle à la perfection, distribua à la pelle des sourires et des regards pour le moins aguicheurs tout au long de la soirée. Elle s'amusa à mener son petit monde par le bout du nez, promettant danse et discussion à chacun de ceux qui soupiraient après quelques secondes de son attention. Resté dans l'ombre alors qu'elle évoluait en pleine lumière, François attendit patiemment que la jeune femme se lasse des compliments qu'on lui adressait pour se décider à rentrer enfin. Le sourire qu'elle avait accroché à son visage ne la quitta pas sur le chemin du retour, mais ses charmes déployés si visiblement n'eurent d'autre effet que de faire fuir le jeune homme loin de leur chambre. Il admit poliment qu'elle avait été sensationnelle, comme d'habitude, et se retira dans le salon. Jeanne referma rageusement la porte derrière lui et son visage se décomposa lentement. Quelques minutes plus tard, il ne restait rien de la sulfureuse jeune femme qui avait brillé au cours des dernières heures. Elle se coucha seule entre des draps qu'elle ne parvint pas à réchauffer, la tête bourdonnante à cause des vapeurs de l'alcool. Clap de fin.

*

Et les jours, les semaines, puis les mois, même, passèrent. François avait réélu domicile dans leur chambre au retour d'un voyage mais, s'il passait plus de temps avec ses enfants, il restait distant avec elle et peu enclin à la discussion. Alexandre était rentré plusieurs fois de l'école avec des bleus au visage. Enfoncé dans la mélancolie, il inquiétait sa maîtresse qui ne parvenait pas à le remettre au travail. Gaspard enchaînait les cauchemars malgré la présence de sa veilleuse et de la lumière allumée dans le couloir. Il s'appliquait dans son travail et progressait au même rythme que ses camarades de classe, mais il n'y prenait aucun plaisir. Quant à Louise, elle ne parlait toujours pas. Le silence régnait en maître dans leur grand appartement parisien, distendant le peu de liens qu'ils avaient encore les uns envers les autres. Jeanne assistait à ce désastre de loin. C'était comme si toute sa vie défilait devant ses yeux mais qu'elle la regardait passer ainsi depuis une haute fenêtre derrière laquelle elle se serait installée. Tout lui échappait, et elle n'avait pas la force de quitter son refuge pour rattraper les pans entiers de sa vie qui s'écroulaient les uns après les autres. Sourire aux lèvres et tenue parfaite dans la journée, elle n'était plus que l'ombre d'elle-même lorsqu'elle rentrait chez elle. Il fallait tenir, et tenir encore, faire bonne figure pour que personne ne se doute de rien, alors elle jouait son rôle de femme comblée en présence des autres. Après tout, François était revenu à elle, de quoi se plaignait-elle ? Au fond, elle ne savait même pas pourquoi, à l'image d'Alexandre, elle s'enfonçait, elle aussi, dans une profonde déprime invisible aux yeux du monde.

— Jeanne, tu es prête ?

La voix de François fit tressaillir la jeune femme qui rata le trait de crayon qu'elle était en train de déposer sur sa paupière. Elle pesta, l'effaça du mieux qu'elle put tout en lui répondant qu'elle n'en avait plus que pour cinq minutes. Le taxi les attendait. Elle s'observa dans le miroir de plain-pied de leur chambre et sourit. Son pantalon fluide et ses hauts talons allongeaient ses jambes et affinaient sa silhouette. La blouse rose pâle qu'elle avait choisie mettait son teint en valeur et son maquillage faisait ressortir l'éclat de ses yeux. Elle ferait sensation, comme toujours ! Elle sourit encore en accrochant ses boucles d'oreilles, tâta son chignon pour vérifier qu'il ne s'était pas écroulé, attrapa sa veste et sa pochette et rejoignit François. Il lui tendit son manteau sans un mot et la laissa sortir la première.

— Chez qui allons-nous ? s'enquit-elle lorsqu'il eut donné leur destination au chauffeur.

— Chez un vieil ami, Henri d'Aigrelens, lui répondit-il. Je te l'ai dit ce matin, non ?

— Je ne sais plus… Je ne l'ai jamais vu, comment le connais-tu ?

— On a assisté à un cycle de conférences ensemble il y a quelques années. Je l'ai recroisé sur un salon le mois dernier, il m'a dit qu'il serait heureux de me revoir et de te rencontrer.

— Il est marié ?

— Oui, sa femme s'appelle Margod si mes souvenirs sont bons. Ils ont deux ou trois garçons.

— Mmmh… fit Jeanne.

— Tu t'entendras bien avec eux, ils sont passionnés d'archéologie, reprit François en lui souriant.

— On verra. Je ne suis pas certaine que la peinture moderne passionne les archéologues. Ils sont plutôt attirés par les vieux os, en général.

— Jeanne ! s'exclama le jeune homme, les yeux écarquillés.

— Eh bien quoi ? C'est vrai, non ? fit-elle en haussant les épaules.

Il se tut parce qu'elle l'avait choqué, comme d'habitude, et elle laissa son regard errer dans les rues qu'ils traversaient. Le taxi les déposa au pied d'un immeuble charmant dont la plupart des balcons étaient ornés de pots de fleurs encore vides en cette saison. Jeanne se demanda où ils allaient atterrir et précéda son compagnon dans l'ascenseur. Quelques secondes plus tard, ils se présentaient devant une porte derrière laquelle on entendait déjà quelques voix discuter. La porte s'ouvrit sur une jeune femme aux yeux d'un bleu perçant dont le visage rayonnait. Elle leur sourit, les salua et les invita à entrer. Jeanne regarda autour d'elle. Même rangé, l'appartement restait sens dessus dessous, a priori… Des livres s'entassaient sur toutes les étagères qui semblaient prêtes à se rompre sous leur poids, des bibelots en tous genres menaçaient de tomber, en équilibre sur le peu de place qui leur restait. Sous une console, plusieurs cartables avaient voulu être dissimulés, des chaussures traînaient et quelques jouets semblaient s'être égarés dans le couloir. Margod rangea rapidement leurs manteaux dans un placard débordant et leur indiqua le salon dans lequel deux couples étaient déjà assis. Leur hôtesse fit les présentations. Il y avait là son frère aîné, Étienne, et son épouse, ainsi qu'une de ses collègues, Véra, et son compagnon dont elle ne saisit pas le nom. Un homme les rejoignit au même instant et salua François avec un sourire heureux. Henri, donc. Il l'embrassa comme s'ils se connaissaient depuis toujours, et elle s'en trouva un peu gênée. D'un geste et d'un sourire, l'épouse d'Étienne invita Jeanne à s'asseoir près d'elle, à la place restée libre sur le canapé. Elle s'exécuta, accepta le verre qu'on lui tendait et en but une gorgée, appréciant le goût du porto sur sa gorge enflammée. Son cœur se serra lorsqu'elle vit que François disparaissait avec Henri si rapidement. Il l'abandonnait au milieu d'inconnus dont elle ne savait rien et auxquels elle n'avait même pas envie de parler… Sa voisine, qui semblait très à l'aise avec tout le monde, se tourna vers elle pour engager la conversation :

— Jeanne, c'est bien ça ? fit-elle en la détaillant de son regard à la fois noir et lumineux.

— Exactement.

— Je m'appelle Alma, reprit-elle en souriant. C'est drôle de se retrouver à un dîner auquel on ne connaît personne, tu ne trouves pas ? enchaîna-t-elle immédiatement.

— Euh… Drôle, je ne sais pas, fit Jeanne en terminant son verre. Et puis, tu connais plus que monde que moi, a priori.

— Oh, à peine. Margod est ma belle-sœur, c'est vrai, mais tout comme pour toi, les autres sont encore de parfaits inconnus pour moi. Si tu es là ce soir, c'est que tu dois avoir une passion en commun avec elle ou Henri !

— Oui, si j'ai bien compris, ce qui nous rassemble ce soir, c'est l'art, murmura-t-elle, en soupirant intérieurement contre le joyeux bavardage de sa voisine.

— Oui, s'exclama Alma dont les yeux se mirent à briller. Tu en es passionnée, toi aussi ?

— Je tiens ma propre galerie, lui répondit-elle fièrement en se redressant, espérant la faire taire.

Nullement impressionnée, la jeune femme, dont les cheveux auburn étaient attachés en chignon léger sur la nuque, lui posa de nombreuses questions sur son travail sans jamais ajouter un mot sur elle. Étonnée, Jeanne lui répondait, tout sourire, finalement ravie que cette femme, qui lui était encore inconnue quelques minutes plus tôt, s'intéresse à elle de façon si simple. Promenant de temps à autre son regard sur les invités qui discutaient par petits groupes, elle parla de ses études et de ses premiers jobs, de l'expérience qu'elle avait acquise et de la renommée qu'elle s'était faite au fil du temps. Un regard, plus bleu encore que celui de Margod, la frappa. Il appartenait au mari d'Alma, cet Étienne qui s'était présenté comme interprète à François quelques instants plus tôt. Il ne quittait pas sa femme des yeux malgré les conversations qu'il menait. L'un et l'autre rayonnaient d'un bonheur bien visible malgré les cernes s'étirant sous leurs yeux. Comment était-ce possible d'être aussi heureux ? Laissant de côté leur conversation sur l'art et l'histoire, Jeanne se resservit un verre et se lança :

— Alma, ton visage s'illumine lorsque tu croises le regard de ton mari. Vous êtes ensemble depuis longtemps ? Tu n'es pas obligée de me répondre si tu me trouves trop intrusive, s'empressa-t-elle d'ajouter.

— Depuis presque dix ans, murmura la jeune femme en esquissant un nouveau sourire.

— Et… Et tu n'as jamais cessé de l'aimer ? Tu ne t'es jamais sentie malheureuse ?

Alma réprima un petit rire amusé. Elle avala lentement une gorgée de son verre et reprit :

— C'est difficile à imaginer parce qu'au début, on se parlait à peine. On appartenait au même groupe d'amis mais Étienne était peu présent, et toujours avare de ses mots aussi bien que de lui-même lorsqu'il daignait se joindre à nous. Je l'ai attendu longtemps… Un jour, au bout de quelques années, alors que je commençais à me lasser d'être la « bonne copine », tout a changé. C'est comme s'il avait ouvert les yeux sur ma présence, comme s'il m'avait enfin vue et reconnue. J'ai eu du mal à y croire, j'ai presque cru qu'il se moquait de moi. On s'est mariés très vite. Trop vite, aux yeux de nos familles. Les débuts ont été aussi incroyables que douloureux, son métier l'envoie courir un peu partout dans le monde et je n'arrivais pas à m'y faire. J'ai même failli partir… Le ciel a joué contre moi, ce jour-là. Et aujourd'hui, même si j'ai beaucoup souffert de ses absences, beaucoup pleuré aussi, je sais que je n'aurais pas pu être aussi heureuse avec un autre que lui. Nous ne nous voyons pas beaucoup, mais je l'aime un peu plus chaque jour, confia-t-elle. Comment as-tu rencontré François, toi ?

— Euh… Par hasard, bredouilla Jeanne qui n'avait aucune envie de dévoiler à sa voisine qu'elle avait servi dans un bar pour avoir de l'argent au cours de ses études. J'ai eu le coup de foudre et lui aussi. On ne s'est plus quittés depuis.

— C'est beau, fit Alma en lui souriant.

— Beau ? s'étrangla Jeanne.

— Oui, un coup de foudre, c'est beau. Surtout quand ça dure ! Vous avez des enfants ?

— Nous en avons trois. Et vous ?

— Quatre.

À ce moment-là, le dernier convive entra dans le salon, mettant fin à leur échange. C'était un homme dans la force de l'âge, venu seul, vêtu de noir. Alma s'excusa et se leva pour le rejoindre. À l'évidence, son mari et elle connaissaient le nouveau venu car ils se saluèrent tous trois chaleureusement. Jeanne nota toutefois qu'Alma lui serrait la main. Et d'ailleurs, lorsqu'il arriva à sa hauteur, il lui tendit également la main. La jeune femme la serra, étonnée et troublée par la profondeur du regard de l'homme qui se présenta. Il s'appelait Charles. Elle hocha la tête en déglutissant difficilement, ayant l'impression d'avoir été sondée d'un seul regard. Mal à l'aise, elle suivit tout ce petit monde qui se mettait à table dans la pièce attenante. Elle s'assit entre Henri et Cyrille, selon le plan de table choisi par Margod. Elle écouta distraitement les conversations, répondant brièvement aux questions de ses voisins. À l'autre bout de la table, François discutait avec Alma et Charles et elle ne pouvait entendre ce qu'ils se disaient. Après le dessert, ils revinrent s'asseoir au salon. Véra et Cyrille s'éclipsèrent rapidement et Jeanne se retrouva de nouveau assise près d'Alma. Elles parlèrent de leurs enfants. Jeanne se sentit tellement différente de la jeune femme, leurs vies ne se ressemblaient tellement pas ! Et pourtant, elles étaient mères, toutes les deux. Mais si Alma le vivait de façon intense, racontant avec beaucoup d'humour les départs à l'école toujours galères, les jouets qu'il fallait aider à ranger, les devoirs à superviser, et les heures de complicité avec chacun de ses enfants, Jeanne n'avait pas grand-chose à lui partager… Elle le réalisait en écoutant la jeune femme. Pourtant, elle aurait eu envie de poursuivre leur conversation plus longuement, certaine que, peut-être, avec son aide, elle trouverait un moyen de se sortir de cette spirale infernale qui la broyait depuis plusieurs semaines… Lorsqu'Alma se leva pour partir, Jeanne regarda Étienne aider son épouse à enfiler son manteau et glisser un bras dans son dos en passant la porte. François l'enlacerait-il, lui aussi, au moment où ils partiraient ? Où était-il, d'ailleurs ? Il ne lui avait pas adressé un seul mot de la soirée. Le dénommé Charles prit place à ses côtés et lui demanda si elle se sentait bien. Jeanne hocha la tête, en pensant aux cernes qui creusaient ses joues et qu'elle avait eu du mal à dissimuler sous son maquillage. Comme il insistait aimablement, elle finit par bredouiller, étonnée par sa sollicitude :

— Je… C'est compliqué… Je suis très fatiguée sans savoir pourquoi. Enfin, si, je crois savoir, c'est juste… dur à admettre…

— Quelqu'un pourrait-il vous aider à y voir plus clair ? Une amie ? Une sœur ?

Elle fut surprise qu'il la vouvoie. Mais il semblait appartenir à un autre temps alors elle ne releva pas.

— Non, personne… Je me sens très seule en ce moment.

— Et votre mari ?

— François n'est pas mon mari… Enfin, ce que je veux dire, c'est que nous vivons ensemble mais ne sommes pas mariés. Et c'est compliqué entre nous aussi…

— Son métier semble le passionner.

— Oh, pour ça, oui, il en est effectivement passionné, soupira Jeanne en regardant l'homme assis à ses côtés. Il en oublie même ma présence et celle de ses enfants !

— En êtes-vous certaine ?

— Votre question est étrange, murmura la jeune femme en fronçant les sourcils.

— Pardonnez-moi, je ne voulais pas paraître impoli, s'excusa-t-il, la main sur le cœur.

— Non, non, ce n'est rien…

— Vous savez, reprit Charles en s'enfonçant au fond du canapé, je pense que le drame de beaucoup de couples d'aujourd'hui, c'est de ne plus réussir à se parler… Regardez Étienne et Alma, ils ont vécu de très nombreuses et douloureuses séparations depuis leur mariage. Ces longues semaines l'un sans l'autre auraient pu les éloigner l'un de l'autre, chacun vivant sa vie de son côté. Cependant, ils ont toujours fait attention, lorsqu'ils se retrouvaient, à ne pas rompre le dialogue entre eux. Ça n'a pas été facile, croyez-moi, il leur a fallu du temps pour apprendre à mettre leur fierté de côté parce qu'ils sont très différents et sacrément orgueilleux, tous les deux. Les regards qu'ils se lancent en permanence n'ont pas pu vous échapper. Ils se parlent beaucoup de cette façon. Ils sont attentifs l'un à l'autre dans le secret de leur cœur et leur amour, s'il ne s'exprime pas par des mots, passe à travers des gestes, des regards, comme une sorte de complicité, de connivence qu'ils ont créée au fil des ans.

— C'est beau ce que vous dites. Vous les connaissez depuis longtemps ?

— Je les accompagne depuis cinq ou six ans, je crois.

— Vous les… accompagnez ? Comment cela ? Vous êtes thérapeute ?

— En quelque sorte, oui, confirma l'homme d'un sourire.

— Vous… Vous m'aideriez ? souffla-t-elle, le cœur battant.

— Avec plaisir !

Il lui tendit une petite carte sur laquelle elle lut son prénom ainsi qu'un numéro de téléphone et une adresse. François revint au salon à ce moment-là et lui annonça qu'il était temps de partir. Elle opina de la tête, remercia encore l'homme de l'avoir écoutée, rangea la petite carte au fond de sa poche et le rejoignit. Il ne l'aida pas à enfiler son manteau, ne lui prit pas la main dans l'ascenseur, et ne lui demanda même pas si elle avait passé une bonne soirée. Ils rentrèrent silencieusement. Et comme il traînait dans la salle de bain, elle s'endormit sans lui…

*

Jeanne quitta à son appartement en jetant un coup d'œil affolé à sa montre. Elle avait eu du mal à se lever, et François était déjà parti lorsqu'elle avait cru pouvoir le rejoindre dans la cuisine. Elle avait couru réveiller ses fils, s'était empressée de les habiller et ils avaient dû avaler leur petit-déjeuner avec une rapidité sans pareille. Évelyne était arrivée pour les emmener à l'école et elle avait enfin pu se préparer. Maintenant, il fallait qu'elle rattrape son retard à tout prix ! D'abord, elle rata le bus qui redémarra sous son nez sans oublier de tremper le bas de son pantalon cigarette avec l'eau de pluie stagnant dans le caniveau depuis quelques jours. Elle pesta, hésita, et décida de marcher pour attraper un métro, bien qu'elle ait horreur de ça, surtout le matin. Avant même qu'elle arrive à la bouche de métro la plus proche, la pluie se mit à tomber. Elle fouilla dans son sac à la recherche de son parapluie, qui ne s'y trouvait évidemment pas. À la place, elle découvrit une petite voiture et un vêtement de poupée. Ses enfants avaient un don pour ranger leurs jouets partout sauf au bon endroit… Elle soupira. Tous ses efforts pour dompter sa crinière n'avaient donc servi à rien, elle allait devoir supporter ses boucles folles toute la journée. En cherchant à échapper aux grosses gouttes qui dégoulinaient sur son visage, elle mit le pied au milieu d'une flaque, s'arrosa à nouveau et noya sa chaussure hors de prix. Le sort s'acharne, pensa-t-elle en sentant ses pauvres forces l'abandonner. La première marche qui se présenta à elle lui servit de siège. Elle s'y écroula, la tête dans les mains. Des passants blottis à l'abri de leurs impers la dépassèrent sans même la voir tandis que la course folle des vélos, des voitures et des bus continuait, indifférente. Jeanne pleura longtemps, perdant toute notion du temps. Son téléphone sonna des dizaines de fois sans qu'elle y prenne garde. Finalement, elle releva la tête et essuya ses larmes. La pluie avait cessé, mais il faisait froid et tellement gris. Des dizaines de personnes étaient passées devant elle sans la voir, sans s'arrêter. Jeanne frissonna. L'hiver n'en finissait pas. Elle avait l'impression que février n'était pas prêt à laisser sa place à mars. Elle serra sa veste humide autour d'elle, hésita un peu, puis se releva et prit le chemin de son appartement. Elle sortit son téléphone, appela la galerie pour les prévenir qu'elle ne viendrait pas, et remonta rapidement vers la rue Chaptal. Pourtant, une fois dans le hall de son immeuble, elle hésita. Pouvait-elle vraiment monter, retrouver Évelyne qui s'occupait de Louise, et oublier ce qui venait de se passer ? Elle s'assit sur la première marche de l'escalier et prit sa tête entre ses mains. Son cœur battait trop vite, trop fort, elle l'entendait résonner dans ses tempes, cogner dans sa poitrine. Elle avait chaud et froid à la fois. Tremblante, la moiteur de ses mains la rendait inconfortable. Tout son être luttait contre cette étrange sensation d'angoisse mêlée d'étouffement. Elle inspira une grande goulée d'air, espérant que cela la calmerait, mais ça ne fit qu'amplifier le malaise dans lequel elle se sentait enfermée. Elle ne pouvait pas rester là. Si quelqu'un passait, il faudrait se justifier. Et qu'allait penser François s'il apprenait qu'elle avait été aperçue, prostrée ainsi dans l'escalier de leur immeuble ? Secouant la tête, Jeanne appela l'ascenseur et rentra chez elle.

— Madame Jeanne, tout va bien ? s'enquit Évelyne, étonnée, lorsqu'elle eut refermé la porte.

— Maman ! s'exclama Louise en lui tendant les bras.

Jeanne s'agenouilla pour serrer sa fille dans ses bras, ravie du bon accueil qu'elle lui réservait. Elle embrassa ses boucles blondes encore emplies de l'odeur du shampoing de la veille. Louise avait passé ses deux bras autour de son cou, et elle sentait ses petites mains se perdre dans la masse de ses cheveux. Elle se blottit contre elle un moment, puis s'écarta vivement et voulut l'attirer vers son tapis de jeux. Jeanne se releva et murmura :

— Ma chérie, maman est très fatiguée, elle va aller se reposer un peu, d'accord ? Tu joues avec Évelyne, je reviens tout à l'heure.

Louise opina du chef, l'œil triste, et retourna se réfugier dans les bras de sa nounou. La jeune femme sentit son cœur se serrer. Sa propre fille préférait la compagnie d'une autre, trouvait refuge et consolation ailleurs que dans ses bras. Comment avait-elle pu en arriver là ?

— Vous avez besoin de quelque chose, madame Jeanne ? lui demanda la nourrice en asseyant la fillette sur ses genoux.

— Non, merci, Évelyne, je n'ai besoin de rien, s'entendit-elle répondre d'une voix éteinte.

Elle traversa l'appartement et s'enferma dans sa chambre pour être sûre de ne pas être dérangée. Elle retira ses chaussures encore humides, les déposa sous le radiateur en sachant bien qu'elle ne pourrait les récupérer en bon état, se débarrassa de sa veste froissée, de son pantalon taché, et fit face à son reflet dans le miroir de la salle de bain. Appuyée au rebord du meuble supportant les deux lavabos, elle plongea son regard dans le sien mais n'y trouva rien. Je suis une coquille vide, pensa-t-elle, plus rien n'a de sens... Revenue dans sa chambre, elle ferma les volets, tira les rideaux, et se glissa dans son lit. Que s'était-il passé pour qu'elle en soit à rentrer se coucher en pleine journée, alors qu'elle bouillonnait de vie auparavant ? Jeanne soupira et enfouit sa tête dans son oreiller en sanglotant violemment. Voilà où ils en étaient arrivés. Après quinze ans de vie commune, plus rien n'avait de sens. Pourtant, ils s'étaient aimés, elle en était certaine ! Mais cette union, sur quoi reposait-elle ? Sur un lit aux draps froissés par l'amour ? Sur des corps jeunes, beaux et attirés l'un par l'autre ? Sur des apparences pouvant se révéler trompeuses ? Ils ne parlaient plus, ne prenaient plus de temps à deux, se croisaient rapidement le soir et le matin... Et si cette attitude cachait quelque chose ? Si François avait une maîtresse ? Si c'était pour elle qu'il rentrait de plus en plus tard ? Si c'était avec elle qu'il partait décrocher des contrats à l'étranger ? Les pleurs de Jeanne redoublèrent. Je ne vaux plus le coup, se dit-elle, j'ai vieilli, je ne suis plus rien pour lui. Tous mes efforts pour le garder auront été vains. Elle en voulut à Louise de s'être invitée par surprise, elle en voulut à Gaspard d'avoir tout à coup eu peur du noir et d'être devenu « une mauviette », elle en voulut à Alexandre de se battre sans cesse dans la cour de récréation.

— Mais qu'est-ce qui se passe ? sanglota-t-elle, la tête dans les mains. Qu'est-ce qui se passe ? Qu'est-ce que j'ai fait de mal ?

Elle se calma petit à petit et réalisa que des voix résonnaient dans l'appartement. Alexandre et Gaspard semblaient être rentrés de l'école. Tiens, depuis quand n'allaient-ils plus à la cantine ? Une autre voix, plus grave, s'éleva, se joignant aux leurs. François ? Elle se redressa d'un bond et frotta son visage pour en effacer toute trace de larmes avant de jeter un coup d'œil à sa montre. Elle indiquait dix-huit heures trente-sept. Jeanne étouffa un cri de surprise. Elle avait donc dormi toute la journée… Que m'arrive-t-il ? pensa-t-elle en s'enfermant dans la salle de bain. Le jet d'eau chaude la détendit un peu. Elle s'appliqua ensuite à retirer le mascara et l'eye-liner qui avaient coulé sur ses joues, peigna ses boucles qu'elle releva en queue de cheval, enfila rapidement un pantalon noir et une blouse de soie crème, vérifia que le vernis posé sur ses ongles de pieds était en assez bon état pour pouvoir marcher pieds nus, essaya de sourire, soupira, et quitta l'atmosphère feutrée de sa chambre. Elle n'avait pas rêvé : dans le salon, François était assis au fond d'un canapé, entre Gaspard et Alexandre qui lui montraient leurs cahiers du jour. Elle se rappela qu'on était vendredi et que son compagnon rentrait plus tôt ce soir-là, ces derniers temps. À leurs pieds, déjà en pyjama, Louise jouait silencieusement avec sa poupée. Sur la table de la salle à manger s'étalaient les cahiers de devoirs des garçons.

— M'man ? fit Alexandre lorsqu'elle apparut dans la pièce.

— Jeanne, tu étais déjà là ? s'exclama François, l'air étonné.

— Maman, regarde, j'ai eu un TB pour mon écriture aujourd'hui, ajouta Gaspard en lui tendant fièrement son cahier.

Elle regarda sans la voir la page d'écriture de son fils, lui sourit en caressant tendrement sa tignasse blonde, et ravala les larmes qui lui montaient aux yeux à la vue du bleu violacé entourant l'œil gauche d'Alexandre.

— Qu'est-ce qui s'est passé ? s'enquit-elle en ancrant son regard dans celui de son aîné.

— C'est Timéo qui m'a provoqué, répliqua le garçon sans ciller. Il a dit que Gaspard c'était un trouillard et une mauviette et que tout le monde le savait !

— Maman, c'est pas vrai que je suis un trouillard et une mauviette, se défendit le cadet en secouant ses boucles blondes dans tous les sens.

— Moi j'aime pas quand on se moque de Gaspard, M'man !

— Est-ce que c'était une raison pour en venir aux mains, une fois encore ? soupira-t-elle.

Alexandre se redressa en serrant les poings. Son regard d'acier accrocha celui de la jeune femme qui frémit en réalisant à quel point il s'était durci sans qu'elle s'en aperçoive.

— De toute façon, tu peux pas comprendre, hurla-t-il, tu t'en fous de nous, maman, t'es nulle, nulle, nulle ! Même quand tu rentres plus tôt, tu viens jamais nous chercher à l'école, tu regardes jamais mon cahier, et en plus t'as oublié que tu avais une réunion avec la maîtresse tout à l'heure ! J'te déteste !

— Alexandre, je t'interdis de parler comme ça à ta mère, rugit François, rouge de colère, en attrapant l'enfant par le bras pour le secouer violemment.

— François, doucement, lui intima la jeune femme en levant les mains à hauteur de son visage pour l'empêcher d'aller plus loin.

Alexandre s'échappa de son emprise, se recroquevilla au fond du canapé et s'effondra en sanglotant.

— Mais moi je voulais juste défendre Gaspard, et c'est pas de ma faute si Timéo il est tombé quand je l'ai poussé, et je voulais pas qu'il se fasse mal, mais lui il m'a fait très mal aussi, maman !

— Alexandre, ça fait des semaines qu'on te répète la même chose, la violence ne sert à rien, martela Jeanne en s'asseyant près de lui. La maîtresse et la directrice te l'ont dit aussi. Il faut l'ignorer, ce garçon, d'accord ? Tu le sais, toi, que ton frère n'est ni un trouillard ni une mauviette, tu n'as pas besoin que tout le monde soit d'accord avec toi. Je ne veux plus que tu rentres avec des bleus partout, tu m'as entendue ?

— Bah oui, renifla-t-il.

— Et tu parles correctement, s'il te plaît, ajouta François, les bras croisés, en revenant près d'eux.

— Oui, papa.

Jeanne ébouriffa les cheveux de son fils en lui adressant un clin d'œil et s'enquit du dîner. Comme à son habitude, Évelyne s'en était chargé, et le plat de lasagnes était dans le four. Quant à la purée de Louise, elle attendait dans le babycook. La jeune femme souleva la fillette, l'assit dans sa chaise haute et réchauffa son assiette. Elle lui donna patiemment à manger tandis que les garçons passaient au bain l'un après l'autre. François s'était assis dans un canapé, il feuilletait un magazine. Elle tenta d'attirer son attention en lui posant des questions sur sa journée mais n'obtint rien de plus que des « oui, oui » et des « mmmh » distraits. Alexandre et Gaspard réapparurent, les cheveux humides et le peigne à la main. Ils n'avaient pas réussi à dompter leurs tignasses. Jeanne s'en amusa, les peigna et leur demanda de mettre la table tandis qu'elle allait coucher Louise. Lorsqu'elle revint dans la salle à manger, la table était mise et les deux enfants affamés étaient assis à leurs places respectives.

— François, à table, lança-t-elle en se dirigeant vers le four.

— Mmmh, j'arrive, commencez sans moi j'ai un coup de fil à passer.

Il disparut sans plus de cérémonie dans leur chambre. Jeanne échangea un regard désolé avec ses fils, apporta le plat sur la table, servit les assiettes et leur intima de commencer, sans quoi tout allait refroidir. Elle remit le plat au four et s'attabla avec eux. Mais alors qu'ils faisaient honneur au plat préparé par leur nourrice, elle eut du mal à en avaler plus de trois cuillérées. À qui François était-il en train de téléphoner ? Et pourquoi alors qu'ils passaient à table ? Est-ce qu'ils en étaient à se fuir, maintenant ? Je dois penser à autre chose, se raisonna-t-elle, je ne peux pas me laisser écraser comme ça, il faut que je me ressaisisse ! Raccrochant son sourire sur son visage, elle demanda à ses fils comment s'étaient passées leurs journées. Ravis, ils s'empressèrent de tout lui raconter. Ce matin, Alexandre avait appris à convertir des unités de mesure, et il était très fier parce qu'il avait tout compris, et il avait même réussi à résoudre le problème de la maîtresse ! Ensuite, ils avaient repris leurs mesures, comme en début d'année, et il avait grandi de trois centimètres depuis le mois de septembre. Quant à Gaspard, il avait terminé son travail de lecture sur « Les Bons Amis », ils avaient tous choisi un animal et la maîtresse leur avait appris à le dessiner. Ensuite, ils avaient fait du calcul mental et il avait eu presque tout bon. Et sa page d'écriture était très belle aussi ! Elle les écouta tout en les regardant avaler une nouvelle part de lasagnes. François n'était pas réapparu. Ils prenaient leur dessert lorsqu'il revint. Il s'excusa rapidement, se servit et déclara qu'Évelyne était décidément une excellente cuisinière, ce que ses fils s'empressèrent de confirmer. Comme ils avaient terminé, Jeanne les envoya se brosser les dents. François mangeait sans un mot, sans se préoccuper d'elle. Il releva la tête, croisa son regard, lui sourit et lança :

— Ça va, ma chérie ? Tu fais une tête bizarre.

— Les garçons auraient aimé dîner avec toi.

— Ils s'en remettront, va. C'était important.

— C'est toujours important, souligna-t-elle en levant les yeux au ciel.

— Il s'agit de mon travail, Jeanne, lui répliqua-t-il un peu sèchement.

— Et quel genre de travail appelle son patron à dix-neuf heures trente un vendredi ?

— Arrête, murmura-t-il, ça ne te va pas de parler comme ça.

— Je parle comme j'en ai envie, François.

— Ouuuh ! toi tu as les hormones qui travaillent ces derniers jours, se moqua-t-il gentiment.

— Ça ne m'amuse pas vraiment. Je vais voir s'ils sont prêts à se coucher.

La main de François attrapa la sienne et l'empêcha de se lever. Elle le regarda, étonnée, sans comprendre.

— Et si j'avais envie, moi, de dîner avec ma femme ? reprit-il, les yeux dans les siens.

— Il ne fallait pas répondre au téléphone quand elle t'a appelé à table, lui répondit-elle froidement en s'échappant.

Dans la salle de bain, les garçons s'amusaient à se bombarder de dentifrice. Ils en avaient partout. Elle soupira, les gronda pour la forme, les aida à se débarbouiller et ils se réunirent autour du lit de Gaspard pour une courte histoire à laquelle François se joignit, appuyé d'une épaule à l'encadrement de la porte. Et ils se mirent au lit sans broncher. Alexandre accepta même que la jeune femme dépose un peu de baume sur son œil au beurre noir pour qu'il dégonfle plus vite. Les enfants couchés, ils se retrouvèrent seuls, face à face, et s'observèrent un moment dans un silence gêné. Tout en n'échangeant plus que quelques phrases sans grand intérêt, ils rejoignirent leur chambre et se couchèrent. Réveillée au milieu de la nuit, en proie à ses insomnies habituelles, Jeanne constata que François n'était plus à ses côtés. Un instant, elle fut tentée de fouiller dans son portable, resté à sa place sur sa table de chevet. Elle n'en fit rien car elle avait trop peur que son cauchemar devienne réalité. Elle se retourna et se rendormit sans lui, intriguée par son absence. Le week-end passa. Cloîtrés dans leur appartement à cause de la pluie, ils en profitèrent pour planifier leurs prochaines vacances, car, chose étonnante, François avait choisi de poser quelques jours au moment des vacances de ses fils. Destination la Guadeloupe pendant quinze jours, donc ! Jeanne n'en revenait pas. Depuis des années, François ne s'était plus soucié ni d'elle ni de leurs enfants. Il s'était consacré à son travail, les laissant seuls de plus en plus souvent. Et maintenant, il organisait des vacances familiales ? Mais dans quel but ? Pourquoi ? Vraiment, cette attitude devait cacher quelque chose… Elle attendit d'être seule avec lui dans la cuisine pour lui faire remarquer qu'il allait devoir supporter sa présence tout au long du voyage… Le regard qu'il lui jeta la fit tressaillir. Elle n'avait jamais vu une telle forme de souffrance dans ses yeux gris. Elle se méprit sur sa signification, haussa les épaules en poussant un soupir exagéré et rejoignit ses enfants qui regardaient des photos de l'île sur la tablette. François ne réapparut pas de la soirée, et elle se coucha sans lui, en pestant contre sa présence fantôme. Elle imagina qu'il allait passer la nuit avec sa maîtresse, et fut surprise de l'entendre rentrer au milieu de la nuit, marcher à tâtons dans leur chambre et se coucher en soupirant.

— Où étais-tu ? souffla-t-elle dans la pénombre.

— Fous-moi la paix, Jeanne Morand, siffla-t-il en guise de réponse.

Elle tiqua. Autrefois, lorsqu'il utilisait son nom, c'était pour lui dire qu'il l'aimait, pas pour l'envoyer paître de cette façon. Elle lui tourna le dos et tenta de retrouver le sommeil. Peine perdue, son esprit vagabondait, imaginant tout ce qu'il avait bien pu faire durant ses heures d'absence. Il fallait qu'elle sache, quitte à souffrir s'il lui confirmait ce dont elle se doutait. Le pansement fait mal lorsqu'on l'arrache d'un coup, mais au moins la douleur est de courte durée. Elle se retourna, prit une profonde inspiration en fixant le plafond et en resserrant ses doigts sur la couette, puis se lança :

— François, si tu as une maîtresse, je préfère que tu me le dises tout de suite, déclara-t-elle d'une voix blanche.

— Une quoi ? s'exclama-t-il à l'instant même où elle se taisait. Sérieusement, Jeanne, une maîtresse ?

— Tu n'es plus beaucoup là, ces derniers temps, bredouilla-t-elle, surprise par la colère qu'elle sentait naître.

— Est-ce que ça veut dire que j'ai une maîtresse ?

— Tu passes ton temps sur ton téléphone, tu ne m'emmènes plus à tes voyages, tu…

— Stop, tais-toi, la coupa-t-il violemment en s'asseyant et en allumant.

Ils s'affrontèrent du regard. Jeanne pouvait sentir la tension de son compagnon à sa façon de se tenir et à sa façon de la regarder. Il frémissait de colère, pire, il fulminait. Elle déglutit difficilement et mordit nerveusement sa lèvre inférieure. Est-ce que toute cette tension signifiait qu'elle s'était trompée ?

— Je n'en reviens pas que tu aies pu croire ça, soupira-t-il. Si je ne suis pas beaucoup là, c'est parce qu'on développe de plus en plus de projets internationaux, et si je ne t'emmène plus, c'est parce que je pensais que ton métier était plus important que ces voyages. Jeanne, tu tiens ta propre galerie, je sais combien c'était important pour toi d'y arriver, je ne voulais pas t'empêcher de le vivre à fond. Et puis, il y a les enfants, aussi. Qui s'en occuperait si nous étions tous les deux absents ? Quant à mon portable, tu peux fouiller dedans, si ça peut te rassurer, termina-t-il en le lui tendant. Je n'ai rien à te cacher, Jeanne. Et ça me fait de la peine que tu aies pu imaginer que je préférais la compagnie d'une autre à la tienne. Je sais que je n'ai pas été très présent l'an dernier, mais je fais des efforts depuis le mois de janvier. Tu râlais parce que je ne m'occupais pas assez des enfants, je sors exprès du bureau plus tôt le vendredi pour profiter d'eux ! Tu m'as chassé de notre chambre, je l'avais sûrement mérité mais je t'ai dit mon désir de revenir, et tu m'as laissé revenir. On ne sortait plus, je t'ai proposé un dîner chez les d'Aigrelens et tu ne m'as pas adressé la parole de la soirée, Jeanne. Je ne comprends pas. Que faut-il que je fasse de plus ? Que t'arrive-t-il ? Je ne te reconnais plus, en ce moment…

Jeanne sentit les larmes lui monter aux yeux, affluer derrière ses paupières qu'elle gardait obstinément fermées. Elle serra les poings, inspira profondément. Elle savait bien qu'il avait raison. C'est vrai qu'il avait fait des efforts pour reprendre sa place au sein de leur foyer. Il avait changé depuis quelque temps. Il était plus présent, plus prévenant aussi. Et elle, elle s'enfermait dans sa tour, derrière sa fenêtre, citadelle imprenable. Et elle réalisait de plus en plus tout ce qu'elle avait mis de côté pour continuer à lui plaire. Et le pire, c'est que ça produisait l'effet inverse ! En restant près de lui, elle le faisait fuir. En demeurant fidèle à l'image qu'elle avait toujours renvoyée d'elle-même, elle se perdait. Mais c'était tellement dur à admettre…

— Où étais-tu, alors ? s'enquit-elle, la voix étranglée par l'émotion.

— C'est tout ce que tu trouves à dire ? soupira-t-il, les bras ballants.

— Je suis un peu perdue, souffla-t-elle en baissant la tête.

— Je suis allé me saouler avec Camil. Comme il était ivre mort, je l'ai raccompagné chez lui et j'ai attendu qu'il décuve pour partir. J'imagine que ma réponse ne te satisfait pas, mais c'est la seule que je puisse te donner puisque c'est ce qui s'est vraiment passé. Maintenant, tu penses bien que j'ai aussi quelques grammes d'alcool dans le sang, donc je suis crevé et je vais dormir. Je bosse demain, moi. Bonne nuit.

Il se rallongea, éteignit la lumière et lui tourna le dos. Stupéfaite, elle s'étendit à nouveau et ravala les sanglots qui la secouaient. Le lendemain, bien qu'elle se soit levée en même temps que lui – ce qui était inhabituel car elle ne travaillait jamais le lundi – il ne lui adressa pas un mot pendant leur petit-déjeuner. Au moment de partir, pourtant, et alors qu'il avait déjà son manteau sur le dos et son vieux cartable de cuir à la main, il revint, se pencha vers elle, déposa un long baiser sur sa tempe et, comme elle se raidissait, surprise, lui jeta le même regard douloureux que la veille avant de s'éclipser. À peine avait-il fermé la porte qu'elle s'effondrait en sanglotant, la tête dans ses bras repliés sur la table haute de la cuisine à laquelle elle était assise.

Chapitre 3

En fouillant dans son sac à main à la recherche d'un mouchoir, Jeanne tomba sur une petite carte qu'elle avait oubliée. Celle d'un homme qui lui avait proposé son aide lors d'un dîner, quelques semaines plus tôt. Contre toute attente, Charles répondit immédiatement. Elle formula sa demande à demi-mot mais il dut malgré tout comprendre ce qu'elle recherchait car il lui proposa qu'ils se retrouvent dès qu'elle aurait déposé ses enfants à l'école. Jeanne raccrocha, s'habilla, effaça toute trace de larmes et alla s'occuper de ses garçons. Pour une fois, lorsque Évelyne arriva, ils étaient habillés, le petit-déjeuner pris, et la jeune femme feuilletait leurs cahiers du jour en écoutant leurs explications. Elle lui indiqua qu'elle se chargeait d'emmener ses fils à l'école, et que Louise dormait toujours. La vieille nourrice hocha la tête et entreprit silencieusement de ranger les restes du petit-déjeuner. Quelques instants plus tard, Jeanne déposait ses fils devant l'école. Elle les embrassa chaleureusement, le cœur serré de les voir disparaître si vite derrière la porte, tout heureux de retrouver leurs copains. Elle salua brièvement quelques mères qu'elle avait déjà croisées, et guidée par son GPS, descendit ensuite vers le café où Charles lui avait proposé qu'ils se retrouvent. Elle n'avait pas relevé cette idée étrange, mais plus elle avançait, plus elle trouvait ça étonnant de rencontrer un thérapeute dans un café. Pourtant il était bien là, assis à une petite table, plongé dans ses pensées. Ils se saluèrent, commandèrent leurs boissons et Charles lui sourit pour l'encourager à se lancer. La jeune femme hésita un peu, elle ne savait pas trop où cela la mènerait. Elle rassembla ses esprits, se massa le front, s'éclaircit la voix et enfin, se lança dans un récit décousu des derniers mois qu'elle avait vécus. Elle parla de son travail, de ce rêve d'adolescente réalisé grâce au soutien de François et à toutes les portes qu'il avait ouvertes pour elle. Elle parla de lui, bien sûr, de leur histoire qui avait été si belle jusqu'à ce que sa boîte s'effondre, et de leur couple qui battait de l'aile depuis. Elle parla de leurs enfants, de ses fils, d'abord, puis de sa petite Louise, de l'amour qu'elle leur portait mais qu'elle ne savait pas comment montrer.

— Et vous, Jeanne ? lui demanda Charles lorsqu'elle se tut.

— Moi ? fit-elle.

— Oui, vous. Au milieu de tout ça, que ressentez-vous ?

— Rien, souffla-t-elle. Je ne ressens plus rien ! Je pleure tout le temps, j'ai le ventre noué, je suis fatiguée, je ne me reconnais plus. Ce n'est pas moi, cette femme, François a raison… Avant, je bouillonnais, j'avais de l'énergie à revendre, je l'aurais suivi partout, je…

— Avant quoi ?

— Avant qu'il perde son travail et que Louise s'invite. Je n'ai pas oublié sa colère lorsque je le lui ai appris, je me souviens de son regard, de sa voix, je… Il ne m'aime plus depuis ce jour-là, et moi je ne suis rien sans son amour. Je servais dans un bar pour avoir un peu d'argent lorsque nous nous sommes rencontrés ! Je n'étais rien… Il m'a ouvert l'accès à des lieux dont je n'osais même pas rêver…

— Est-ce pour cela que vous l'aimez ? Parce qu'il vous a permis d'entrer dans un autre monde que celui auquel vous étiez destinée ?

— Je ne sais pas… Je ne sais même pas ce qui lui a plu en moi ! Je… Je n'avais rien d'attirant, vous savez. J'étais le cliché de l'étudiante en histoire de l'art, je…

— Le cliché de l'étudiante en art ? rit-il. Dites-m'en plus !

— Eh bien, je portais des foulards dans les cheveux, je ne me préoccupais pas de mes boucles, plus elles étaient longues et lourdes, plus j'étais heureuse, j'avais des vêtements amples et colorés, des grandes bottes à talons, je…

— Effectivement, vous avez bien changé, constata Charles en désignant sa robe noire, très seyante, ses escarpins, et son chignon travaillé. Est-ce pour lui que vous vous êtes transformée ?

— Un peu, oui, reconnut Jeanne. Là d'où il venait, ça faisait tache. Je voulais devenir élégante pour lui faire honneur.

— Et savez-vous ce qui lui plaisait chez vous ?

— Non, murmura-t-elle. Je ne le lui ai jamais demandé, je… Je crois que j'avais peur de sa réponse. Toutes les femmes qui l'entouraient étaient grandes, minces, brillantes, élégantes… Parfaites… J'ai voulu leur ressembler pour ne pas rester une étrangère.

— Et vous ne vous êtes jamais dit que ce qui lui plaisait en vous, c'était justement que vous soyez étrangère à son petit monde ? Jeanne, vous m'avez dit qu'il est plus âgé que vous, que lorsque vous vous êtes rencontrés, il travaillait déjà alors que vous étiez encore étudiante. Il a été honnête lorsqu'il vous a parlé des autres femmes, celles qu'il a connues avant vous, et il vous a clairement dit que ça n'avait jamais duré parce qu'il ne voulait pas que ça dure. Or, avec vous, ça a duré, ça dure encore, depuis… ?

— Presque seize ans, lâcha Jeanne, le cœur battant.

— Seize ans, Jeanne. Est-ce qu'on vit seize ans avec une femme que l'on n'aime pas ?

— Je… Je ne sais pas…

Jeanne s'effondra à nouveau. Les larmes inondèrent son visage, baignèrent ses joues, froissèrent ses yeux. Elle s'excusa, tentant tant bien que mal de faire cesser le flot d'émotions qui la chamboulait. Il lui tendit un mouchoir et attendit patiemment qu'elle s'apaise, les mains jointes. Elle se calma, respira profondément, essuya ses dernières larmes et se redressa un peu dans son fauteuil.

— Vous devez me prendre pour une folle, soupira-t-elle.

— Non, Jeanne, pas du tout. Je crois que vous vous êtes perdue, et je pense que je peux vous aider à vous retrouver.

— Comment ?

— Pour commencer, vous allez apprendre à vous arrêter, déclara-t-il avec un grand sourire.

— À m'arrêter ? Je ne comprends pas.

— Est-ce que ça vous arrive de vous asseoir pour lire un livre, ou simplement pour laisser vos pensées s'écouler librement ? lui demanda-t-il.

— Jamais, fit Jeanne.

— Ce sera donc votre premier exercice. Essayez de vous arrêter au moins une fois par jour. Isolez-vous dans un lieu calme, un lieu dans lequel vous pourriez vous sentir bien. Prenez de quoi noter, ça peut être intéressant de garder une trace de ce à quoi vous allez penser, cela vous permettra d'esquisser une sorte de chemin de votre guérison intérieure. Ça vous convient ?

— Oui, s'entendit-elle répondre, mais vous, par exemple, où vous isolez-vous ?

Il sembla réfléchir un instant. Ses yeux se fixèrent sur un point invisible. Puis il revint à elle et murmura dans un sourire :

— J'aime le calme des églises.

Interloquée, la jeune femme cligna des paupières. Elle craignait d'avoir mal entendu. Ayant jeté un coup d'œil à sa montre, Charles se releva et enfila son manteau. Il devait partir. Il offrit de payer son café et elle le suivit jusqu'à la porte, sans un mot. Ils se séparèrent et il traversa rapidement la rue, le cou enfoncé dans son col à cause du froid. Curieuse, Jeanne le suivit du regard jusqu'à ce qu'il disparaisse de son champ de vision. Avait-il vraiment prononcé le mot « église » ? Elle savait qu'il y en avait une, non loin du lieu où elle se trouvait. Rassemblant son courage, elle s'y rendit, pour voir si c'était effectivement un lieu calme et propice à la réflexion. Elle fut immédiatement frappée par le silence qui régnait à l'intérieur du bâtiment. Cette église n'avait rien à voir avec celles de son enfance. Pas de pierre sombre, de tableaux angoissants, de bancs de bois trop raides. Elle était immense, colorée, lumineuse, et paisible. Son œil expert détaillait l'espace qui s'ouvrait devant elle. Elle ne put retenir un sourire. Autour d'elle, quelques personnes s'étaient agenouillées, sans doute pour prier. Elle resta debout, les yeux fixés sur l'autel, se souvenant que derrière se trouvait le tabernacle. À l'intérieur reposait le mystère auquel elle n'avait jamais réussi à croire. Des bribes de souvenirs lui revinrent, des morceaux de prière résonnèrent dans son esprit, de la musique, l'odeur de l'encens, les mouvements du prêtre et des servants d'autel, les silences chargés de sens… Elle s'assit, la tête bourdonnante, en proie à un malaise vertigineux. Elle lutta contre tous ces souvenirs qui l'envahissaient, prit sa tête dans ses mains et sentit le sang pulser dans ses tempes, sous ses doigts glacés. De plus en plus mal à l'aise, elle se releva et sortit précipitamment, un peu honteuse du bruit de ses talons claquant sur les dalles. Dehors, elle respira mieux et s'éloigna rapidement en se retournant fréquemment pour vérifier qu'on ne la suivait pas. Sa montre lui indiqua qu'il était presque onze heures. Elle héla un taxi et se fit conduire à sa galerie, en plein cœur du Marais. Comme elle n'était pas censée travailler, elle s'enferma dans son bureau, au fond, et alluma son ordinateur pour consulter ses derniers mails, répondre à des demandes, relancer certains de ses artistes favoris, et commencer à préparer sa prochaine exposition. Le mois de mars s'écoulait lentement, mais avec les beaux jours qui ne tarderaient pas à revenir, il lui fallait quelque chose de lumineux, de pétillant. Elle nota ses idées et revint faire le tour des œuvres exposées, chassant de son esprit le souvenir des tableaux accrochés dans l'église. Elle était fière du travail qu'elle avait accompli pour en arriver là. Ses vernissages avaient toujours été un succès, elle y conviait les plus grands, les plus riches, ceux dont elle était sûre de pouvoir tirer quelque chose. Perchée sur des talons vertigineux, tirée à quatre épingles, l'œil aux aguets, elle savait comment tirer profit de son allure pour attirer ceux dont elle avait besoin. Elle s'était bien battue, et François l'avait soutenue, vantant ses mérites auprès de ses collègues et de ses relations pour qu'elle se fasse un nom et une réputation plus vite que les autres. Mais tout ça pour quoi ? Dans quel but ? Face à ses tableaux, elle se sentait maintenant vide, tellement vide. L'excitation et l'euphorie des premiers succès avaient laissé la place à un sentiment amer. Plus d'amis sur qui s'appuyer, des discussions superficielles avec des gens dont seul l'argent l'intéressait, des sourires « pour faire bien… ». Et après ? Le jour où la boîte de François s'était écroulée, ils lui avaient tous tourné le dos. Si sa galerie n'attirait plus, ce serait la même chose. À trop vouloir séduire, elle en avait oublié le plus important. Sa belle image, créée de toutes pièces, finirait bien par voler en éclats et révéler un monde intérieur repoussant, écœurant même, à bien y regarder. Je n'ai que ce que je mérite, soupira-t-elle, la tête dans les mains. J'ai joué, j'ai séduit, aujourd'hui je n'en ai plus la force et je sais bien ce que ça signifie… Il y a vingt minutes, je programmais les expos du printemps, et là… je n'ai même plus envie de me battre… Ressaisis-toi, ma pauvre fille, ce n'est pas comme ça que tu y arriveras ! Jeanne secoua la tête et ravala ses larmes. Allons bon, elle n'allait quand même pas se laisser faire et devenir une pleurnicharde. Hors de question de se laisser à nouveau submerger par un sentimentalisme déplacé et puéril. Elle s'était toujours battue, elle ne baisserait pas les bras. Sa galerie continuerait à être l'une des plus en vues du Marais, les gens continueraient à se presser à ses portes les soirs de vernissage, et personne, jamais, ne découvrirait les méandres de ses pensées. Tout le monde avait ses secrets, elle pouvait bien garder les siens, elle aussi. Rassérénée, elle retournait à son bureau lorsque la clochette de la porte tinta, annonçant l'entrée d'un visiteur.

— C'est fermé, lança-t-elle sèchement en se retournant.

Son cœur eut un raté lorsqu'elle croisa son regard.

— François ? s'exclama-t-elle en revenant alors sur ses pas, lissant sa robe d'une main, vérifiant que plus aucune larme ne coulait sur ses joues de l'autre.

— Tu n'étais pas censée te reposer aujourd'hui ? s'enquit-il en s'approchant.

— Je… J'ai eu des idées pour mes expos du printemps, il fallait que je vienne m'en occuper, lui répondit-elle en croisant les bras.

Il hocha la tête et fit le tour de la galerie des yeux. Attiré par un tableau, il s'en approcha et se perdit dans sa contemplation.

— Et toi, qu'est-ce que tu fais là ? reprit-elle.

— J'avais un rendez-vous dans le coin ce matin. Je me suis dit que j'allais passer voir à quoi ça ressemblait, ça fait longtemps que je ne suis plus venu. Tu étais là, je suis donc entré. Sympa, ce tableau, poursuivit-il, je vois qu'Hélie reste ton chouchou numéro un.

— Si c'est pour me faire ce genre de remarque que tu es entré, tu peux ressortir, riposta-t-elle en se redressant.

— Aïe. J'ai touché un point sensible, se moqua-t-il tandis qu'elle déglutissait difficilement.

— Tu n'y es pas, se défendit-elle fièrement.

— Je n'y suis jamais, de toute façon, fit-il en haussant les épaules avant de se tourner vers elle pour reprendre : bien, ma chère Jeanne, je te laisse à tes projets, je vais déjeuner. À ce soir ! Ne m'attends pas trop tôt, je passerai voir ma maîtresse en sortant du bureau, ajouta-t-il en la fusillant de ses yeux gris.

Soufflée par ses derniers mots, Jeanne ne sut que répondre. Elle resta plantée au milieu de la pièce, les bras ballants, tandis qu'il sortait en sifflotant. Comment avaient-ils pu en arriver là, à prendre plaisir à se faire souffrir ? Elle serra les poings, étouffa un cri de rage, courut chercher son sac et son manteau, ferma la galerie et scruta les trottoirs. Il n'était pas loin, marchant d'un pas léger, les mains dans les poches de son manteau. Elle le rattrapa, le tira par la manche, et l'affronta du regard. Elle avait envie de lui faire mal, très mal, tellement mal. Le malaise était revenu, poignant, vibrant, rejetant au passage toutes ses bonnes résolutions. Elle n'en pouvait plus de se sentir si mal en sa présence.

— Tu es un salaud, cracha-t-elle, sans ciller face à l'éclat de ses yeux.

— Allez, Jeanne Morand, vas-y, montre un peu ce que tu as dans le ventre, la provoqua-t-il, un petit sourire en coin.

— Ne m'appelle pas comme ça, cria-t-elle sans se soucier des passants qui s'écartaient d'eux. Je te déteste, François, je déteste ce que tu as fait de moi !

— C'est petit de tout me mettre sur le dos.

— J'ai tout changé, tout abandonné pour leur ressembler, reprit Jeanne, toujours agrippée à lui.

— Pour ressembler à qui ?

— Mais… Mais… À elles !

— À qui ? insista-t-il.

— À toutes ces femmes qui te tournaient autour !

— Est-ce que je t'ai demandé de changer pour moi, Jeanne ? lui demanda le jeune homme d'une voix soudain très douce en posant ses mains sur les siennes.

— Je… Je…

Il réitéra sa question, happant la jeune femme d'un regard. Elle se tut, cligna des paupières, mordit ses lèvres. Il passa un bras solide dans son dos pour la ramener tout contre lui. Coincée dans ses bras, elle lutta encore un peu, se repoussant en arrière, frappant sa poitrine de ses paumes. Elle avait honte de s'être donnée en spectacle, et elle ne supportait pas qu'une fois encore, il la renvoie en face de ses actes pour souligner ses erreurs.

— Pourquoi tu fais ça ? s'enquit-elle d'une voix tremblante.

— Pourquoi je fais quoi ?

— Pourquoi tu ne fais que me poser des questions ? cria-t-elle encore. Pourquoi tu ne réponds pas aux miennes ?

— Parce que je ne peux pas y répondre, Jeanne. Ce sont des questions que tu te poses à toi-même à travers moi. Je ne suis pas celui qui te donnera les réponses. C'est à toi de les trouver.

— Mais… Mais pourquoi tu me fais mal ?

— Et si j'avais mal, moi aussi, Jeanne ? Est-ce que tu y as pensé ? répliqua-t-il doucement.

— Mais, tu… Mais, je… bredouilla-t-elle, surprise.

— Étonnant, n'est-ce pas, de découvrir que le pauvre François a des sentiments, reprit le jeune homme en desserrant un peu son étreinte. Pourtant je ne te l'ai jamais caché. Je t'aime, Jeanne, mais je ne te reconnais plus. La femme que je tiens dans mes bras, ce n'est pas celle dont j'ai fait ma compagne, ce n'est pas celle avec laquelle j'ai voyagé, ce n'est pas celle que j'ai aimée à l'instant même où je l'ai vue. Je ne sais pas ce qui t'arrive, je ne sais pas si c'est ma faute, si j'ai manqué quelque chose, si j'ai dit ou fait quelque chose pour qu'on en arrive là. Je voudrais la retrouver, cette Jeanne que j'aime… Parce qu'elle me manque.

Le cœur de Jeanne explosa dans sa poitrine. Ses jambes tremblèrent, et elle se serait écroulée s'il ne l'avait pas tenue solidement. Les sanglots retenus jaillirent, secouant violemment la jeune femme. Sa tête s'inclina contre le manteau de François, elle s'y blottit, s'y réfugia. Il la tenait toujours, l'enveloppant de ses bras, le nez dans ses cheveux, attendant patiemment que les larmes se tarissent, qu'elle puisse enfin parler.

— J'ai cru, commença-t-elle en bégayant, j'ai cru qu'il fallait que je sois comme elles… Et tu… Quand Louise, tu… Je me suis dit que… Alors j'ai tout fait pour que… Je suis perdue, François, complètement perdue…

— Je sais, dit-il en prenant tendrement son visage entre ses mains pour l'obliger à le regarder. Mais je sais aussi que tu vas te retrouver, Jeanne. Tu es une femme formidable, tu as toutes les clés pour t'en sortir.

— François, je…

— Chut ! s'il te plaît, n'ajoute rien. Et viens, allons déjeuner. Tu n'as rien mangé du week-end, tu es maigre à faire peur.

Jeanne fouilla sa poche à la recherche d'un mouchoir et effaça ses dernières larmes. Lorsqu'elle releva la tête, François souriait. Elle fronça les sourcils, l'interrogeant du regard. Il haussa les épaules, embrassa son front, lui prit la main et l'emmena déjeuner dans un restaurant du quartier. Assis l'un en face de l'autre, ils mangèrent en échangeant vaguement quelques phrases. En sortant, François la prit par les épaules. Il plongea son regard dans le sien, la scruta longtemps, sembla hésiter, puis murmura :

— Jeanne, je ne rentrerai pas ce soir. En fait, je ne rentrerai plus. Tu as besoin de réponses que je ne peux pas te donner. Nous avons, tous les deux, besoin de nous retrouver. Ce n'était pas pour un rendez-vous que j'étais dans le quartier, je signais pour un appartement. Je te demande pardon de t'avoir menti. Je vais m'y installer en attendant que tu ailles mieux. Je prendrai les enfants aussi souvent que possible. Je t'aime, Jeanne, mais je ne peux plus continuer comme ça.

— François… souffla-t-elle, abasourdie par la nouvelle.

— Ma décision est prise, je ne reviendrai pas dessus. Je vais passer à la maison pour prendre quelques affaires, j'achèterai le reste.

— Et les enfants ?

— Tu sauras trouver les mots pour tout leur expliquer.

— Tu me quittes ? reprit-elle en ravalant les larmes qu'elle sentait affluer à nouveau, maudissant sa faiblesse.

— Non, Jeanne. J'essaye de t'aider. À bientôt, conclut-il en déposant un nouveau baiser sur son front.

Il la regarda une dernière fois et s'éloigna d'un pas rapide. Plantée au milieu du trottoir, Jeanne le regarda partir, incapable d'esquisser un seul geste pour le retenir. Je n'ai que ce que je mérite, se dit-elle. Comme un automate, elle retourna à sa galerie et s'y enferma pour pleurer tout son saoul. La jolie façade de leur famille parfaite avait commencé à se craqueler, la belle image de leur vie parfaite s'étiolait, et derrière leurs masques, la noirceur de leurs âmes commençait lentement à se révéler.

*

Deux semaines. Déjà deux semaines que François était parti. Les enfants avaient passé le week-end chez lui, ils en étaient rentrés ravis et leurs sourires lui avaient broyé le cœur. Seule dans son grand lit, elle fixait le plafond, cherchant à faire le point sur les derniers jours écoulés. Elle avait sans doute un peu trop abusé de la gentillesse et de la disponibilité d'Évelyne, voilà pourquoi ses enfants la battaient froid. Mais les expositions du printemps se présentaient bien, et un premier vernissage aurait lieu le lendemain. Elle avait transmis une invitation à François, dans l'espoir qu'il s'y présente. Et elle avait fui toute occasion de se retrouver seule, dans le silence, face à elle-même, multipliant les bruits, haussant le volume de la musique, allant même jusqu'à proposer des plateaux télé à ses enfants le soir pour ne pas avoir à faire la conversation. Elle n'avait pas recontacté l'étrange Charles non plus. En même temps, comme elle était incapable de faire ce qu'il lui avait proposé, il valait mieux qu'ils ne se revoient pas. Bilan, elle était encore plus vide qu'avant que François la quitte, encore plus maigre aussi, sans doute… Jeanne attrapa l'oreiller du jeune homme et le serra dans ses bras. Elle s'endormit en pleurant silencieusement. Encore. Pourtant, le lendemain soir, elle accueillait ses invités avec un grand sourire aux lèvres, dans une robe d'un rouge vif provocant, les cheveux lissés, retenus en queue de cheval. Elle avait un mot pour chacun, dirigeait les nouveaux vers les anciens, faisait les présentations, passait de l'un à l'autre sans trop s'attarder, jetant de temps à autre un œil vers la porte en espérant qu'elle s'ouvre enfin sur lui. Un SMS mit brutalement fin à son attente au milieu de la soirée : « Jeanne, je ne viendrai pas ce soir. Je te souhaite une belle soirée, je suis sûr que tu brilleras, comme toujours. François. » Deux phrases. Aucune justification de sa part, il se contentait de quelques mots. Elle rangea rageusement son portable au fond de son sac, inspira profondément, avala le contenu d'une flûte de champagne et retourna vers ses invités en souriant. Hélie l'intercepta.

— Jeanne, s'exclama-t-il de sa voix méditerranéenne, je te cherchais partout ! C'est magnifique ce que tu as fait, vraiment, merci de savoir si bien mettre en valeur toutes mes œuvres !

— Hélie, ce sont tes toiles qui mettent mes murs en valeur, pas l'inverse, répliqua-t-elle en lui adressant son plus beau sourire.

— François n'est pas là ? s'enquit-il en avalant une gorgée de champagne.

— Non, pas ce soir, claqua-t-elle en vidant sa nouvelle flûte d'un trait, mal à l'aise à cause de la présence envahissante du jeune homme.

— Il ne sait pas ce qu'il rate, c'est un succès, comme toujours !

— Merci, tu es trop aimable. Excuse-moi, Hélie, je dois absolument parler à Jérôme et Léonore avant qu'ils partent, poursuivit-elle en s'éloignant vers le couple qui avait déjà récupéré ses affaires.

Les Rollin s'excusèrent, ils étaient attendus ailleurs pour la suite de la soirée et ne pouvaient rester plus longtemps. Ils félicitèrent Jeanne pour son travail, lui promirent leur soutien pour les toiles et s'éclipsèrent rapidement, abandonnant la jeune femme sur le trottoir. Elle rentra en pestant, retourna vers le buffet et avala sa quatrième flûte de champagne. Ou peut-être était-ce la cinquième ? Elle ne se rappelait plus très bien. En tout cas, elle n'avait rien mangé, ça, elle le savait et ses jambes flageolantes, sa tête bourdonnante le lui rappelaient. Inspirant profondément, elle se dirigea vers ses associés qui discutaient avec l'une de leurs artistes, une jeune sculptrice de talent. Elle tenta de prendre part à leur conversation mais ne saisit pas un mot de ce qu'ils se disaient. Hélie revint vers elle, un verre à la main. Il était passé à quelque chose de plus solide que le champagne. Elle lui réclama la même chose. Il hésita, mais comme elle insistait un peu trop fort, il s'empressa de lui en servir un verre, qu'elle but beaucoup trop vite. Dans le cabinet de toilette dans lequel elle s'était réfugiée, elle s'appuya au rebord du lavabo et fit face à son reflet. Son maquillage n'avait pas bougé, heureusement, ni sa sublime queue de cheval. Mais ses yeux étaient rouges, et son teint livide. Prendre une cuite à trente-huit ans, bravo, Jeanne, se félicita-t-elle en s'applaudissant. Elle se laissa glisser sur le carrelage, sans prendre garde à son collant, qui se fila tout le long de la jambe gauche. La tête douloureuse, elle perdit la notion du temps. On frappa à la porte.

— Jeanne ! Jeanne, tu es là ? Tout va bien ?

C'était Hélie. Il insistait, lui disant que tout le monde était parti, que Claire et Jérémie l'attendaient pour fermer. Elle se redressa, ouvrit la porte, tenta de sourire, glissa un peu, le rassura de son mieux, récupéra son sac et son manteau et sortit sur le trottoir. La fraîcheur de l'air la gifla. Elle respira mieux. Claire lui lança que son attitude était honteuse, Jérémie lui conseilla de ne pas venir le lendemain. Elle tenta de leur rappeler qu'elle possédait la galerie, qu'elle était le chef et qu'ils n'étaient que ses associés, qu'ils n'avaient pas leur mot à dire. Ils haussèrent les épaules et s'éloignèrent. Hélie lui proposa de la raccompagner. Elle voulut appeler un taxi, mais son portable n'avait plus de batterie. Elle accepta la voiture du jeune homme à contrecœur. Il dut la soutenir pour qu'elle puisse rentrer, car elle ne tenait plus debout. Il l'accompagna même jusqu'à son lit et l'aida à s'y étendre. Elle le remercia, lui assura qu'elle se débrouillerait, et lui demanda de claquer la porte derrière lui en sortant. Il s'éclipsa sans un mot, elle entendit la porte claquer, mais il revint, ferma la porte de la chambre et s'approcha du lit sur lequel elle était allongée, fixant le plafond pour lutter contre les effets de l'alcool. Étonnée, elle se redressa vivement et lui demanda ce qu'il faisait encore là, et pourquoi il n'était pas parti. Les lèvres du jeune homme s'écrasèrent sur les siennes, lui coupant la parole. Elle tenta de se débattre, en vain. Allongé sur elle, il la plaquait contre le matelas, et ses mains tenaient fermement les siennes au-dessus de sa tête.

— Tu me manques, Jeanne, tu me manques tellement, susurra-t-il en l'embrassant dans le cou.

— Hélie, arrête, se défendit-elle en remuant sous lui. C'était une énorme erreur, je te l'ai dit ! J'aime François, je…

— Mais il n'était pas là ce soir, et il n'est pas non plus dans ton lit, répliqua le jeune homme en se débarrassant de sa chemise.

— Arrête, le supplia-t-elle alors qu'il tirait sur ses collants pour les faire descendre, avant de partir à la recherche de la fermeture éclair de sa robe. Laisse-moi tranquille, va-t'en !

— Tu dis ça mais tu n'en penses pas un mot. Je sais que tu me désires encore, Jeanne.

— Tais-toi, c'est faux, nia-t-elle en parvenant enfin à se redresser parce qu'il avait entrepris de retirer son pantalon. Ne va pas plus loin, sinon j'appelle la police, le menaça-t-elle en s'enveloppant dans ses draps.

— Ton portable est déchargé.

Il n'était plus vêtu que de son caleçon. Elle avait du mal à ne pas le regarder, bien qu'elle luttât contre ses yeux fous. Il l'avait toujours attirée, sans doute à cause de son physique d'athlète, de son visage aux traits doux, de ses lèvres généreuses, de ses yeux noirs, de ses cheveux bouclés. Sa peau bronzée appelait les caresses. Elle avait succombé à ses charmes, quelques mois plus tôt, alors qu'ils présentaient ensemble ses toiles lors d'une exposition éphémère à Cabourg. Comme François ne la regardait plus, trop occupé à redresser sa boîte, elle s'était consolée auprès de lui. C'est tout ce qu'elle avait trouvé pour se venger de la distance qu'il avait établie entre eux. Dans son esprit, un homme jeune, talentueux et aussi beau qu'Hélie devait avoir des dizaines de maîtresses. Elle s'était dit que ce serait l'affaire de quelques nuits, qu'une fois rentrés à Paris ils n'en reparleraient plus. En effet, ils n'en avaient pas reparlé, reprenant leur relation de travail telle qu'elle était : plate. Elle n'avait pas cherché à le revoir en dehors de la galerie, mourant de honte chaque fois qu'elle repensait aux nuits qu'ils avaient partagées tous les deux. Que faisait-il là, dans sa chambre, chez elle, debout au pied de son lit, superbe et effrayant à la fois ?

— Hélie, je t'en supplie, ne fais pas ça, tenta-t-elle encore alors qu'il se rapprochait du lit.

— Tu en meurs d'envie, regarde-toi, tu trembles. Jeanne, laisse-toi aller !

La tête bourdonnante, elle se leva et fit quelques pas vers la salle de bain, espérant pouvoir s'y réfugier. Il la rattrapa avant qu'elle ait pu l'atteindre, la prit dans ses bras, fit lentement glisser ses sous-vêtements, l'allongea au milieu du lit et rabattit les draps sur eux.

*

— Je te déteste, fit Jeanne d'une voix blanche en se recroquevillant dans un coin de son lit, les bras serrés autour de ses genoux. Ce que tu m'as fait faire est impardonnable.

— Non, tu le voulais autant que moi, murmura Hélie, étendu sur le dos, les mains croisées sous sa tête.

— J'étais ivre, Hélie. Si je n'avais pas autant bu, je ne t'aurais jamais laissé monter jusqu'ici.

— Tu aimerais le croire, mais tu dois bien savoir que tu te mens à toi-même.

— Va-t'en, soupira-t-elle en repoussant la main qu'il tendait vers elle. Tu me dégoûtes.

— Ça va, Jeanne, on n'a rien fait de mal !

— J'ai trompé François.

— Ce n'est pas la première fois, rappela-t-il avec un petit sourire au coin des lèvres. Tu étais moins farouche, à Cabourg…

— Tais-toi, le coupa-t-elle vivement. Et sors d'ici, vite, je ne veux pas que mes enfants te voient !

Contre toute attente, il obtempéra, se rhabilla lentement, et contourna le lit pour venir l'embrasser. Elle s'échappa de son étreinte et le fusilla du regard.

— Une de plus ou de moins, qu'est-ce que ça peut bien faire ? rit-il en haussant les épaules. À plus tard, Jeanne, j'ai hâte de remettre ça !

Il disparut. La porte claqua. Tremblante, Jeanne se leva, remonta le couloir, vérifia qu'il était bien parti et s'enferma à double tour. Elle retourna dans sa chambre et se laissa glisser contre la porte en sanglotant de désespoir. Elle se dégoûtait. Parce qu'elle avait bu, et parce qu'elle avait laissé ce gamin en profiter. Recroquevillée sur elle-même, la tête dans ses genoux, elle se berça, cherchant à se consoler du nouveau malaise dans lequel elle s'était plongée. Elle eut soudain besoin d'une douche et se précipita dans la salle de bain. L'eau coula longtemps. Mais la douche n'eut pas l'effet escompté. Elle n'effaça rien. Au contraire, elle amplifia son sentiment de dégoût. Qu'avait-elle fait ? Comment avait-elle pu le laisser entrer chez elle, et venir jusque dans sa propre chambre ? Leur chambre… Que dirait-on autour d'elle, si les gens l'apprenaient ? Est-ce que François saurait ? François… L'avoir trahi, trompé une deuxième fois lui faisait prendre conscience de tout ce qu'elle ressentait encore pour lui. Triste et sombre mélange d'envie, d'attente, de déception, de manque aussi… Des petits riens jamais exprimés qui lui crevaient le cœur rien que d'y penser. Des petits coups frappés à la porte de sa chambre la ramenèrent à l'instant présent.

— Maman, t'es réveillée ? Y a école, maman, t'es où ?

— J'arrive, Alexandre, s'exclama-t-elle en arrêtant l'eau. Sors des bols, il y a des céréales pour le petit-déjeuner. Gaspard est réveillé ?

— Oui.

— J'arrive, je me dépêche !

Jeanne sortit de sa douche, s'enveloppa dans un peignoir, cacha ses cheveux sous une serviette, refusa de faire face à son reflet et rejoignit ses fils dans la cuisine. Huit heures, déjà… Elle fit chauffer leur lait, courut à leurs chambres pour préparer leurs vêtements, revint dans la cuisine. Ils ne se doutaient de rien. Comme elle avait honte !

— T'as trop dormi, maman ? s'enquit Gaspard.

— Oui, mon chéri, je suis rentrée très tard, et…

Jeanne pâlit. Il n'y avait personne dans l'appartement lorsqu'elle était rentrée avec Hélie mais la porte n'était pas verrouillée. Elle se souvenait pourtant d'avoir appelé une baby-sitter, et demandé à Évelyne de l'attendre avant de rentrer chez elle. Qui avait gardé ses enfants, si ce n'était pas une baby-sitter ? Elle se leva vivement, sans un mot, et se précipita vers la chambre de Louise. La fillette dormait dans son lit. Et dans le gros fauteuil au fond de la chambre, installé comme il le pouvait, François ronflait doucement. La jeune femme plaqua une main sur sa bouche en gémissant de douleur. Et s'il avait tout entendu ? Elle se retira sur la pointe des pieds et retourna dans la cuisine, tremblante, malade de honte. Les garçons finissaient leurs bols alors elle les envoya se débarbouiller et s'habiller pour se donner le temps de reprendre ses esprits. Évelyne arriva sur ces entrefaites et lui confirma que la baby-sitter était arrivée alors qu'elle couchait les enfants. François était donc arrivé après elle. Mais quand ? Jeanne profita de sa présence pour s'enfermer à nouveau dans sa chambre. Elle refit le lit, effaça toute trace du passage d'Hélie, frictionna ses cheveux pour qu'ils sèchent plus vite, peigna ses boucles, s'habilla, se maquilla en toute hâte et ressortit à l'instant où la nourrice rentrait de l'école. François apparut en bâillant au même moment.

— Qu'est-ce que tu fais là ? lui demanda-t-elle froidement, le cœur battant à se rompre sous son pull, alors que tout en elle lui hurlait pourtant de courir se réfugier dans ses bras.

— J'ai dormi ici, la baby-sitter n'arrivait pas à te joindre alors elle m'a appelé. Louise a eu une poussée de fièvre vers vingt-trois heures.

— Tu... De la fièvre ? Pourquoi ?

— Je ne sais pas, Jeanne, je ne suis pas médecin. Je suis resté près d'elle, la fièvre a fini par tomber et elle s'est endormie.

— Je n'avais plus de batterie, souffla Jeanne en massant son front soudain douloureux. Si j'avais su, je...

— Tu devrais quand même prendre rendez-vous chez le médecin, la coupa-t-il en récupérant son manteau abandonné sur le dossier du canapé. Je dois y aller, je vais être en retard. J'espère que tu as passé une belle soirée ! Bonne journée.

— François, attends ! le rappela-t-elle alors qu'il avait déjà ouvert la porte.

— Je sais que tu n'es pas rentrée seule, Jeanne. Pas besoin de m'en dire plus, lui dit-il, les yeux dans les siens.

— François...

La porte se referma. Jeanne s'effondra dans le couloir, à genoux, la tête dans les mains. Tout son maquillage fut ruiné en quelques instants. Elle hurla de rage et de désespoir, de douleur aussi. Ses cris réveillèrent Louise. Évelyne tenta tant bien que mal de consoler la fillette affolée par les sanglots déchirants de sa mère. Jeanne se réfugia dans sa chambre, comme quelques heures plus tôt. Elle s'adossa à la porte close, enserrant ses genoux de ses bras tremblants. C'est fini, pensait-elle, il ne me le pardonnera jamais. Je l'ai perdu... Je l'ai perdu... Quelle idiote, mais quelle idiote, mais qu'est-ce qui m'a pris... Déchirée, anéantie, elle resta là longtemps, le regard perdu dans le vague, réalisant soudain que son inconscience venait de lui coûter l'amour dont elle avait toujours cherché à s'entourer pour se prémunir de tout ce qui pouvait lui arriver. Elle n'avait plus rien pour se protéger de la vie, plus rien. Et elle ne pouvait s'en prendre qu'à elle-même. Elle s'allongea au milieu de son lit, se recroquevilla sur elle-même et chercha le sommeil pour s'arracher à ses pensées mortifères. Dans l'après-midi, François appela. Il lui annonça froidement qu'au vu de son attitude inconsciente, il se chargerait désormais des enfants. Évelyne n'aurait qu'à préparer une valise pour chacun d'eux, il passerait les chercher en les récupérant à l'école. Et, oui, il prenait aussi Louise. Pourquoi ? Il ne s'en était jamais occupé ni même préoccupé... Jeanne apprit ainsi que depuis de longs mois, son compagnon avait passé ses nuits dans la chambre de la fillette à la regarder dormir, à la bercer après un cauchemar, à embrasser son front paisible. Elle tomba des nues. Elle avait toujours cru qu'il ne pouvait pas supporter la présence de leur fille au sein de leur foyer. Combien d'autres choses avait-elle ratées en les interprétant si mal ? Abattue, elle céda, parce qu'il lui redisait qu'elle devait prendre soin d'elle, qu'il faisait ça pour la soulager, pour lui permettre de se retrouver et de répondre à toutes ses questions. Elle ne put même pas embrasser ses enfants, n'osant sortir de sa chambre à cause de son visage ravagé par les larmes qu'elle ne retenait plus. Comme si cela ne suffisait pas, en se rendant à sa galerie le lendemain matin, elle découvrit Hélie, en grande conversation avec Claire et Jérémie. Elle se redressa et tenta de paraître calme, mais son cœur battait la chamade et elle avait la chair de poule.

— Ça va, Jeanne ? s'enquit-il, tout mielleux. Tu es toute pâle !

— Très bien, je te remercie, claqua-t-elle sèchement, que fais-tu là ? Il me semble que nous n'avions pas rendez-vous.

— Je suis passé vous apporter une toile.

— Oh ! Déjà ?

— J'y travaille depuis plusieurs mois, mais j'ai enfin pu y mettre un terme hier.

Jeanne frémit. Elle ignorait pourquoi mais elle avait peur de ce qu'il allait leur dévoiler. Elle aurait voulu que Jérémie et Claire ne soient pas là, pour être seule avec lui et pouvoir laisser librement éclater sa colère. Il retira lentement la toile de son étui avec un petit sourire aux lèvres qui déplut à la jeune femme. Un hoquet de surprise lui échappa et elle écrasa sa main sur sa bouche pour ne pas hurler. C'était elle qu'il avait peinte. Elle… Même avec son trait de pinceau très contemporain, on pouvait la reconnaître. Heureusement, le visage de la femme était tourné vers un coin du tableau, et ses cheveux dénoués le voilaient en partie. Mais cette poitrine, ce ventre blanc, ce grain de beauté à quelques millimètres du nombril, c'était elle… Au bord des larmes tandis que ses associés s'extasiaient devant la toile, elle tourna les talons et s'enfuit en courant, mortifiée, terriblement honteuse. Ce tableau, c'était l'inavouable révélé au grand jour. Si François tombait dessus, il saurait. Jeanne courut à perdre haleine sans se soucier de ses chevilles en feu ni de ses cheveux défaits, encore moins des larmes qui ravageaient son visage affolé. Elle se barricada dans son appartement, s'y enferma à double tour, se cacha dans sa chambre et se couvrit de ses draps. Elle sanglota longtemps, éperdue de chagrin et de honte. Quand les larmes se furent taries, elle se demanda ce qu'elle allait devenir. Plus d'homme, plus d'enfants, plus de travail… Que ferait-elle, maintenant ?

*

À la fin de la semaine, Jeanne comprit qu'elle ne pourrait pas s'en sortir seule. Elle avait traîné son âme en peine de pièces en pièces, ne supportant pas le silence dans lequel elles étaient plongées. Leur grand appartement luxueux était désespérément vide. Autrefois si chaleureux, il lui faisait l'effet d'un congélateur tandis qu'elle déambulait, pieds nus, incapable de réfléchir correctement. Elle devait appeler à l'aide. Mais vers qui se tourner ? Elle se sentait si seule… Elle aurait pu joindre ses parents, mais elle imaginait déjà leur réponse. Bien sûr, ils l'avaient prévenue, l'argent ne fait pas le bonheur, on n'accepte pas de vivre avec quelqu'un qu'on connaît à peine, quand on choisit d'avoir des enfants on les éduque, on ne demande pas à un autre de le faire à notre place… Elle connaissait par cœur leur petit refrain moralisateur pour l'avoir entendu à maintes reprises et elle n'en voulait pas. Une amie ? Elle n'en avait plus depuis longtemps… Le dernier numéro à avoir cherché à la joindre ? Il s'agissait d'Hélie qui la harcelait depuis sa fuite de la galerie, c'était hors de question. En désespoir de cause, elle tenta François. Il décrocha au bout de quelques sonneries.

— Passe-moi les enfants, le supplia-t-elle directement.

— Alexandre est près de moi mais Gaspard est au bain, lui répondit-il. Alexandre, c'est maman, entendit-elle ensuite.

— Allô, m'man ? fit le garçon.

— Mon chéri, ça me fait plaisir de t'entendre, souffla-t-elle, le cœur battant. Tu vas bien ?

— Oui, ça va. Papa m'aide à faire mes devoirs, il est fort en maths, tu sais ? J'ai compris tous mes calculs !

— C'est bien, mon trésor, c'est très bien. Et… Et à l'école ? Avec Timéo ?

— On n'a plus le droit de se parler, m'man. On est séparés dans la cour, maintenant. Alors ça va.

— D'accord. Et avec papa, ça va ?

— Oui, c'est génial ! Tu sais, il sort plus tôt du travail mais y a quand même une baby-sitter qui vient nous chercher à l'école avec Gasp' pour nous ramener à la nouvelle maison. Elle est gentille, elle s'appelle Chloé. Et papa, il nous fait des pâtes pour le dîner, c'est bon. Attends, y a Louise qui veut te faire un bisou… Loulou, c'est maman, tu entends ? Voilà, maman, elle te fait plein de gros bisous, et Gaspard aussi, et moi aussi !

— Moi aussi je vous embrasse tous les trois, très très fort ! Repasse-moi ton père, maintenant… François, s'il te plaît, j'ai besoin de les voir…

— Jeanne, tu as besoin d'aide, lui répéta-t-il pour la millième fois au moins.

— J'ai besoin de mes enfants !

— Il serait temps que tu t'en soucies.

— Tu peux parler, s'exclama-t-elle, en rage. Tu ne t'es jamais occupé d'eux et voilà que tout à coup tu te découvres l'âme d'un père ?

— Arrête, Jeanne, tu sais bien que c'est faux.

— François, pourquoi m'imposes-tu ça ?

— Et toi, Jeanne, pourquoi m'as-tu fait ça ? lui répondit-il d'une voix où perçait toute sa souffrance. Lequel de nous deux a trompé l'autre ? Lequel de nous d'eux s'est vautré dans la merde alors que l'un de ses enfants bouillait de fièvre ? Lequel, Jeanne, lequel ? hurla-t-il.

— Si au moins tu me laissais m'expliquer, soupira-t-elle, en larmes.

— Il n'y a pas d'explication à donner, c'est tout à fait clair.

— Pardonne-moi, je t'en supplie, renifla-t-elle, tremblante.

— Je t'aime, Jeanne, murmura-t-il, je t'aime à en crever, j'en crève, mais je n'arrive pas à te pardonner ce que tu as fait.

François raccrocha. Jeanne se laissa glisser sur le sol, elle se recroquevilla sur elle-même et pleura longtemps. Rompue de chagrin et de fatigue, elle alla se coucher dans le lit d'Alexandre, serrant son oreiller fétiche entre ses bras tremblants, cherchant dans son odeur un peu de réconfort. Le lendemain, en se levant, elle se dirigea directement vers le miroir de la salle de bain et s'y observa longuement. Elle avait passé les derniers jours à pleurer, et son visage en avait considérablement souffert. Elle ne se reconnaissait plus. Ses cheveux avaient terni, ses yeux s'enfonçaient dans leurs orbites, et à force de les mordre, ses lèvres s'étaient desséchées. Il faut que je me ressaisisse, pensa-t-elle en essayant de redresser ses épaules. Peine perdue, un poids trop lourd ne la quittait plus. Elle voulut prendre une douche, mais la vue de son corps nu dans la glace la répugna, lui renvoyant l'image de la femme peinte par Hélie. Alors elle enfila pour la énième fois un jogging et un sweat de François avant de s'asseoir sur son canapé. La télévision était allumée, mais elle ne pouvait suivre ce qui défilait sur l'écran. Elle s'endormit plusieurs fois et se réveilla en sursaut, en proie à d'horribles cauchemars dans lesquels François découvrait son infidélité, en parlait à leurs enfants et ceux-ci ne voulaient plus jamais la voir. Il y avait aussi cette femme sans visage qui se pavanait fièrement au bras de son compagnon. Sa hantise, sa plus grande crainte. Brûlante de fièvre, grelottant sous son plaid, Jeanne réalisa qu'elle avait besoin d'un médecin. Elle obtint un rendez-vous pour le lendemain matin à la première heure. Le praticien la dévisagea longuement. Ils se connaissaient depuis de longues années maintenant, et jamais la jeune femme ne s'était présentée dans un tel état de fatigue devant lui. Elle lui parla de ses insomnies, de ses cauchemars, du vide, des larmes, mais passa sous silence sa séparation d'avec François. Après l'avoir écoutée, il l'ausculta. Tension extrêmement basse, nerfs mis à rude épreuve. Elle était au bord du burn-out. Il l'envoya faire une batterie d'examens qui révélèrent que la jeune femme était à bouts, à court de ressources. Elle avait tout épuisé. De retour chez son médecin, quelques jours plus tard, elle reçut une ordonnance longue comme le bras. En la raccompagnant jusqu'à la porte, le vieil homme lui serra la main et accrocha son regard au sien :

— Prenez soin de vous, Jeanne. Et promettez-moi de suivre ce traitement à la lettre, sans quoi vous serez de nouveau épuisée dans quelques jours.

— C'est promis. Merci, Docteur.

*

Je pense. Je pense. Réfléchir. Épuisée. À bout.

Comment faire ? Qui appeler ? Besoin d'aide. Ce n'est plus possible. Ça ne peut plus durer. Je ne me laisserai pas piétiner comme ça. Hélie ne m'aura pas. Je dois retourner à la galerie. Non, j'ai trop honte. Et si Claire et Jérémie ont accroché la toile ? Et s'ils m'ont reconnue ? Et si François vient ?

François. Je l'aime, je l'aime tellement. Comment me faire pardonner ? Il faut qu'il me pardonne. Pourquoi je n'ai pas réalisé ça plus tôt ? Pourquoi fallait-il qu'il me quitte pour que je réalise à quel point je l'aime ? Je l'aime, c'est fou. Je l'adorais parce qu'il m'avait sauvée, parce qu'il m'avait offert son amour, parce qu'il m'avait ouvert les portes de ce monde dont je rêvais. Je lui étais reconnaissante et j'étais tellement fière qu'il m'ait choisie. Je me suis tellement trompée. Tellement, tellement trompée. Je portais ses enfants avec fierté, persuadée que le monde m'enviait cette chance. Quelle égoïste…

Mes enfants… Pourquoi ai-je voulu des enfants ? Parce que François me les réclamait ? Parce que ça faisait bien sur les photos ? Est-ce que je suis capable de les aimer ? Pourquoi je ne peux pas m'en occuper ? Comment fait-on pour rattraper presque neuf ans de retard ? Il faut que je me ressaisisse, que je me batte pour les récupérer. Je ne sais même pas ce qu'ils aiment. François a l'air de savoir, ils sont heureux avec lui. Qu'est-ce qui m'est arrivé ? Pourquoi suis-je devenue si froide ? si distante ? Aller les voir. Je dois aller les voir…

Mais s'il ne m'aime plus ? Si les enfants ne veulent plus de moi ? Je ne suis rien sans eux. J'ai tellement besoin d'eux. Il me faut de l'aide, je vais m'en sortir, je vais y arriver.

Jeanne se relut. Cela faisait plusieurs jours qu'elle méditait ces quelques bouts de phrases. C'était tout ce qui lui était venu à l'esprit depuis son rendez-vous chez le médecin. Elle poussa un profond soupir, s'arma de courage et appela Charles. Même si elle le trouvait de plus en plus étrange, elle savait que lui seul pourrait l'aider. Mais plus elle approchait du lieu où il lui avait donné rendez-vous, quelques heures plus tard, plus elle sentait ses forces l'abandonner, et plus elle avait peur qu'il la juge pour ce qu'elle avait fait. Il l'accueillit chaleureusement dans son bureau et l'écouta, les mains jointes, les yeux clos, tandis qu'elle déversait un nouveau flot de larmes et de questions.

— Je l’ai perdu, sanglotait-elle. Je l’ai perdu alors qu’il m’aime. Il ne me le disait plus, nous vivions l’un à côté de l’autre mais comme des étrangers, et il a fallu qu’il revienne, qu’il… Qu’il soit plus présent, et même parfois plus tendre qu’il ne l’a jamais été pour que… pour que moi, je fasse n’importe quoi. C’est… C’est comme si j’avais voulu me défendre contre cet amour que je ne mérite pas. J’ai tellement honte, si vous saviez ! Je l’ai trompé, parce que je cherchais du réconfort et la tendresse qu’il ne m’offrait plus. Moi… Moi, je suis allée voir ailleurs… Et il y a quinze jours, je… C’était mon premier vernissage de printemps, j’ai un peu trop bu, c’était surtout pour oublier son absence, et cet homme m’a raccompagnée chez moi et je n’ai pas eu la force de lui demander de partir. Il s’est servi de ma faiblesse… Et François était là, dans la chambre de Louise, parce que… Oui, il aime sa fille, et moi je l’ignorais, j’ai toujours cru qu’il la haïssait ! Combien de choses n’ai-je pas vues ou mal interprétées ces dernières années ? Maintenant, mes enfants sont chez lui. Lui qui n’a jamais montré une once de son âme de père au cours des dernières années, il s’occupe d’eux… C’est un comble ! Je n’en peux plus… Et encore, vous ne savez pas le meilleur. L’homme avec qui je l’ai trompé, c’est un de mes artistes et… Et il m’a peinte. Il m’a peinte nue ! On ne voit pas mon visage, mais c’est moi… Mes associés ont adoré la toile, et moi je… Moi je ne peux plus mettre les pieds dans ma propre galerie. J’ai tellement honte… Je… Je viens de perdre mon travail, alors que j’ai mis toute mon énergie, tout mon argent, tout ce que j’avais dedans. Je n’ai plus rien, ni homme, ni enfants, ni amis, ni travail… Qu’est-ce que j’ai fait pour mériter cela, hein ? Qu’est-ce que j’ai fait ? Est-ce qu’on me punit pour mes erreurs ?

Elle avait presque crié ses dernières questions. Charles n'avait pas bougé. Elle lut une grande tristesse dans ses yeux et se méprit dessus. Elle crut qu'il avait pitié d'elle, et ce fut le coup de grâce. En soupirant, elle se tassa dans son fauteuil.

— Vous avez pitié de moi, lâcha-t-elle d'une voix blanche. C'est terrible, ça.

— Non, Jeanne, je n'ai pas pitié de vous.

— Alors vous n'avez pas de cœur. Tout le monde devrait avoir pitié de la pauvre Jeanne qui a tout perdu en une semaine.

— C'est là que vous vous trompez, Jeanne. Personne n'a voulu vous blesser, dans cette histoire. C'est vous qui vous êtes enfermée dans un schéma terriblement vicieux. Et aujourd'hui, alors que tout s'effondre, vous ne supportez pas d'en être responsable, alors vous blâmez François, vous blâmez votre artiste, vous blâmez vos collègues. C'est facile, Jeanne, mais cette attitude ne résoudra rien. Le mal, lorsqu'il survient, il faut le regarder en face, l'affronter, le réduire à néant. Vous valez mieux que ça, Jeanne. Au fond de vous, vous le savez. Vous vous êtes perdue, mais je peux vous aider à vous retrouver.

— Ça fait deux fois que vous me dites ça, fit-elle. Et ce que vous m'avez proposé la dernière fois ne fonctionne pas.

— Vous avez essayé ?

— Oui. Mais ce que j'écris n'a pas de sens. Ce ne sont que des mots et des bouts de phrases. Et ça fait mal !

— C'est tant mieux, Jeanne. Ça veut dire que vous prenez conscience que quelque chose ne va pas et qu'il faut que ça change.

— Mais comment changer ? soupira-t-elle. Qui va m'aider ? Ils m'ont tous abandonnée…

— Vous n'avez pas besoin de leur aide. Certes, ils vous ont laissée au bord du chemin, et leur attitude, même si elle vous blesse, a eu le mérite de vous avoir fait réagir. La mienne sera différente. Je vais vous accompagner de mon mieux, et pour commencer, je vous suggère de quitter Paris.

— Sérieusement ? s'exclama Jeanne. Vous m'accompagnez en me demandant de partir ?

— Qu'est-ce qui vous retient de le faire ? Plus rien, enchaîna-t-il, alors partez, quittez Paris ! Allez vous mettre au vert ! Le printemps arrive, vous serez bien.

— Mais… Combien de temps ?

— Le temps qu'il vous faudra pour vous sentir reposée.

— Et après ?

— Chaque chose en son temps, Jeanne. Pour commencer, vous partez. Lorsque vous vous serez installée, vous m'enverrez votre adresse. Je vous écrirai. Et mon accompagnement commencera. Ne faites pas cette tête, vous avez besoin de partir, vous le sentez bien, non ? Je vous assure que déjà, vous vous sentirez mieux. L'air de Paris n'est pas propice à la réflexion, l'agitation de la capitale non plus. Et si, en plus, vous ne vous sentez plus bien dans votre appartement, il vaut mieux le quitter, non ?

— Vous avez certainement raison. Je me demande simplement comment vos lettres vont pouvoir m'aider.

— Vous verrez.

Jeanne hocha la tête. Quelques minutes plus tard, sur le chemin du retour, elle choisit d'aller s'installer dans leur maison, en Bourgogne. Elle en informa François. Il lui répondit que c'était une bonne idée. Rentrée chez elle, elle réserva un billet de train pour le lendemain, emplit sa valise de vêtements, se constitua une énorme trousse de toilette, attrapa un livre sur une étagère, et revint au salon en tirant son énorme valise pour la déposer devant la porte. Elle contempla l'état de l'appartement et soupira. Elle n'avait aucune envie de faire du ménage, et pourtant, elle ne pouvait partir en laissant tout dans cet état. Découragée, elle était à deux doigts d'appeler Évelyne lorsqu'elle se souvint des dernières paroles de Charles : « Apprenez à faire les choses par vous-même, ne laissez plus un autre les faire à votre place. On ne peut pas passer sa vie à vivre par procuration, Jeanne, un jour il faut prendre conscience de tout ce qu'on rate en laissant la barre à ceux qui nous entourent. » Elle n'était pas certaine de rater quoi que ce soit en n'ayant plus fait le ménage depuis quinze ans mais elle n'avait pas vraiment le choix. S'armant d'une éponge et d'un produit, elle nettoya d'abord toute la cuisine. Puis elle chassa la poussière du salon et des chambres. Enfin, elle s'attaqua aux salles de bain. Et pour finir, elle lessiva les sols à grande eau. La journée fila sans qu'elle y prenne garde. Mais au moins, l'appartement sentait bon, et les choses étaient revenues à leurs places. Les chambres des enfants attendaient leur retour. Elle prit un livre d'Alexandre, une petite voiture de Gaspard et une peluche de Louise qu'elle ajouta à ses affaires. Ayant ouvert la commode de François, elle y trouva un pull de laine qu'il portait parfois le week-end. Elle s'en saisit et le glissa également dans sa valise. Une dernière nuit dans son grand lit, un dernier tour de l'appartement dont elle ferma tous les volets, et elle rejoignit son taxi. Dans le train, elle laissa son regard vagabonder et se perdre dans le paysage qui s'étalait sous ses yeux. Des champs à perte de vue, quelques petits villages perdus dans la campagne, quelques bois… Un deuxième train la conduisit plus loin encore, au fond de la Bourgogne. Elle se fit conduire chez eux en taxi. Lorsqu'elle arriva à l'entrée de la propriété, une pointe de panique faillit lui faire faire demi-tour. Mais elle s'accrocha solidement à la poignée de sa valise, poussa le portail et remonta le petit chemin de gravier jusqu'à l'entrée. La maison était humide, froide, et elle sentait le renfermé. Ils n'y étaient plus venus depuis longtemps. Elle en fit le tour, ouvrit toutes les fenêtres en grand et l'air frais s'engouffra à l'intérieur. On était au milieu de l'après-midi, le soleil était haut dans le ciel, il se chargerait de réchauffer la maison petit à petit. Elle monta sa valise, la déposa dans le dressing, fit son lit et s'accouda un instant à la balustrade du balcon. Le jardin était en friche, et la bâche de la piscine trempait dans l'eau, ployant sous le poids de l'eau de pluie stagnant dessus. Les arbres fleuriraient bientôt. Quelques oiseaux se répondaient en piaillant. C'était le seul bruit qui venait rompre le silence. Plus de bus, de chauffeurs klaxonnant pour exprimer leur mécontentement, de motos roulant à pleins gaz, de cris et d'appels. Plus d'odeurs de cigarette, de sueur, de cuisine trop épicée, de moteur. Elle se prit à sourire et à soupirer de soulagement. De sa valise, elle tira une paire de tennis, un jean et un pull qu'elle enfila avant de descendre au garage pour en sortir la voiture. Elle sourit encore en se retrouvant au volant. Depuis quand n'avait-elle pas conduit ? La porte du garage s'ouvrit, puis le portail, elle sortit de la propriété et prit la route du supermarché le plus proche en allumant la radio. Le plein de courses fait et rangé, elle fit silencieusement le tour du jardin et s'assit sur le bord du muret de pierre entourant leur propriété. Elle se souvenait parfaitement du jour où ils étaient passés devant pour la première fois. Un énorme panneau « à vendre » barrait le portail. Il y avait un numéro de téléphone. Ils s'étaient à peine concertés du regard et ils avaient appelé. Le lendemain, ils la visitaient. Le surlendemain, leur proposition était acceptée et la maison était à eux. Les murs en pierre apparente à l'extérieur comme à l'intérieur les avaient séduits d'emblée. Les grandes fenêtres à l'étage, les baies vitrées au rez-de-chaussée, les tuiles flamboyantes sur le toit, tout leur avait plu. Au rez-de-chaussée, ils avaient fait abattre la plupart des cloisons. Ainsi, après l'entrée, conservée pour des raisons pratiques, ils avaient gagné une pièce de vie de plus de cinquante mètres carrés. La cuisine s'ouvrait sur la salle à manger face aux baies vitrées. Et sous l'escalier de bois, le salon s'articulait autour d'une massive cheminée qu'ils avaient fait ramoner afin qu'elle redevienne fonctionnelle. Une grande table de bois, des chaises à haut dossier, un canapé d'angle, une table basse, quelques fauteuils d'enfants : la pièce était chaleureuse et accueillante. À l'étage, ils avaient conservé la suite parentale en rétrécissant la salle d'eau pour lui ajouter un dressing. Un grand lit aux montants boisés, des tapis, une commode en chêne et deux fauteuils étaient venus transformer l'atmosphère de la chambre. Puis ils s'étaient occupés des chambres d'enfants, qu'ils avaient meublées au fur et à mesure que leur famille s'agrandissait. Comme à Paris, la petite pièce que François s'était octroyée pour bureau était devenue la chambre de Louise, attenante à la leur. Une chambre d'amis et une grande salle de bain complétaient l'étage. Et sur le palier, plus large qu'à l'origine, ils avaient ajouté une bibliothèque, un grand tapis, et quelques poufs sur lesquels les garçons aimaient se jeter de tout leur poids pour feuilleter les nombreux albums présents sur les rayonnages. À l'extérieur, ils avaient fait refaire la terrasse. Elle courait maintenant tout le long de la pièce à vivre, agrémentée d'un toit de tuiles le long du salon. En contrebas, ils avaient ajouté une piscine autour de laquelle s'étalaient des transats lorsqu'il faisait beau. Au fond, sous les arbres, François avait fait construire un portique auquel une balançoire et un trapèze pendaient. Autrefois, il y avait aussi un petit toboggan. Jeanne sauta du muret et revint dans la maison. L'air s'était rafraîchi. Elle referma toutes les fenêtres, alluma un petit feu et prépara son dîner, qu'elle mangea en face de la cheminée, fascinée par les flammes qui crépitaient dans l'âtre. Lasse, elle finit par aller se coucher et s'endormit rapidement, bercée par le silence qui régnait dans la campagne et rassurée par la présence des quatre fétiches qu'elle avait emportés avec elle.

Chapitre 4

*

Paris, le 13 avril

Chère Jeanne,

J'espère que vous vous êtes bien reposée. Je vous ai laissé quelques jours de répit mais il est temps que vous vous réveilliez. Pardonnez-moi cette entrée en matière un peu « cash », il me semble que c'est pourtant la meilleure façon d'attirer votre attention. Mes conseils sont donc les suivants :

- Levez-vous tôt, et sortez vous promener avant de prendre votre petit-déjeuner. Prenez l'air, respirez, courez, même, si vous en avez envie !

- Ensuite, puisque votre maison possède un jardin et que nous sommes au printemps, travaillez dans ce jardin. Arrachez les mauvaises herbes, plantez des fleurs, offrez-vous un potager, que sais-je… Mais revenez-y souvent ! Vous verrez, c'est excellent pour votre tête. Et ce le sera aussi pour votre moral : vous verrez votre herbe reverdir, vos fleurs pousser, et vos légumes grandir, vous pourrez être fière de ce que vous aurez accompli, même si c'est fatigant.

- Fatiguez-vous, Jeanne, fatiguez votre corps, fatiguez votre tête, afin de vous coucher et de vous endormir sans avoir eu le temps de cogiter.

- Lisez, dessinez, écrivez, chantez. Faites sortir ce qui bouillonne en vous. Vous êtes une artiste, au fond de vous-même. Laissez-vous exister en tant que telle. Autorisez-vous ça, Jeanne, cela vous fera beaucoup du bien !

Courage, Jeanne, j'ai confiance en vous.

J'attends de vos nouvelles.

Charles

Jeanne replia la lettre. Elle la posa sur la table attenante à son fauteuil, croisa les mains sur son ventre, ferma les yeux, inspira profondément, expira lentement. Le ton de la lettre ne lui plaisait pas vraiment, elle se sentait jugée alors qu'il ne savait rien de ce qu'elle avait fait ces derniers jours et n'y faisait même pas attention. Avait-il pu deviner qu'elle avait passé ses journées à traîner entre son lit et le canapé, comme à Paris, à attendre que quelque chose se passe ? Elle ne savait même pas ce qu'elle avait attendu, d'ailleurs. Sans doute cette lettre, venue à point nommé la secouer alors qu'elle se demandait si elle n'allait pas rentrer. Elle avait envie de suivre ses conseils pour voir si leur effet lui serait effectivement bénéfique. Retrouvant un soupçon d'énergie, elle se leva et descendit au fond du jardin, dans le cabanon prévu pour entreposer les outils qu'ils laissaient au jardinier. Tout était là. Elle ne s'en était jamais servi. Elle hésita entre tondre la pelouse ou commencer par arracher les mauvaises herbes, opta pour la deuxième en réalisant qu'elle ne savait pas se servir du petit tracteur-tondeuse dormant au fond de l'abri. Le jardin était immense. Elle se sentit découragée. Puis elle repensa aux conseils de Charles, enfila ses gants, saisit quelques outils et se dirigea vers les plates-bandes entourant la maison et la terrasse. Le soir tombait lorsqu'elle vint enfin à bout du liseron qui s'était installé autour de ses rosiers. Un tas de mauvaises herbes se dressait non loin d'elle. La jeune femme essuya son front, fit le tour de la maison et sourit. Au moins, les parterres étaient propres. Il n'y avait plus qu'à espérer que les fleurs ne soient pas mortes, étouffées par le chiendent. Elle emporta son tas d'herbes près du cabanon, rangea les outils et rentra. Il faisait plus frais. Elle avala rapidement son dîner et monta se coucher. En programmant son réveil, elle vit les nombreux appels qu'elle avait manqués de François et s'en inquiéta. Un message vocal, laissé lors de son dernier appel, lui broya le cœur.

— Jeanne, où es-tu ? Donne-moi au moins un peu de tes nouvelles, je m'inquiète. Je suis passé à l'appartement prendre des vêtements pour les vacances des enfants, je pensais que tu ne descendais à Marcigny que pour quelques jours. Et la galerie ? Tes expositions du printemps ? Claire et Jérémie m'ont dit que tu n'y avais plus remis les pieds depuis des semaines. Que s'est-il passé ? Rappelle-moi, s'il te plaît, il faut qu'on parle.

Les vacances… Jeanne sentit les larmes lui monter aux yeux. Dans quelques jours, en effet, les enfants seraient en vacances. Ils devaient partir en Guadeloupe tous les cinq, et elle avait cru, naïvement, qu'au vu de leur séparation, François annulerait ce voyage, mais de toute évidence, elle s'était trompée… Il partait quand même, seul avec leurs trois enfants, et elle ne pouvait les accompagner. Elle eut beau insister, il ne céda pas. Même ses larmes ne le firent pas flancher. Il partirait avec les enfants, c'était prévu ainsi et il n'avait pas envie de les bouleverser plus qu'ils ne l'étaient déjà par toute leur histoire. Dépitée, Jeanne s'avoua vaincue et se transforma à nouveau en fontaine lorsque

François raccrocha. La douleur de l'avoir perdu ne s'atténuait pas, au contraire, plus elle réalisait ce dont elle s'était privée, plus cette douleur se faisait lancinante au creux de sa poitrine. En souffrirait-elle longtemps ? Et pourquoi ne ressentait-elle ce cruel manque que maintenant, alors qu'elle aurait pu l'expérimenter bien plus tôt ? Et pourquoi souffrait-elle autant alors qu'elle n'avait jamais souffert auparavant ? Et pourquoi toutes ces questions, aussi, quand elle évoluait encore sans s'en poser quelques semaines plus tôt ? Que s'était-il passé pour que, tout à coup, tout change ?

*

Marcigny, le 25 avril

Cher Charles,

Merci pour vos conseils ! Cela va peut-être vous étonner, je les applique à la lettre. Depuis dix jours, je me lève aux aurores et je suis allée courir presque tous les matins. Je me sens mieux, plus en forme, plus sereine aussi. C'est une belle victoire !

Je suis très fière de ce que j'ai accompli dans le jardin. C'était une friche lorsque je suis arrivée il y a trois semaines, il sera magnifique cet été. Je dois admettre que le jardinier m'a un peu aidée parce que je ne savais pas me servir de la tondeuse… Nous sommes allés acheter des fleurs et des légumes ensemble et il m'a aidée à les choisir. C'est un vieil homme charmant et tout dévoué à l'entretien de la maison. Il en a pris soin ces dernières années et je lui en suis reconnaissante. J'ai maintenant un beau potager. J'ai aussi acheté des plans de framboisiers qui, je l'espère, en donneront dès cet été !

Commencer par arracher les mauvaises herbes… C'est une très belle image que vous avez trouvée là ! Je vous en félicite ! Moi qui pensais travailler dans le jardin, j'ai fini par comprendre que tout cela m'amenait en fait à travailler sur moi-même. Je réfléchis beaucoup, j'écris aussi. J'essaye de dénouer les fils qui s'entrelacent dans mon cerveau. C'est douloureux. Je suis secouée de tristesse et de colère à la fois. Vous savez, les vacances sont arrivées. Nous avions prévu de partir en Guadeloupe tous les cinq, avec François et les enfants. J'ai tout fait pour que les enfants me rejoignent ici, mais François n'a pas voulu… Ils sont donc en Guadeloupe sans moi. Ils me manquent tellement… Ils m'ont appelée, bien sûr, et je reçois quelques photos, aussi. Mais comme j'aimerais être avec eux !

Je sais que je lui ai fait du mal, et que je n'ai jamais su m'occuper de nos enfants. À l'inverse, l'image que je me faisais de lui était fausse, il est formidable, et les enfants ont l'air très heureux avec lui. Alexandre ne se bat plus sans arrêt, Gaspard n'a plus peur du noir, et Louise babille même quelques mots… Est-ce moi qui les ai empêchés de vivre ces dernières années ? Je suis perdue, je ne sais plus quoi faire. J'ai envie de les revoir, mais j'ai tellement peur de les faire souffrir…

J'attends votre lettre avec impatience,

Jeanne

*

Paris, le 1er mai

Chère Jeanne,

Je suis fier du travail que vous accomplissez sur vous ! Vous voyez bien, à travers tout cela, que vous n'êtes pas une bonne à rien. Vous avez de grandes qualités, Jeanne, ne les oubliez pas.

Quant aux mauvaises herbes, il est normal que l'arrachage soit douloureux. En prenant du temps pour vous, en travaillant sur vous-même, vous découvrez tous les mécanismes que vous avez mis en place ces dernières années. Ils vous ont protégée, un temps, il ne faut donc pas les voir comme quelque chose d'irrémédiablement mauvais. Accueillez-les et composez avec.

Vous aimez votre ami mais vous l'avez blessé consciemment et vous ne savez pas comment vous faire pardonner. Laissez-lui du temps. François vous traite durement, c'est vrai. Il est parti en vacances avec vos enfants sans vous. Je partage votre douleur. Il doit beaucoup souffrir, Jeanne, acceptez-le, même si c'est dur à admettre : oui, votre ami souffre, lui aussi. Je suis certain qu'en cherchant un peu, vous trouverez un moyen de vous faire pardonner. Mais attention ! Si cette demande de pardon ne sert qu'à soulager votre conscience, elle ne vous apaisera pas, ni vous, ni lui. En revanche, si le fait de prendre conscience du mal que vous lui avez fait vous fait du mal, si c'est dur, alors votre demande sera vraie, vous serez en vérité avec lui. N'ayez pas peur de lui dire la vérité, Jeanne. Il a besoin de l'entendre, même si elle vous fait du mal, et surtout si elle vous fait peur. Si vous n'osez pas lui en parler, écrivez-lui. Vous avez besoin de ce pardon pour avancer, ne l'oubliez pas.

Enfin, vos enfants. Ils vous manquent, et vous leur manquez certainement aussi, n'en doutez pas. La présence d'une maman est indispensable à des enfants si jeunes. Cependant, vous n'êtes pas prête à rentrer à Paris, Jeanne. Si vous revenez maintenant, les bases sur lesquelles vous vous reconstruisez ne seront pas assez solides, et à la moindre difficulté, vous risquez de replonger dans vos anciens travers. Soyez forte, prenez courage. J'ai confiance en vous, je sais que vous allez y arriver.

Charles

*

Marcigny, le 4 mai

Charles, ce que vous me demandez est beaucoup trop difficile… François et les enfants sont rentrés de vacances hier soir. Je meurs d'envie de les rejoindre à Paris, je veux les entendre me raconter toutes les merveilles qu'ils ont vues, je veux voir leurs yeux briller, je veux tout cela, je suis leur mère ! Mais j'ai tellement peur, tellement honte aussi, maintenant, que je reste cloîtrée ici, à ruminer mes idées noires…

Heureusement, le jardin est de plus en plus beau, l'herbe est à nouveau verte, les premières fleurs ont poussé, la maison est entourée de roses, c'est magnifique. J'attends avec impatience l'arrivée de mes légumes, maintenant. Je continue à courir, je marche aussi beaucoup. J'ai découvert de très beaux endroits dans la région. La pierre est riche d'histoire, je comprends mieux pourquoi je m'y suis toujours sentie bien.

François a appelé ce matin. Les enfants m'ont raconté leur plus beau souvenir de ce voyage. Ils avaient l'air tellement heureux… Ils ne comprennent pas pourquoi je suis ici, pourquoi je ne rentre pas près d'eux, pourquoi François et moi sommes séparés… Aidez-moi, dites-moi ce que je dois faire. Mon cœur est déchiré, je ne sais plus où j'en suis. Était-ce vraiment une bonne idée ? Je suis ici depuis plus d'un mois, maintenant. N'ai-je pas pris assez de repos ? Je veux voir mes enfants, je veux retrouver notre foyer. Aidez-moi, je vous en supplie !

Jeanne

*

Jeanne scruta la boîte aux lettres pendant une semaine mais ne reçut aucune réponse de Charles. À force d'attendre, elle ne faisait à nouveau plus rien. La maison était en désordre et elle peinait à arroser ses plantes. Pourtant, on voyait nettement que le potager travaillait et que le framboisier préparait ses fruits. Mais elle n'y trouvait plus de joie. Sa tête s'était à nouveau mise à faire des siennes. Elle ne dormait plus, ressassant inlassablement ses dernières conversations avec François, revivant, comme une épine brûlante enfoncée profondément dans sa chair, les nuits passées avec Hélie. Elle ne se supportait plus, ne pouvait à nouveau plus se regarder dans le miroir, négligeait son apparence et traînait sa peine à travers la maison. Son ventre se soulevait quand elle revoyait l'éclat victorieux qui s'était allumé dans le regard d'Hélie lorsqu'elle n'avait plus eu d'autre choix que de lui céder. Son cœur se tordait de douleur quand elle fermait les yeux et retrouvait le regard empli de souffrance de François lorsqu'il avait quitté l'appartement ce matin-là. Et elle s'effondrait en sanglotant. Une petite voix la torturait du matin au soir, lui rappelant à quel point elle l'avait blessé, lui susurrant qu'il ne lui pardonnerait jamais de l'avoir trompé sous son nez, dans leur maison, et même dans leur propre chambre… Elle baissait la tête, courbait la nuque, s'affamait, comme pour se racheter. Elle savait qu'elle s'enfonçait à nouveau dans son malheur, mais sa souffrance était totalement différente, à présent, parce qu'elle ressentait nettement la douleur qu'elle avait infligée à François. Elle ressentait le mal qu'elle lui avait fait. Ce mal qui le rongeait la rongeait aussi, et quelque part, lui permettait de se sentir un peu plus proche de lui. Elle comprenait mieux les paroles de Charles lorsqu'il lui parlait d'être en vérité. Le jour où elle en trouverait le courage, elle saurait lui demander pardon mais pour le moment c'était encore trop douloureux. Un matin, alors qu'elle rentrait de son footing, la tête enfin vidée, elle vit la camionnette de la poste arrêtée devant sa boîte aux lettres. Le facteur lui sourit et lui tendit directement deux lettres. Elle le remercia et remonta vers la maison en n'osant ouvrir les enveloppes. Sur la première, elle avait reconnu l'écriture hachée de François. Sur la deuxième, celle, plus régulière, de Charles. Elle se saisit de la première enveloppe et la déchira. Derrière une carte postale aux couleurs bariolées, plusieurs écritures se côtoyaient :

Coucou, maman, gros bisous de la Guadeloupe, on pense fort à toi ! On s'est baignés dans une cascade hier, et Louise est restée dans les bras de papa. Comme elle peut pas écrire, c'est moi qui te le dis. Et elle t'a fait un dessin aussi ! Gros bisous. Alexandre.

Gros bisous maman. Je t'aime. Gaspard

Plié en quatre dans l'enveloppe, un dessin de Louise complétait la carte. Rien de la part de François. Jeanne déglutit difficilement et s'assit pour accuser le coup. Une fois les battements de son cœur apaisés, elle ouvrit la lettre de Charles :

*

Paris, le 15 mai

Chère Jeanne,

Merci pour vos nouvelles. Cessez donc de vous tourmenter pour votre ami et vos enfants, et pensez à vous. Mais pensez à vous vraiment. J'imagine que tandis que vous attendiez de mes nouvelles, votre tête a recommencé tout son joli travail dévastateur. Ressaisissez-vous, et souvenez-vous des conseils que je vous ai donnés dans ma première lettre ! Sortez, Jeanne, par pitié, sortez ! Sortez des sentiers battus, sortez de vos habitudes, sortez de vos attentes, sortez ! Libérez-vous de l'image que vous voulez montrer au monde, montrez-vous telle que vous êtes en vérité. Cessez de lutter contre cette personne-là. Elle ne demande qu'à sortir, qu'à s'épanouir. Laissez-la sortir !

Vous m'avez écrit que vous visitiez la région. Poursuivez vos visites. Faites-vous du bien, observez ces pierres que vous aimez tant, gardez-les en mémoire, dessinez-les, peignez-les. Usez de votre créativité, laissez-lui de la place.

Enfin, puisque cela vous pèse, mettez fin à votre séparation. Je vous pose simplement quelques questions pour vous aider dans votre discernement :

— Vous sentez-vous prête à demander pardon à François ?

— Vous sentez-vous prête à rentrer à Paris, à vous battre pour récupérer votre travail tout en essayant de renouer avec vos enfants ?

— Serez-vous capable de partager ce que vous venez de vivre, seule, au milieu de nulle part ? Comment allez-vous expliquer à votre entourage votre départ soudain ?

Réfléchissez bien, Jeanne, et ne prenez pas de décision trop hâtive.

Je serai tout près de chez vous du 27 mai au 2 juin. Si vous le souhaitez, nous pourrons nous voir pour discuter.

Charles

Ce fut comme si Jeanne recevait un coup de poignard en plein cœur. Cette lettre était froide, sans appel. Il lui redisait de se sortir d'elle-même, de bouger. Mais elle n'en pouvait plus, elle n'y arrivait plus… Elle la relut plusieurs fois, cherchant à se prouver qu'elle s'était trompée, qu'elle avait mal lu, qu'il était plus doux. Le ton était sec, presque cassant. Elle en pleura. Est-ce que lui aussi allait l'abandonner parce qu'elle ne savait pas vivre ? Elle leva les yeux au ciel. Il s'était couvert. De gros nuages très sombres annonçaient la pluie. En quelques secondes, elle fut trempée, et avec elle les deux lettres qu'elle serrait dans son poing. Debout, au milieu du jardin, les paumes et le visage tournés vers le ciel, Jeanne hurla de toutes ses forces. Elle hurla longtemps. De colère, de douleur, de honte. Elle hurla tout ce qui lui passait par la tête, tout ce pour quoi elle se détestait, toute sa culpabilité, tout son mal-être. Le tonnerre couvrit sa voix tandis qu'elle s'époumonait. La pluie se calma d'un coup. Trempée, grelottante, elle courut s'abriter. Il lui fallut rester longtemps sous le jet d'eau brûlant de la douche pour se sentir enfin réchauffée. Tremblante, elle ferma les volets, se glissa dans son lit et s'endormit, épuisée. Pendant la nuit, sa température monta à presque quarante degrés. Elle délira longtemps, persuadée que François était là et qu'il prenait soin d'elle. Lorsqu'elle s'éveilla, elle était seule, ses draps étaient trempés de sueur, et elle grelottait à nouveau. Pendant trois jours, elle ne put se lever que pour boire. Ses jambes ne la portaient plus, sa tête la faisait terriblement souffrir. Elle avait égaré son portable dans la maison et ne parvenait plus à se souvenir du lieu où elle l'avait laissé, elle ne put donc contacter personne. Enfin, au matin du quatrième jour, la fièvre la quitta. Elle se leva précautionneusement, ouvrit grand les volets, et accueillit le soleil avec un pâle sourire. Étrangement, elle respirait mieux.

Elle défit son lit et lança une machine avant de se précipiter sous la douche pour se défaire définitivement du mal qui l'avait rongée. Les cheveux humides, elle descendit à la cuisine et y retrouva son portable totalement déchargé. Lorsqu'il s'alluma enfin, un message de François s'afficha sur l'écran : « Chère Jeanne, l'école des enfants fait le pont le week-end prochain. Je ne peux pas poser mon vendredi pour les garder. J'ai trouvé quelqu'un qui serait prêt à faire l'aller-retour avec eux en train, tu n'aurais qu'à les récupérer et les redéposer à la Gare du Creusot. C'est un peu loin, mais ça te permet de voir les enfants. Dis-moi vite ce que tu en penses, que je puisse confirmer le voyage. François. » Tremblante, Jeanne dut le relire plusieurs fois pour bien le comprendre. Est-ce qu'il disait vrai ? Est-ce qu'elle allait vraiment pouvoir les revoir ? Et lui, pourquoi ne descendait-il pas juste pour le week-end ? Elle l'appela.

— Bonjour, Jeanne, fit-il en décrochant.

— François, je viens de lire ton message. Je… J'étais malade, j'espère qu'il n'est pas trop tard ?

— Non, non, il n'est pas trop tard. Tu es d'accord ? Je te les envoie ?

— Oh, François, bien sûr que je suis d'accord, s'exclama-t-elle, folle de joie. Quand arrivent-ils ?

— Le mercredi à dix-neuf heures treize au Creusot. Et le départ est à dix-huit heures quarante-six le dimanche. Ils arriveront un peu tard à Paris, mais ça te permet de profiter d'eux. Ils ont hâte !

— Moi aussi ! Mais… Et toi ? Tu ne veux pas venir juste pour le week-end ? s'enquit-elle, tremblante.

— Non, Jeanne.

— Pourquoi ? insista la jeune femme.

— Parce que c'est trop douloureux. Je dois te laisser, je suis arrivé à mon rendez-vous. Je te renvoie les détails par message, et le numéro de la personne qui voyagera avec eux.

Il raccrocha. Ses derniers mots résonnèrent longtemps aux oreilles de Jeanne. « Parce que c'est trop douloureux… » Il ne lui avait pas laissé le temps de s'exprimer en raccrochant si vite. Comme quelques jours plus tôt, elle ressentait vivement et très nettement la douleur dont il avait parlé. Elle en pleura un peu, mais la joie de revoir bientôt ses enfants prit le dessus, et elle s'y prépara en toute hâte. Un autre message, en provenance de Charles, s'afficha. Il lui proposait de la retrouver non loin de Marcigny dans l'après-midi du 27. Elle accepta et nota l'adresse qu'il lui donnait.

*

Jeanne se gara, sortit de sa voiture et se laissa guider par son GPS jusqu'au lieu où Charles lui avait donné rendez-vous. Il l'attendait, encore et toujours vêtu de noir. Un lumineux sourire éclairait son visage. Ils s'assirent en terrasse.

— Eh bien ! Jeanne, il me semble que vous allez beaucoup mieux ! s'exclama-t-il en plongeant son regard dans le sien.

— François m'envoie les enfants pour le week-end, lui expliqua-t-elle.

— Ah, c'est bien, je suis content pour vous ! Et votre jardin ? Ça avance ?

— Oui, j'ai eu quelques framboises, et les tomates et les courgettes sont très belles. Je pourrai bientôt les manger !

— Je vous parle de vous, Jeanne, reprit-il. Vous aviez compris que ce jardin était une image, non ?

— Euh… Oui, fit-elle, oui, bien sûr. Mais, je… Comment dire… ça a été douloureux.

— Et maintenant ?

— Depuis que je sais que je vais revoir mes enfants, je me sens un peu mieux.

La serveuse les interrompit pour prendre leur commande. Ayant reconnu l'homme, elle s'exclama :

— Oh, Père Charles ! ça fait longtemps qu'on ne vous a pas vu, comment allez-vous ?

— Très bien, Marie, très bien. Et vous ?

— Oh, de mieux en mieux ! Avec le soleil, les premiers pèlerins reviennent, ça fait du monde et c'est agréable ! Bon, qu'est-ce qui vous ferait plaisir ?

— Apportez-moi une bière ! Jeanne, que prendrez-vous ? s'enquit-il.

La jeune femme le regardait, interdite. Elle bredouilla qu'elle prendrait la même chose et ancra ses yeux dans les siens. Pourquoi la serveuse l'avait-elle appelé « Père Charles » ? Est-ce qu'il était vraiment prêtre ? Lui ? Comment était-ce possible qu'il ne lui ait jamais parlé de Dieu, dans ce cas ?

— Vous êtes prêtre… souffla-t-elle.

— Oui, Jeanne.

— Mais vous ne me l'avez jamais dit !

— Vous ne me l'avez pas demandé non plus.

— Mais… Mais comment ? Est-ce que… Est-ce que vous accompagnez vraiment des gens ? lui demanda-t-elle, de plus en plus perdue.

— Oui.

— Et votre but avec moi, c'était quoi ? Me ramener dans votre église ? s'écria-t-elle rageusement, vexée d'avoir été dupée.

— Non, Jeanne. Je vous ai proposé de vous aider et vous avez accepté. J'ai simplement voulu vous éclairer un peu sur ce que vous étiez en train de vivre.

— Mais... Mais pourquoi un prêtre s'intéresserait à quelqu'un comme moi ? Ma vie est tellement différente de la vôtre !

— Et alors ? releva le Père Charles. Qu'est-ce que ça peut bien faire ? Jeanne, vous aviez besoin d'aide, je n'allais pas vous laisser vous battre contre vous-même sans vous proposer mon aide. Ce n'est pas parce que je suis prêtre que je ne m'intéresse qu'aux catholiques, bien au contraire. Je peux aider et souhaite aider toute personne qui en exprime le besoin.

— Mais... Vos conseils ! Pourquoi ne pas m'avoir proposé de prier, tout simplement ?

— Je ne connaissais pas la nature de votre relation avec Dieu.

— Pourquoi ne pas avoir cherché à m'en parler ?

— Parce que je ne voulais pas vous effrayer. Je voulais que vous vous sentiez libre.

Jeanne se laissa aller contre le dossier de sa chaise. Elle n'en revenait pas. Depuis des mois, cet homme l'écoutait, lui écrivait, la conseillait. Elle lui faisait confiance, même si elle ignorait tout de lui. Il l'avait écoutée et guidée sans jamais la juger. Et elle devait reconnaître que certains de ses conseils avaient porté du fruit. Elle se sentait mieux, dormait mieux, était capable de faire quelque chose de ses mains, d'avoir des pensées positives et constructives. Elle avait réalisé beaucoup de choses au cours de ses longues journées passées seule à Marcigny. Alors elle sourit, tout simplement. Et comme Marie venait de déposer les bières devant eux, elle prit la sienne et la leva un peu. Il comprit et ils trinquèrent. Après avoir bu une gorgée, elle murmura simplement :

— Merci.

— Je suis heureux d'avoir pu vous aider, Jeanne. Vraiment heureux, vous savez ?

— Est-ce que vous accepteriez de continuer votre accompagnement ? s'entendit-elle demander d'une voix suppliante.

Il hocha lentement la tête, signe qu'il acceptait de reprendre leur échange épistolaire jusqu'à ce qu'elle n'en ait plus besoin.

*

— Maman ! Alexandre, je l'ai vue, elle est là ! Maman, maman, maman !

La voix de Gaspard avait retenti sur le quai, faisant sursauter Jeanne. Elle se retourna, plissa les yeux et aperçut ses deux garçons qui couraient vers elle, suivis par un jeune homme tenant Louise d'une main, et tirant une grosse valise de l'autre. Elle s'accroupit et accueillit Alexandre et Gaspard contre elle. Ses bras se refermèrent autour d'eux et elle frémit de plaisir en sentant leurs bras autour de son cou, et leurs têtes sur ses épaules.

— Mes trésors, souffla-t-elle en essayant de retenir ses larmes de bonheur. Vous m'avez tellement manqué, je suis tellement heureuse de vous retrouver !

Elle embrassa leurs joues et se releva pour remercier le jeune homme qui avait voyagé avec eux. Il lui tendit leur valise en souriant et lâcha la main de Louise qui se réfugia près d'Alexandre. Ils convinrent de l'heure de rendez-vous pour le retour le dimanche, puis, ayant délicatement pris la fillette dans ses bras, la jeune femme entraîna ses enfants vers la voiture. Les garçons passèrent tout le trajet à lui raconter leur voyage en Guadeloupe, ils s'interrompaient, renchérissaient, et ne se lassaient pas de lui partager leurs précieux souvenirs. Assise dans son siège-auto, les yeux rivés sur la fenêtre, Louise ne disait rien. Elle regardait la route, imperturbable, et semblait toute perdue. À la maison, elle toucha à peine au dîner que Jeanne avait préparé durant l'après-midi. Elle finit par s'endormir sur la table, la tête abandonnée dans ses bras repliés. La jeune femme la souleva et la porta jusqu'à son lit dans lequel elle la coucha tout habillée par peur de la réveiller. Une fois ses chaussures retirées, elle la recouvrit de sa couette et resta penchée sur le petit lit à barreaux un long moment pour la regarder dormir.

— Tu m'as manqué, souffla-t-elle en caressant tendrement son front parsemé de boucles blondes. Si tu savais comme tu m'as manqué, comme j'ai rêvé de te retrouver, de pouvoir te serrer dans mes bras… Dors, ma Louise, je suis là, termina-t-elle en déposant un baiser sur sa joue.

Jeanne ressortit de la chambre sur la pointe des pieds et laissa la porte entrouverte avant de redescendre au salon. Alexandre et Gaspard l'attendaient pour prendre leur dessert, assis bien sagement sur le banc de bois posé d'un côté de la table. Elle leur sourit, trop heureuse de les avoir avec elle. Ils terminèrent leur repas, puis, tout en débarrassant et rangeant la cuisine, elle leur demanda ce qu'ils avaient envie de faire durant ces quelques jours de vacances. Les deux enfants avaient envie de profiter de la piscine. Ils voulaient jouer dans le jardin et construire une cabane sous un arbre. La jeune femme acquiesça à tout, ravie de pouvoir partager leurs projets. Ils se couchèrent en en parlant encore, et s'endormirent certainement en y rêvant car lorsqu'elle revint s'assurer que tout allait bien, quelques instants plus tard, ils souriaient tous les deux dans leur sommeil. Elle vérifia que la veilleuse de Gaspard fonctionnait bien et retourna à sa chambre. Voir son grand lit vide lui serra le cœur. Elle attrapa son portable. François n'avait pas répondu lorsqu'elle lui avait dit avoir récupéré les enfants. Son portable était éteint : elle tomba directement sur sa messagerie. Hésitante, elle finit par balbutier quelques phrases sans suite avant de raccrocher et de se coucher. Au milieu de la nuit, les pleurs de Louise la tirèrent de son sommeil. La fillette appelait désespérément, perdue dans cette chambre qu'elle ne reconnaissait pas, coincée dans un lit qui lui était inconnu. Jeanne s'approcha doucement dans la pénombre pour ne pas l'effrayer.

— Je suis là, Louise ! Tout va bien, murmura-t-elle en la prenant dans ses bras pour la calmer.

— Maman ? fit-elle, comme si elle ne la reconnaissait pas, comme si elle ne comprenait pas la raison de sa présence ici.

— Oui, Louise, c'est moi, je suis là. Calme-toi, tout va bien. Tu es dans ta chambre, dans la maison de Marcigny. Tu te souviens ? Tu es déjà venue ici, une fois, quand tu étais toute petite. Tout va bien, d'accord ?

— Maman, reprit la fillette en tremblant. Maman…

Louise passa ses petits bras tremblants autour du cou de la jeune femme et s'y accrocha de toutes ses forces, blottissant son visage dans le creux de son épaule. Jeanne caressa lentement son dos en continuant à lui murmurer des paroles apaisantes et réconfortantes pour la bercer. De temps en temps, elle embrassait son front et passait une main dans ses boucles folles.

— *Pas do'mir tout seule*, maman, *pas do'mir tout seule*, supplia la fillette aux yeux remplis de larmes.

— Allons, Louise, rappelle-toi, tu dors toute seule à la maison, non ?

— Bah non, maman, Louise elle dort avec papa maintenant, souffla une petite voix dans le dos de Jeanne.

La jeune femme se retourna. Gaspard était entré, il tenait son doudou dans une main, et son pyjama était tout tirebouchonné.

Son visage était froissé par le sommeil et ses yeux brillaient dans la pénombre. Il répéta ce qu'il venait de lui dire, haussant les épaules lorsqu'elle lui demanda pourquoi François avait accepté qu'elle dorme avec lui. Jeanne ne comprenait plus rien. Mais qu'avait-elle pu manquer pour ne plus parvenir à reconnaître les agissements de l'homme de sa vie ? Comment se faisait-il qu'elle doutât ainsi de lui ? Il était trop tard pour avoir une conversation sérieuse, elle se sentait faiblir, elle avait peur de pleurer. Elle céda donc, et se retrouva bientôt dans son lit avec ses trois enfants, Alexandre s'étant lui aussi réveillé. La jeune femme dormit profondément, bercée par la respiration régulière de ses petits couchés près d'elle. Le matin les trouva, tous les quatre, blottis les uns contre les autres. Elle en rit presque en se redressant lentement contre ses oreillers pour ne pas les réveiller. Ils avaient dormi près d'elle, ils avaient eu besoin d'elle. Son cœur se gonfla de joie dans sa poitrine. Dehors, il faisait beau. Le soleil montait doucement dans le ciel bleu pâle. Elle sourit, s'échappa du lit et ouvrit les rideaux et les fenêtres pour le laisser pénétrer dans la pièce. Les enfants émergèrent de leur sommeil en souriant, eux aussi. Debout sur le lit, Louise se jeta dans ses bras et s'accrocha à nouveau de toutes ses forces à son cou. Elle la serra dans ses bras, respirant le doux parfum de ses cheveux d'enfant. Ils petit-déjeunèrent en discutant gaiement, puis, tandis que les garçons couraient dans le jardin à la recherche de bois pour construire leur cabane, elle s'occupa de la fillette, essayant de la faire parler pour qu'elle lui raconte un peu ce qu'elle avait vécu au cours des longues semaines où elles avaient été séparées. Louise ne parlait pas encore très bien, mais elle babillait quelques mots, et ses phrases, entrecoupées de sourires et de longs regards, ravirent le cœur de la jeune femme. Plus tard, dans l'après-midi, alors qu'elle faisait la sieste, Jeanne ouvrit la piscine. Les garçons s'y ruèrent en riant. En regardant ses fils se poursuivre autour de l'eau et y sauter en hurlant, la jeune femme se demanda depuis quand elle n'avait pas été présente à un tel moment. Depuis quand n'avait-elle pas pris le temps de s'allonger sur un transat, au soleil, pour lire distraitement tout en regardant ses enfants jouer ? Une bouffée de tristesse l'envahit. Combien de choses avait-elle ratées, obsédée par son envie de réussir et de plaire ? Elle sourit à travers ses larmes en réalisant qu'ils étaient heureux, malgré tout, puisqu'ils étaient encore capables de rire, de jouer, de s'inventer un univers dans lequel ils ne se lassaient plus d'être des superhéros… Gaspard jaillit de l'eau à cet instant pour venir se coller à elle. Ses grands yeux gris se plongèrent dans les siens.

— Ça va maman ? s'enquit-il. On dirait que t'as pleuré !

— Ça va, mon trésor. Tu t'amuses bien ?

— Oui, c'est trop cool la piscine, mais quand est-ce qu'on goûte ?

— On attend que Louise se réveille. Elle ne devrait plus tarder, maintenant.

— D'accord. Tu peux regarder comment je fais la bombe ? C'est papa qui m'a appris en Guadeloupe, regarde !

Jeanne hocha la tête, avec un petit pincement au cœur. Elle le félicita pour son saut, lui assurant qu'il était très réussi. Puis elle remonta vers la maison. Louise avait terminé sa sieste, elle jouait dans son lit. Elle la leva, prépara un panier pour le goûter qu'elle emplit de brioche et de chocolat, de quelques verres et d'une bouteille de jus de fruits. Puis elle descendit vers la piscine en tenant la fillette d'une main et le panier de l'autre. Les garçons firent la fête à ce festin et sortirent de l'eau pour s'emmitoufler dans leurs serviettes le temps d'avaler leur brioche. Jeanne installa Louise dans une petite piscine à boudins en lui enfilant des brassards et retourna s'étendre sur son transat. Alors qu'elle tendait son visage à la caresse du soleil, elle sentit qu'on se glissait à ses côtés. Toujours enroulé dans sa serviette, Alexandre était venu trouver refuge près d'elle. Elle se redressa et passa une main dans ses cheveux humides.

— Ça va ? lui demanda-t-elle.

— Maman, répondit-il, le regard perdu dans le vague, est-ce que tu m'aimes ?

Interloquée, Jeanne s'assit et attrapa doucement le visage de son fils entre ses mains.

— Bien sûr que je t'aime, Alexandre, murmura-t-elle, les yeux dans les siens.

— Pourquoi t'es partie, alors ? attaqua-t-il.

— Je ne… C'est papa qui est parti le premier, trésor, souffla-t-elle, mal à l'aise.

— Oui, mais après toi t'as quitté Paris et tu voulais plus nous voir !

— Qui t'a raconté ces bêtises, chéri ? Bien sûr que je voulais vous voir ! Je ne suis pas partie pour ne plus vous voir, je suis partie parce que j'avais besoin d'air… Mais ce n'était pas contre vous, trésor, ça n'a jamais été contre vous… Comment t'expliquer pour que tu comprennes ? soupira-t-elle en levant les yeux au ciel.

Jeanne réfléchit quelques instants. Elle s'assit plus confortablement et attira son fils sur ses genoux. D'une voix douce, elle l'emmena un peu plus de dix ans plus tôt, au moment où elle s'était sentie enfin prête à avoir un enfant. Ils étaient ensemble depuis presque six ans et François en parlait de plus en plus souvent. Un matin, alors qu'elle se rendait à la galerie dans laquelle elle travaillait alors, elle avait croisé une femme magnifique, sans doute un peu plus âgée qu'elle, dont le ventre arrondi pointait fièrement sous un manteau d'hiver. Cette femme l'avait bouleversée. Elle avait réalisé qu'on pouvait à la fois être belle et porter un enfant. Ce soir-là, en rentrant, elle avait dit oui à François. Le regard du jeune homme s'était illuminé d'une façon qu'elle n'oublierait jamais. Quelques semaines plus tard, ils avaient su : un tout petit être se préparait tranquillement au creux de son ventre. Les mois avaient passé, et ils l'avaient observé se transformer petit à petit tandis que son ventre à elle se déformait pour l'accueillir. Mais elle était heureuse et terriblement fière de porter l'enfant de François. On se retournait sur son passage, on la complimentait sur sa beauté, on voulait tout savoir de ce bébé qui grandissait bien à l'abri, au creux de son ventre de plus en plus rond. Elle se souvenait des heures qu'ils avaient passées, allongés l'un contre l'autre, à parler à cet enfant qu'ils attendaient de plus en plus impatiemment. Et puis, un soir, au cours du dîner, Jeanne avait senti qu'il arrivait. Ils étaient partis à l'hôpital en tremblant un peu, intimidés et nerveux. Et au milieu de la nuit, on avait déposé sur son ventre un tout petit garçon affamé qui s'était jeté sur sa poitrine avec voracité. Elle en avait ri. Quand la sage-femme avait pris le bébé pour le nettoyer, François, qui s'était tenu en retrait depuis des heures, s'était enfin approché d'elle pour caresser d'un geste gauche ses joues brûlantes et embrasser son front perlé de sueur. Sa belle assurance avait totalement disparu lorsque la sage-femme était revenue et lui avait donné l'enfant. Et Jeanne avait encore ri, parce que c'était si drôle de le voir, si grand et si élégant dans ce costume qu'il n'avait pas eu le temps de retirer avec un si petit bébé dans les bras qu'il ne savait comment tenir. Ils avaient passé la semaine suivante penchés sur leur bébé, ne pouvant détacher leurs regards de la merveille qui prenait vie entre leurs bras. L'arrivée d'Alexandre avait bouleversé leur quotidien, tout avait changé depuis sa naissance. Elle n'avait plus jamais été la même, même si elle s'était bien gardée de le montrer.

— Et depuis, termina Jeanne, je n'ai jamais, jamais, jamais cessé de t'aimer, Alexandre, même si j'ai eu du mal à le montrer, et crois-moi, je le regrette beaucoup.

— Mais si tu m'aimes, pourquoi tu veux plus vivre à Paris ? reprit-il plus doucement. Moi je comprends pas pourquoi je peux plus avoir mon papa et ma maman avec moi…

— Je suis tellement désolée que vous viviez ça, souffla la jeune femme.

— C'est papa que t'aimes plus ? insista-t-il douloureusement.

— C'est bien plus compliqué que ça, Alexandre, ce sont des histoires de grands, tu sais. Ça fait longtemps qu'on n'arrive plus à se parler avec ton papa mais ça ne veut pas dire qu'on ne s'aime plus. On a eu des vies très différentes ces derniers mois… Il nous faut un peu de temps pour nous retrouver. Moi j'avais besoin de venir ici, papa a eu besoin de quitter l'appartement. Mais tout cela n'a rien à voir avec vous, et je ne veux pas que tu en doutes, d'accord ? Ce n'est pas votre faute.

— Même si je me suis battu avec Timéo ?

— Même si tu t'es battu avec Timéo.

Alexandre soupira. Elle ébouriffa tendrement ses cheveux tout emmêlés par la piscine et le serra dans ses bras. Il s'y blottit, les yeux clos. Et puis, comme Gaspard s'impatientait, seul dans l'eau, il se leva pour le rejoindre.

— Tu viens te baigner, maman ? s'enquit-il, et son regard gris se fit suppliant.

— Je viens, murmura-t-elle en se levant à son tour.

Jeanne retira la robe légère qu'elle avait enfilée par-dessus son maillot de bain et rejoignit ses fils dans l'eau. Elle fit la course avec eux, riant parce qu'elle gagnait sans cesse, accepta de jouer au ballon, leur montra comment faire une roulade sous l'eau, et leur offrit ses épaules comme plongeoir flottant au milieu de la piscine. En fin d'après-midi, ils remontèrent tous les quatre vers la maison. Elle envoya ses fils au bain et garda Louise blottie dans sa serviette sur ses genoux pour la réchauffer et la cajoler. Le week-end fila à toute allure mais Jeanne n'en perdit pas une miette. Elle conserva précieusement les regards heureux, les rires, les sourires, les blagues, les questions, les bâillements, les câlins des garçons, les baisers de Louise… Ils terminèrent la construction de la cabane sous un arbre du jardin, organisèrent un concours de sauts dans la piscine, décorèrent les murs de la maison de dessins tous plus colorés les uns que les autres, firent des gâteaux et des crêpes dont ils se régalèrent… Dans la voiture qui les ramenait à la gare, ils ne disaient plus rien, et la jeune femme sentit son cœur se serrer. Ils retrouvèrent Axel, le garçon qui les avait accompagnés à l'aller. Si Alexandre et Gaspard retinrent courageusement leurs larmes au moment de lui dire au revoir, Louise était inconsolable. Elle ne voulait plus se détacher de Jeanne, et elle hurlait dès que la jeune femme faisait un geste pour la déposer dans les bras d'un de ses frères. Elle tenta de la raisonner, de lui faire prendre conscience que cette séparation ne durerait qu'un temps, qu'elle allait retrouver son papa, sa chambre, ses jouets… Peine perdue. Le cœur en miettes, Jeanne fut pourtant obligée de descendre du train à l'annonce du chef de bord tandis que la fillette pleurait toutes les larmes de son corps sur les genoux d'Alexandre. Le train s'éloigna et Jeanne fondit en larmes à son tour, restée seule sur le quai. De retour à sa voiture, elle se calma, rassembla son courage et appela François. Il ne répondit pas immédiatement et elle sentit ses forces l'abandonner petit à petit après chaque sonnerie.

— Jeanne ? fit sa voix chaude et grave lorsqu'il décrocha enfin.

— Oui, je voulais simplement te prévenir que les enfants étaient bien dans le train, souffla-t-elle, tremblante.

— Très bien, claqua-t-il, tout s'est bien passé ?

— Oui. Merci de me les avoir envoyés.

— Ils avaient besoin de te voir. Louise, surtout !

— Alexandre m'a posé beaucoup de questions, François, commença la jeune femme en serrant son poing gauche pour tenter de faire cesser les tremblements dont elle était saisie.

— Il m'en pose beaucoup aussi.

— François, il serait peut-être temps de…

— Temps de quoi, Jeanne ? la coupa-t-il.

— Eh bien, je… Je pense qu'il faut que nous parlions. J'ai beaucoup de choses à te dire et…

— Pas ce soir, je n'ai pas le temps, répliqua-t-il sèchement.

— Non, fit-elle, je ne voulais pas dire maintenant. Mais je pense qu'il faudrait que nous nous revoyions.

— Le mois de juin va être chargé, Jeanne, j'ai beaucoup à faire, je ne vais pas pouvoir quitter Paris. Et je ne sais pas encore de quoi mon été sera fait.

— Je comprends, soupira-t-elle.

Ils se turent un moment. Jeanne retenait à grand-peine les larmes qui lui piquaient de nouveau les yeux. Elle avait envie de crier, de hurler dans le téléphone qu'elle souffrait terriblement de leur séparation, qu'elle avait besoin de le voir, de se blottir dans ses bras, d'oublier, de recommencer. Mais quelque chose l'en empêchait, une boule au fond de sa gorge, un sursaut de son inconscient trop habitué à taire ses sentiments pour demeurer fidèle à l'image de la femme forte et indépendante qu'elle avait voulu renvoyer à ceux qui l'entouraient depuis de nombreuses années. François poussa un profond soupir.

— Jeanne, reprit-il finalement, je suis désolé, je dois te laisser, je ne suis pas tout seul. Je t'enverrai un message quand j'aurai récupéré les enfants. Bonne soirée !

Elle n'eut pas le temps de répondre, il avait déjà raccroché. « Je ne suis pas tout seul… » La jeune femme s'effondra sur son volant. Avec qui pouvait-il bien être ? Le cœur déchiré, elle pleura encore longtemps. Pourquoi n'avait-elle pas su lui parler tant qu'il en était encore temps ? La maison lui sembla bien vide, sans les rires des enfants. À l'étage, les lits défaits faisaient peine à voir. Elle retrouva une chaussette derrière un pouf et eut l'impression que c'était tout ce qui lui restait de cette fabuleuse parenthèse hors du temps. Pourtant, elle ne se laissa pas abattre ni submerger trop longtemps par son chagrin et consigna chaque détail du week-end dans un petit cahier pour ne pas en perdre une miette avant d'aller se coucher en éloignant courageusement l'image d'une autre femme qu'elle au bras de François de son esprit.

*

Les vibrations insistantes de son portable tirèrent Jeanne de sa lecture. Elle attrapa son téléphone : c'était François. Étonnée, elle prit l'appel en se demandant pourquoi il l'appelait en plein milieu de l'après-midi. La veille, il avait été tellement froid. Elle ne s'en était toujours pas remise…

— Jeanne, murmura-t-il d'une voix étrangement triste. Papa est mort cette nuit.

— Mon Dieu ! s'exclama-t-elle en se levant d'un bond de son fauteuil, le cœur transpercé par la douleur avec laquelle il avait prononcé ces quelques mots. François, poursuivit-elle comme il ne disait rien, je… je suis désolée. Est-ce que je peux faire quelque chose ? Je voudrais être près de toi, termina-t-elle dans un souffle.

— L'enterrement a lieu jeudi matin, lui répondit-il enfin. Ce serait bien que tu sois là.

— Bien sûr, je serai là, promit-elle. C'est à Paris ?

— Non, en Charente, chez eux. Je descends ce soir avec les enfants pour soutenir maman, j'ai prévenu l'école. Marion nous rejoindra demain ou mercredi.

— C'est bien, fit-elle. Je t'y rejoins dès que je peux, je vais regarder les trains pour Marennes.

— En venant de Marcigny tu ne trouveras rien, cherche pour Rochefort, je t'attendrai à la gare.

Il y eut un long silence. Jeanne cherchait comment le réconforter mais il était si loin, il y avait si longtemps qu'ils ne s'étaient pas vus, si longtemps qu'ils n'avaient plus échangé ne serait-ce que quelques belles phrases…

— C'est si soudain, dit-elle finalement en repensant à la belle énergie dont son beau-père faisait preuve encore lors de leurs dernières vacances ensemble. Je pense à toi, François.

— Merci, fit-il. Je vais te laisser, il faut que je fasse la valise des enfants avant d'aller les chercher à l'école.

— Très bien. À plus tard, alors !

Il raccrocha. Jeanne se laissa glisser dans le fauteuil qu'elle avait quitté quelques minutes plus tôt. Ils allaient se revoir. Dans des circonstances tragiques, certes, mais le hasard leur permettait de se revoir malgré tout. Elle poussa un profond soupir et consulta les horaires de train. Elle renvoya un dernier message à son compagnon pour lui communiquer son heure d'arrivée mercredi soir et tenta de reprendre son livre mais il ne la passionnait plus. Finalement, elle résolut d'appeler Valérie Baussère, au moins pour lui présenter ses condoléances.

— Chère Jeanne ! s'exclama la mère de François en décrochant.

— Bonjour Valérie, je viens d'avoir François au téléphone. Il m'a dit pour Thierry. Je suis désolée…

— Merci, Jeanne. Tu sais, il était fatigué ces derniers temps mais je n'aurais pas pu imaginer qu'il parte si vite, souffla-t-elle d'une voix tremblante.

— Je serai là jeudi, lui répondit la jeune femme, ne sachant que lui dire.

— Oh, c'est gentil. Thierry serait touché. Il t'aimait bien, tu sais, même s'il n'a jamais su te le montrer.

— Je l'aimais bien, moi aussi, Valérie.

— Et alors, c'est vrai ce que François m'a dit ? Vous vous séparez ? reprit la vieille femme.

— C'est… pour un temps, murmura Jeanne, terrifiée à l'idée que François puisse réellement avoir envie de se séparer d'elle définitivement. Nous avions besoin de nous retrouver chacun de notre côté… J'ai dû quitter Paris, et il y est resté avec les enfants.

— Quelle tristesse ! J'espère que ça ne durera pas… Oui, vraiment, ça me fait beaucoup de tristesse, répéta-t-elle plusieurs fois dans le téléphone.

Jeanne acquiesça et finit par raccrocher. Deux jours plus tard, elle prenait le train pour traverser la France d'est en ouest. Il faisait chaud. Le voyage lui parut interminable, et lorsqu'enfin, la petite gare de Rochefort se rapprocha, son cœur se mit à battre follement dans sa poitrine. Serait-il vraiment là ? Viendrait-il seul ou avec les enfants ? Elle en tremblait en se refusant à scruter le quai. Ayant récupéré sa petite valise et son sac à main, elle se plaça dans la file des voyageurs qui descendaient à cet arrêt. Debout un peu plus loin, François l'attendait. Seul. Les mains enfoncées au fond des poches d'un vieux jean qu'il ne portait plus depuis des années, il balayait la foule du regard. Sans doute la cherchait-il. Elle le trouva vieilli, et amaigri aussi. Une barbe de plusieurs jours lui obscurcissait les joues. D'énormes cernes lui mangeaient les yeux. Elle ne pouvait croire que ce soit la mort de son père qui l'ait tant changé, ils n'étaient pas si proches et avaient peu d'intérêts communs. Et puis, Thierry Baussère ne s'était jamais montré très tendre avec son fils et celui-ci, même en étant devenu adulte, n'avait pas su obtenir son attention pour lui partager ses passions. Elle s'approcha doucement. Leurs regards se croisèrent et le jeune homme franchit résolument les derniers mètres qui les séparaient. Pourtant, au moment de la saluer, il hésita et resta planté devant elle, l'air un peu idiot, les mains toujours fourrées au fond de ses poches. Elle lui adressa un sourire encourageant et il secoua la tête avant de poser ses yeux gris sur elle.

— Bonjour, Jeanne, fit-il d'un ton bourru.

— Bonjour, François.

— Ton voyage ? s'enquit-il en lui prenant sa valise des mains.

— Long, répondit-elle. Comment va ta mère ?

— Elle s'occupe pour penser à autre chose, je suppose. Et pour une fois, Marion ne nous épuise pas de son bavardage…

— Et les enfants ?

— Je ne sais pas s'ils réalisent.

— Et toi ? demanda-t-elle encore en lui emboîtant le pas.

— Ça va, fit-il en haussant les épaules. J'encaisse.

Elle hocha la tête et n'osa plus rien dire. Vingt longues minutes de voiture les attendaient. Elle aurait souhaité qu'ils parlent, qu'ils en profitent pour se dire quelques mots, échanger quelques nouvelles. Elle brûlait d'envie de lui demander avec qui il avait passé sa soirée le dimanche précédent mais le visage fermé du jeune homme n'encourageait pas la discussion. Gardant le silence, il se concentrait sur la route, l'œil aux aguets. Elle pouvait suivre le va-et-vient de son regard entre les rétroviseurs et la route qui s'étirait devant lui. Ses mains passaient du volant au levier de vitesse avec aisance. Comme cette sensation lui avait manqué ! Depuis quand ne s'était-elle pas laissé conduire ainsi ? Tremblante, elle tendit la main et la posa sur sa cuisse, à quelques centimètres de son genou, comme elle avait l'habitude de le faire autrefois. Il tressaillit et fixa davantage la route. De temps en temps, ses doigts frôlaient sa main lorsqu'ils quittaient le volant mais il ne disait rien. Elle accepta son silence et laissa sa tête reposer contre le dossier de son siège en regardant la route. Comme ils approchaient de leur destination, il lui jeta un regard lourd de sens et elle s'empressa d'ôter sa main tandis qu'il se garait devant la maison. Ayant récupéré ses bagages, il la précéda à l'intérieur du jardin. Heureusement, ses enfants l'accueillirent à grand renfort de câlins et de baisers, et sa belle-mère lui adressa un tendre salut. Elle lui rendit son étreinte, salua Marion et Gaël dont les enfants arriveraient seulement le lendemain, et se proposa immédiatement de les aider pour lancer le dîner, les enfants ayant attendu qu'elle arrive pour pouvoir partager leur repas avec elle. Ils ne tardèrent pas à tomber de sommeil, piquant du nez sur leur dessert, et la jeune femme monta les coucher. Une fois la cuisine rangée et nettoyée, Madame Baussère se retira dans sa chambre, Marion et Gaël dans la leur, et François la conduisit à celle qui avait été la leur depuis toujours. Comme elle lui demandait où il allait dormir, il répondit qu'il se coucherait sur le canapé du salon. Il déposa sa valise au pied du lit, récupéra ses affaires dans un tiroir de la commode, lui souhaita une bonne nuit et la planta là. Interdite, Jeanne regarda la porte se refermer. Quelle froideur ! Elle n'en revenait pas qu'il soit si froid, si distant et si taciturne, surtout ! Son cœur se serra tandis que le bruit de ses pas s'éloignait dans le couloir. Elle ouvrit sa valise, en sortit sa nuisette et se mit au lit. Mais le sommeil ne vint pas. Elle se tourna et se retourna entre les draps pendant ce qui lui sembla être des heures et finit par baisser les bras. Allongée sur le côté, les yeux fixés vers la fenêtre, elle attendit que le temps passe. Soudain, il lui sembla que la porte s'ouvrait et se refermait presque aussitôt. Le parquet grinça. Le cœur battant à mille à l'heure, la jeune femme ne bougea pas, attentive à rendre sa respiration la plus régulière possible. La main de François tâtonna les draps pour chercher où elle était couchée. Il se glissa à la place restée vide. Très délicatement, il s'allongea tout contre son dos, passa ses bras sous les siens et cala son visage dans son cou en soupirant. Elle réprima un sourire heureux et s'abandonna contre lui. Cette fois, le sommeil vint. Blottie entre ces bras puissants, elle ne craignait plus rien. Tout lui semblait à nouveau possible. Son réveil l'arracha à ses rêves. Elle sursauta. Non, elle n'avait pas rêvé, François était bien là, allongé contre elle. Il ouvrit les yeux à son tour, regarda autour de lui, un peu perdu, et se redressa d'un bond.

— Merde ! s'exclama-t-il en s'asseyant au bord du lit. Jeanne, je suis désolé, je…

— Ne te fatigue pas, murmura-t-elle, blessée par l'air contrit qu'il affichait déjà. J'ai compris.

— Je n'aurais pas dû, je te demande pardon, reprit-il, les yeux dans les siens. J'espérais me réveiller avant toi, et…

— François, le coupa-t-elle vivement, ça suffit. Arrête de t'excuser, ça me blesse. Je pense vraiment qu'il est temps que nous ayons une bonne discussion tous les deux.

— Je suis d'accord, acquiesça-t-il. Tout à l'heure ?

— Quand tu veux, fit-elle en se dirigeant vers la salle de bain.

Il s'éclipsa tandis qu'elle s'enfermait pour prendre sa douche, le cœur lourd. Lorsqu'elle descendit dans la cuisine, le petit-déjeuner était prêt et les garçons étaient attablés autour de leur grand-mère. Marion et Gaël étaient partis chercher leurs enfants. Installée dans l'un des fauteuils du salon, Louise buvait son biberon et elle aperçut François sur la terrasse, absorbé par un appel téléphonique. Elle embrassa ses fils, salua sa belle-mère et prit place avec eux. François revint et s'assit face à son bol en murmurant quelque chose à sa mère qu'elle ne comprit pas. Une heure plus tard, tous vêtus de noir, ils s'engouffraient dans leurs voitures en direction du funérarium. La cérémonie qui réunit des gens pour la plupart inconnus à Jeanne dura près d'une heure. Une heure pendant laquelle la jeune femme, serrant Louise sur ses genoux, écouta les frères et sœurs de son beau-père parler de leur enfance, puis sa belle-mère raconter en quelques souvenirs la belle vie qu'elle avait vécue à ses côtés. François prononça quelques mots hésitants, comme s'il ne savait pas comment dire au revoir à celui qui l'avait élevé. Elle eut mal de le voir si grave, elle pouvait lire la douleur dans ses yeux. Il ne l'avait pas exprimée mais elle était bien là. Et les derniers mots qu'il balbutia lui percèrent le cœur :

— Je regrette de ne pas avoir su t'écouter tant que je le pouvais encore, papa. Et je regrette aussi de ne pas avoir pu te dire au revoir…

Sa main se posa sur le cercueil un long moment. Comme s'il y comprenait quelque chose, Gaspard se leva et vint se lover contre lui. Elle crut voir des larmes sur les joues de son compagnon lorsqu'il retourna s'asseoir, serrant son fils dans ses bras. Il y eut un dernier chant, entonné par Marion. Le chant préféré de son beau-père, dans son souvenir. Ensuite, ils suivirent le corbillard jusqu'au cimetière.

— Maman, pourquoi on est là ? lui demanda Gaspard alors que le cercueil était déposé au-dessus de la tombe dans laquelle il disparaîtrait bientôt.

— Pour dire au revoir à ton grand-père, Gaspard, lui répondit-elle en posant une main sur son épaule.

— Il est vraiment dans la boîte, alors ?

— Oui.

— Moi je pensais que Mamie elle disait une bêtise pour nous faire peur…

— Non, mon chéri, Papi est vraiment là.

— Il va descendre dans le trou ? s'enquit encore le garçon.

— Oui.

Elle se tut parce que tout était maintenant en place. François avait pris la main de sa mère et s'était approché au plus près. Entourée de ses enfants, la jeune femme, un peu en retrait, regarda le cercueil descendre lentement. Sa belle-mère pleurait. Sa belle-sœur aussi. Elle se demanda ce que François pouvait bien ressentir. Réfugié derrière un visage impassible depuis qu'ils avaient quitté le funérarium, il ne disait plus rien, se contentant de serrer sa mère contre lui, un bras passé autour de ses épaules. Il n'y eut pas de repas partagé par toutes les personnes présentes à la cérémonie, les membres de cette famille n'ayant jamais rien eu à se dire et les amis ayant déjà exprimé leur soutien à la veuve de Thierry Baussère. Jeanne ne put s'empêcher de penser que c'était bien trop triste pour sa belle-mère. Ils rentrèrent silencieusement, déjeunèrent sans échanger un mot, puis chacun vaqua à ses occupations dans la maison. François s'enferma pour travailler, sa mère se retira dans sa chambre, Marion et les siens sortirent se promener et Jeanne se retrouva seule avec ses enfants. Elle coucha Louise, fouilla la bibliothèque et revint s'asseoir entre ses fils, un énorme album photo sur les genoux. Puisque personne n'avait voulu évoquer les souvenirs du vieil homme avec ses petits-enfants, elle le ferait. Elle avait eu peu de lien avec son beau-père mais elle avait toujours veillé à ce qu'il profite des enfants lorsqu'ils étaient en vacances ensemble. Ainsi, Thierry avait passé de longues heures avec Alexandre et Gaspard sur la plage à construire des châteaux de sable, à creuser des trous gigantesques, ou encore à bâtir des barrages pour se protéger des flots lors des grosses marées. C'est lui qui avait appris à Alexandre à faire du vélo sans roulettes, un été. Il en était tellement fier ! Il les emmenait tous les deux pêcher dans les rochers, il leur racontait des histoires de corsaires et de pirates pour les endormir et riait de les retrouver, le lendemain, déguisés en marins, un sabre en plastique à la main, se poursuivant dans le jardin en hurlant les injures du Capitaine Haddock. Thierry Baussère n'avait pas su être le père dont François rêvait, enfant, mais il avait été un grand-père aimant et attentionné, adorant ses petits-enfants. Elle voulait qu'ils se souviennent de lui et des bons moments qu'ils avaient partagés. Les garçons passèrent de photo en photo, essayant de se rappeler chaque moment immortalisé. François sortit du bureau au moment où ils lui racontaient une bataille de Playmobil dans les châteaux construits sur la plage, l'année précédente. Son regard croisa celui de la jeune femme qui écoutait attentivement le récit de Gaspard. Elle lui sourit. Il contourna le canapé et se pencha sur les photos par-dessus leurs épaules. Gaspard reprit son récit pour lui, aidé d'Alexandre. Jeanne sentit soudain une main se poser sur son épaule, lourde, solide, et pourtant tremblante. Elle la couvrit de la sienne, sans un mot. Lorsque Gaspard et Alexandre eurent fini de raconter leurs souvenirs et se tournèrent vers lui pour avoir son avis, il leur adressa un clin d'œil, ébouriffa leurs cheveux en souriant et les remercia d'avoir partagé cette belle histoire avec lui. Le soleil étant revenu dans le jardin, les enfants s'échappèrent, attrapèrent leur ballon et se lancèrent dans une série de tirs au but. Jeanne quitta à son tour le canapé et rejoignit le jeune homme qui s'était posté à la fenêtre pour les regarder.

— Merci, lui dit-il simplement, sans même la regarder.

— Merci ? répéta-t-elle sans comprendre.

— Merci de leur avoir rappelé tous les souvenirs qu'ils ont avec leur grand-père.

— C'était important pour eux, murmura-t-elle. La cérémonie de ce matin m'a paru tellement impersonnelle… J'avais besoin, moi aussi, de me souvenir de lui de cette façon.

Il hocha la tête, le regard toujours fixé sur leurs fils.

— Va jouer avec eux, reprit-elle. Ça leur fera plaisir, et en plus tu en meurs d'envie…

Il hocha à nouveau la tête, ouvrit la baie vitrée et sortit. Gaspard et Alexandre poussèrent des cris de joie en le voyant retirer sa veste et sa cravate. Ils le placèrent d'office devant le but et reprirent le ballon pour tenter de marquer. Jeanne les observa un moment puis elle alla réveiller Louise et ensemble, elles préparèrent le goûter. Valérie réapparut alors qu'ils s'attablaient tous dans le jardin, sous un parasol, autour d'une montagne de cookies et d'une carafe d'orangeade, comme lorsque son mari et elles recevaient leurs petits-enfants.

— Mamie, est-ce qu'après on pourra aller à la plage ? s'enquit Alexandre en engloutissant la fin de son cookie.

— *'A mer, 'a mer !* reprit Louise, les yeux brillants et les mains pleines de chocolat.

— Demande à tes parents, mon chéri. Moi, je n'y vois pas d'inconvénient.

— C'est quoi *un convénient* ? fit Gaspard.

— Un inconvénient, Gaspard, reprit François. C'est quelque chose qui nous empêcherait d'aller à la plage.

— Et comme y en a pas, alors on peut y aller ?

— Oui, on ira. Mais d'abord, on termine de goûter.

— Ouaiiis, trop bien, s'exclama Alexandre. Et on fera de grands trous comme avec Papi !

Valérie tressaillit. Puis elle croisa le regard amusé de Jeanne et elle comprit la raison de la présence de l'album photo sur la table basse de son salon. Ainsi fut fait. Le goûter terminé, ils partirent vers la plage et y restèrent jusqu'en début de soirée, bien vite rejoints par Marion et les siens. Les garçons jouèrent dans les vagues, puis creusèrent leur fameux trou avec François, Félix et Mathilde. Louise leur apportait son aide comme elle pouvait, portant des seaux d'eau lorsqu'ils le lui demandaient. Assise près de sa belle-mère, Jeanne les regardait courir, creuser, sauter. Il y avait si longtemps qu'elle n'avait pas vu François si détendu, si disponible à leurs enfants. Que de choses avaient changé ces derniers mois… Elle soupira. Dans deux jours, elle reprendrait le train et rentrerait à Marcigny, seule, tandis qu'ils retournaient tous à Paris. D'ici là, il fallait qu'elle parle à François, qu'elle réussisse enfin à lui ouvrir son cœur, qu'elle lui demande pardon d'avoir été si égoïste et de n'avoir pas su rester celle qu'il avait aimée… Le soir vint. Comme la nuit précédente, une fois la maison endormie, il se glissa dans sa chambre et la rejoignit dans son lit. Sans un mot, il l'attira dans ses bras. Cette fois, elle ne fit pas semblant de dormir et passa même ses bras autour de son cou pour blottir sa tête dans le creux de son épaule. Il soupira, l'enlaça tendrement et s'endormit en la gardant contre lui. Le lendemain, la pluie les empêcha de sortir une bonne partie de l'après-midi. Les enfants jouèrent au grenier, retrouvant les trésors de leurs vacances, François travailla et Jeanne aida sa belle-mère à mettre de l'ordre dans les affaires de Thierry en essayant de ne plus penser aux deux nuits qu'ils avaient passées l'un contre l'autre. Marion et Gaël étaient repartis, leurs enfants étaient retournés à leurs études, et Valérie soupirait de temps à autre en murmurant que sa maison allait lui sembler bien vide lorsqu'ils seraient tous rentrés chez eux. Le dernier soir, alors que Jeanne s'apprêtait à monter se coucher, la gorge serrée parce qu'elle n'avait toujours pas trouvé le courage de s'isoler un moment avec lui, François la rejoignit en bas de l'escalier et lui proposa de le rejoindre sur la terrasse. Le ciel s'était dégagé et la nuit était en train de tomber. Elle enfila un pull, se glissa dehors et s'assit près de lui, dans un fauteuil de jardin. Au début, ils ne dirent rien, se contentant de contempler le ciel plein d'étoiles. Puis, elle l'entendit prendre une profonde inspiration et elle sut qu'il allait parler le premier. Sa voix s'éleva, grave, douce, chaude, brisant le silence dans lequel ils étaient plongés.

— Jeanne, commença-t-il, que nous est-il arrivé ?

— Je ne sais pas, souffla-t-elle en se demandant pourquoi il lui posait cette question.

— Est-ce que je n'ai pas su te rendre heureuse ? Pourtant, tu sais bien que c'est tout ce que je souhaitais… Je voulais que tu ne manques de rien, je voulais que les portes s'ouvrent devant toi, que tu puisses ouvrir ta propre galerie et qu'elle ait du succès, tu le méritais tellement ! Tu étais heureuse, non ? Et même si c'est moi qui ai insisté pour que nous ayons des enfants, je sais que tu les aimes… Alors, que s'est-il passé ?

— Il y a eu la chute de ta boîte et l'arrivée de Louise…

— J'étais moins disponible, c'est vrai.

— Non, François, tu ne voulais pas de Louise, lui rappela-t-elle, les larmes aux yeux.

— J'étais en colère contre tout.

— Était-ce une raison pour me punir de cette façon ? Tu m'as ignorée pendant des mois !

— Il s'est passé tellement de choses en moi, à ce moment-là… Je n'arrivais plus à te parler. Et Louise est arrivée. Ce n'est pas que je n'en voulais pas, au contraire… Et tu sais, je l'aime, cette petite, je l'aime tellement ! Elle te ressemble beaucoup. Quand elle fait un cauchemar et qu'elle me supplie de ses grands yeux de la prendre dans mes bras pour la consoler, j'ai l'impression de retrouver la petite étudiante dont je suis tombé amoureux à l'instant même où ses yeux se sont posés sur moi, murmura-t-il en se tournant lentement vers elle.

Jeanne étouffa un sanglot et baissa la tête, ne pouvant soutenir le regard brûlant qu'il posa sur elle. D'une main tendre, il releva doucement son visage vers le sien. Le contact de sa paume sous son menton la fit frémir. Elle cligna des paupières, gênée par les larmes qui perlaient au coin de ses yeux.

— Je sais que je t'ai fait du mal, reprit-il.

— Je t'en ai fait aussi, bégaya-t-elle.

— Pourtant, nous nous aimions, soupira François en laissant retomber sa main.

Jeanne tiqua. Il avait parlé au passé. Elle se mit à trembler et se réfugia au fond de son fauteuil. Ne l'aimait-il donc plus ? Son cœur se mit à battre follement.

— Est-ce que… Est-ce que ça veut dire que tu ne m'aimes plus ? fit-elle, toute tendue.

— Nous nous faisons du mal, Jeanne. Regarde ce que nous avons fait ces dernières années. Nous nous sommes fait tant de mal ! Je me suis perdu dans mon travail, je n'ai plus eu une minute à te consacrer, j'ai délaissé nos enfants, j'ai fui notre appartement. Et toi, tu… Toi, tu…

Il s'arrêta, butant sur les mots. Son regard se fit glacial.

— Je t'ai trompé, sanglota-t-elle, la tête dans les mains. François, je m'en veux tellement, si tu savais, poursuivit-elle en se redressant pour le regarder. Tu ne me voyais plus, tu ne me parlais plus, tu… Je n'ai aucune excuse, je sais bien. J'ai… j'ai commis l'irréparable, l'impardonnable, et pourtant… Pourtant je t'aime, François, je t'aime ! Je sais qu'il est trop tard, mais si seulement… Si seulement on pouvait revenir en arrière, si seulement tu pouvais me pardonner, si seulement je n'avais pas été si bête…

La jeune femme se tut, à court de mots, à bout de souffle. Elle essuya ses larmes et déglutit difficilement en croisant les yeux gris de son compagnon posés sur elle. La glace avait disparu, cédant la place à une infinie tendresse mêlée d'une grande douleur qui lui fit peur.

— Et regarde, reprit-il encore, il suffit que nous nous retrouvions pour que ça recommence.

— Pour que… Qu'est-ce qui recommence ?

— N'ai-je pas dormi près de toi ces deux dernières nuits ? Suis-je capable de l'expliquer ? Non. Je veux être avec toi, Jeanne, mais être avec toi me fait souffrir. On ne peut pas continuer comme ça.

Jeanne déglutit à nouveau et se mordit les lèvres pour ne pas hurler. Elle avait mal, tellement mal. Son cœur se serrait dans sa poitrine, lui donnant l'impression qu'il allait éclater en mille morceaux. Il se leva, fit quelques pas sur la terrasse, les mains enfoncées au fond de ses poches. Elle le rejoignit, se planta devant lui, plongea son regard dans le sien et posa ses mains sur sa poitrine. Le cœur du jeune homme s'affola sous ses paumes. Il couvrit ses mains des siennes.

— Alors, c'est fini ? souffla-t-elle. Et les enfants ?

— Il reste trois semaines d'école, ils vont rentrer à Paris avec moi. J'aurai très peu de vacances cet été, tu pourras les garder à Marcigny. J'en profiterai pour préparer notre séparation.

— Laisse-moi repartir avec Louise, le supplia-t-elle en s'agrippant à son pull. Rien ne la retient là-bas…

— Elle a été assez secouée comme ça, tu ne crois pas ? Ça la perturberait trop de ne pas rentrer avec nous.

— François… tenta-t-elle en se hissant sur la pointe des pieds.

— Non, Jeanne, fit-il en secouant doucement la tête.

Pourtant, malgré toute la distance qu'il avait tenté d'établir entre eux, ses bras s'enroulèrent dans son dos pour la plaquer contre lui. Il se pencha et posa ses lèvres sur les siennes pendant quelques secondes avant de s'écarter vivement. Leurs regards affolés se rencontrèrent tandis que le rythme de leurs respirations s'accélérait d'un coup. Il l'embrassa à nouveau. La tête bourdonnante, les bras passés autour de son cou, elle sentit qu'il la soulevait pour la porter à l'intérieur de la maison. Il gravit les marches de l'escalier avec une aisance et une rapidité qui déconcertèrent la jeune femme. La porte de la chambre claqua doucement derrière eux. Leurs vêtements s'éparpillèrent sur le parquet. Jeanne ne réfléchissait plus, elle se laissait porter par cette envie qu'ils avaient l'un de l'autre, par ce désir qu'elle sentait naître sous sa peau et qui la brûlait. Il l'allongea sur le lit et elle s'abandonna contre lui, les yeux dans les siens, le souffle court, ravie et affolée à la fois.

*

Gênée par le soleil qui s'immisçait à travers ses paupières closes, Jeanne se retourna pour échapper à la luminosité aveuglante qui l'avait réveillée. Dans leur hâte, la veille, ils n'avaient pas pensé à tirer les rideaux. Elle tendit le bras mais ne rencontra que du vide, ouvrit les yeux et constata que François n'était plus là. Seuls les draps froissés et la présence d'un oreiller encore marqué par le poids de sa tête témoignaient qu'il avait bien dormi là. Elle se redressa et regarda autour d'elle. Ses vêtements n'étaient plus là non plus, et les siens avaient été déposés sur une chaise. Sur la commode, à côté de sa trousse de toilette, elle trouva une petite feuille de papier pliée en deux sur laquelle il avait inscrit son nom de son écriture rapide. Elle la déplia. *Pardonne-moi*, avait-il simplement écrit. Le cœur de la jeune femme se serra tandis qu'elle se coulait sous la douche. Elle se composa un visage neutre en descendant pour prendre son petit-déjeuner. Sa belle-mère était partie au marché, les garçons étaient déjà habillés, ils jouaient dans le jardin, et François lisait une histoire à Louise, blottie sur ses genoux. Il baissa les yeux, comme s'il ne pouvait affronter son regard. Elle avala difficilement une tartine et ne put venir au bout de son bol de café, qu'elle débarrassa silencieusement.

— À quelle heure est ton train ? lui demanda le jeune homme alors qu'elle sortait sur la terrasse.

— Onze heures quarante-six à Rochefort, fit-elle.

— Je t'emmène. On part à onze heures quinze. Ça te va ?

Jeanne hocha la tête et sortit. Alexandre et Gaspard coururent vers elle pour la saluer. Elle accepta de bon cœur de jouer un peu au ballon avec eux, puis, comme Valérie revenait, lui proposa son aide pour ranger le contenu de ses paniers. Onze heures sonnèrent bientôt. La jeune femme monta boucler sa petite valise.

— Maman, pourquoi tu reviens pas avec nous ? s'enquit Gaspard en s'accrochant à son cou au moment du départ.

— On te revoit quand ? renchérit Alexandre en retenant bravement ses larmes.

— Bientôt, mon chéri, on se verra toutes les vacances, lui promit-elle en caressant sa joue brunie par le soleil.

— C'est dans longtemps ?

— Dans trois semaines, Gaspard. Il reste trois semaines d'école et après papa vous envoie à Marcigny.

Elle les serra dans ses bras, laissant échapper une larme ou deux dans leurs cheveux. Louise resta longtemps lovée contre elle, sans un mot, entortillant une mèche de ses cheveux dénoués autour de son index avant de courir se cacher quelque part dans la maison en hurlant. Jeanne, le cœur serré parce que ses enfants avaient disparu, embrassa sa belle-mère et grimpa dans la voiture. Les vingt minutes qui les conduisirent à Rochefort lui parurent un calvaire. Concentré sur la route, François ne disait rien. À Rochefort, il se gara brusquement. Elle crut qu'il ne l'accompagnerait même pas jusque sur son quai. Mais il sortit, prit sa valise et, d'une main posée sur sa taille, l'entraîna vers la gare. Ils rejoignirent silencieusement la porte de la voiture de la jeune femme. François posa sa valise dans le train et la prit par les épaules. Enfin, ils se regardèrent. Mais que se dire, quand les mots ne peuvent plus porter le sens de ce que l'on a enfoui au fond de son cœur ? Il l'enlaça étroitement et elle cala son menton dans son épaule en passant ses bras dans son dos. Le bras qu'il avait passé autour de son cou lui faisait mal mais elle ne pouvait s'en défaire. Et d'ailleurs, elle ne le voulait surtout pas. C'était la dernière fois. La dernière fois qu'il la serrait dans ses bras. Elle avait l'impression qu'il aurait voulu l'aspirer tant elle se sentait plaquée contre lui. Les battements de son cœur résonnaient contre le sien, et dans son cou, elle sentait la brûlure de ses lèvres. Les larmes jaillirent de ses yeux, mouillant le col de sa chemise. Elle ne retint pas ses sanglots. La douleur lui faisait perdre la tête. Enfin, François s'écarta résolument, sans pour autant faire un pas en arrière. Il avait les yeux humides, lui aussi. Ils se regardèrent une dernière fois. Le jeune homme colla son front au sien, les yeux clos, serrant les dents. Elle voulait parler. Lui dire, encore une fois, combien elle était désolée. Mais rien, pas un mot ne sortait. La sonnerie annonçant le départ retentit. Les derniers voyageurs s'engouffrèrent dans les voitures. Il la poussa doucement à l'intérieur, juste avant que les portes se ferment. Elle le vit s'éloigner, à mesure que le train prenait de la vitesse en quittant la gare. Effondrée, Jeanne rejoignit sa place. C'était fini.

Chapitre 5

De retour à Marcigny, Jeanne passa trois jours enfermée dans sa chambre, volets clos. Trois jours où elle pleura tout son saoul. Trois jours pendant lesquels elle ne quitta pas son lit. Trois jours où elle envisagea de mettre fin à ses jours plutôt que de continuer à vivre seule, ce qui fit redoubler ses sanglots quand elle croisait les visages de ses enfants sur les rares photos qu'elle avait d'eux dans son portable. Trois jours pendant lesquels elle se maudit d'avoir été si aveugle, si égoïste, si superficielle. Trois jours où elle hésita mille fois à appeler à l'aide mais ne put s'y résoudre, encore trop honteuse de sa conduite. Trois jours, enfin, pendant lesquels elle tenta de se rappeler tous les merveilleux moments qu'elle avait partagés avec François ces seize dernières années pour se donner un peu d'espoir. Ainsi lui revint en mémoire leur premier baiser, échangé devant la porte de son immeuble, au milieu de la nuit. Les mains de François avaient emprisonné son visage. Son regard avait fait fondre toute résistance. Elle lui avait répondu avec une fougue qu'elle ne soupçonnait pas, accrochée à ses poignets, hissée sur la pointe des pieds pour être au plus près de lui. Ils s'étaient regardés, tout tremblants, tout heureux. Ah, ces yeux ! Ces yeux qu'il avait posés sur elle à cet instant précis… Les mêmes que lorsqu'il lui avait dit qu'il l'aimait, quelques semaines plus tard, puis lorsqu'il lui avait demandé de vivre avec elle, et encore lorsqu'elle lui avait annoncé qu'elle attendait leur premier enfant. Cette explosion de joie qui l'avait secoué ! Son sourire, ses baisers, ses mains qui se posaient sur ses joues, sur ses hanches, sur son ventre encore plat... Les longues nuits de veille, avant la naissance, avec ses mains sur son ventre rond, qui guettaient un coup de pied, un mouvement. Elle se souvenait de tout. Sa mémoire n'avait rien effacé, au contraire, elle avait précieusement conservé tous ces souvenirs. Elle se souvenait aussi de leurs dernières vacances ensemble, avant la naissance de Louise, au temps où ils étaient encore heureux avec leurs deux petits garçons. Ils étaient partis en Croatie pour deux semaines. François était épuisé. Sans doute sentait-il déjà venir le moment où sa boîte s'effondrerait. Ils visitaient un musée, et, perdue dans la contemplation des tableaux qui l'entouraient, elle s'était éloignée de lui et de leurs fils. Après avoir parcouru les galeries à leur recherche, elle les avait retrouvés. François était avachi sur une chaise, endormi, le nez dans les cheveux de Gaspard qui sommeillait également dans ses bras, et Alexandre était concentré sur un plan du musée, imperturbable, en équilibre sur l'un de ses genoux. Elle avait souri, attendrie par le charmant tableau qu'ils offraient. Leur aîné avait sauté sur ses pieds en la voyant revenir, ce qui avait réveillé son père d'un coup. Elle se rappelait très bien son regard perdu, son air étonné, et le sourire qu'il avait esquissé en constatant qu'il s'était endormi au beau milieu de la galerie. Sans brusquer Gaspard, ils avaient quitté le musée et rejoint leur hôtel. Plus tard, lorsqu'il s'était endormi, elle l'avait longuement contemplé avant de trouver enfin le sommeil, blottie contre lui. Malgré la fatigue de François, ça avait été de très belles vacances... Sans doute les derniers jours où elle avait été heureuse près de lui, avant que tout s'effondre et qu'elle perde pied...

Au bout de trois jours, Jeanne décida qu'elle avait assez pleuré. Elle se leva, se doucha et s'habilla résolument. Elle ouvrit toutes grandes les fenêtres de la maison et sortit dans son jardin. Dans la boîte aux lettres, une surprise l'attendait. Charles avait écrit. Elle s'empressa de déchirer l'enveloppe et en sortit sa lettre, qu'elle parcourut rapidement des yeux avant de s'installer sur le muret bordant la propriété pour la lire.

*

Paris, le 6 juin

Chère Jeanne,

J'espère que vous avez passé un beau week-end en compagnie de vos enfants !

Puisque nous parlions de votre jardin la dernière fois que nous nous sommes vus, je vous propose de reprendre mon accompagnement sur ce point-là. Vous l'aviez bien compris, ce jardin est une image de vous-même. Je vous l'avais écrit il y a quelques semaines : en travaillant avec vos mains, vous calmez votre tête. Vous vous concentrez sur une tâche qui peut paraître bien innocente comme ça mais qui, en fait, vous transforme de l'intérieur. Alors nous allons continuer à entretenir votre jardin.

Cultivez ce que vous êtes. Vous n'êtes pas simplement Jeanne, propriétaire d'une Galerie et compagne de François Baussère, mère d'Alexandre, Gaspard, et Louise (si mes souvenirs sont bons). Vous êtes bien plus que cela ! Réfléchissez, qui y a-t-il derrière ce prénom et ce visage ? Quels étaient vos grands rêves, lorsque vous étiez enfant ? Que sont-ils devenus aujourd'hui ? Vous n'êtes pas ce que vous faites, Jeanne, vous êtes bien plus que cela. Je vous propose un exercice très simple : prenez une grande feuille de papier. Écrivez, en son centre, deux mots : je suis. Et tout autour, écrivez ce que vous êtes. Cherchez bien. Cela peut vous prendre plusieurs heures, plusieurs jours peut-être. Cela ne fait rien ! Laissez-la bien en évidence chez vous et revenez-y lorsque vous avez une idée. Vous verrez, je suis certain que vous aurez besoin d'une seconde feuille très vite ! Et rappelez-vous bien ceci (je me répète) : ce que vous êtes n'est pas ce que vous faites !

Tenez-moi au courant des suites de cet exercice. J'attends de vos nouvelles !

Charles

Jeanne replia la feuille de papier et inspira profondément. L'exercice lui plaisait. Mais elle voulait lui répondre maintenant, lui parler de François et de leur séparation devenue inéluctable. De retour dans la maison, elle retrouva son bloc, saisit un stylo et écrivit :

*

Marcigny, le 13 juin

Cher Charles,

Je vous remercie pour votre lettre. Je suivrai vos conseils, comme d'habitude, mais je voulais vous raconter les derniers évènements qui ont eu lieu avant de commencer. Mon week-end avec mes enfants s'est très bien passé. J'ai retrouvé le bonheur de partager leur quotidien quelques jours et cela m'a fait beaucoup de bien. Ils ont grandi. Alexandre m'a posé beaucoup de questions, il m'a demandé si je l'aimais, et pourquoi nous nous étions séparés avec François. Je lui ai répondu de mon mieux, mais c'était douloureux… Gaspard avait l'air heureux. Je ne sais pas s'il comprend ce qu'il se passe entre nous. Louise a eu du mal à me reconnaître mais nous nous sommes réapprivoisées très vite.

Le lendemain de leur retour à Paris, mon beau-père est décédé. J'ai rejoint François chez sa mère, en Charente, parce qu'il m'avait demandé d'être là. Le revoir m'a bouleversée. Il a tellement vieilli en quelques semaines ! Sans doute était-ce le fruit d'une trop longue séparation, peut-être était-il vraiment peiné par la mort de cet homme qui n'a jamais su l'aimer, nous avons passé les deux premières nuits blottis l'un contre l'autre. Le dernier soir, nous avons eu une longue discussion. Je lui ai demandé pardon et je lui ai dit que je l'aimais. Il m'aime, lui aussi. Mais pour lui, nous nous faisons trop de mal. Il est encore trop blessé ce que j'ai fait, et je le suis aussi, bien malgré moi. Ces longs mois l'un sans l'autre et cette crise que nous avons traversée chacun de notre côté ne nous ont pas épargnés. Notre amour ne suffira pas. Il veut que nous nous séparions. Il le veut mais il m'a aimée comme un désespéré la veille de mon départ et il m'a serrée tellement fort dans ses bras avant que je reprenne mon train que je ne sais plus quoi penser. Je me demande si nous nous sommes vraiment aimés ces seize dernières années. J'ai l'impression que je viens de tomber amoureuse de lui. C'est comme si j'avais vécu près de lui parce que j'étais en sécurité grâce à son argent et son statut social et que je me sentais bien entre ses bras. Il m'a dit qu'il était tombé amoureux de moi à l'instant même où mes yeux se sont posés sur lui, le soir de notre rencontre. J'ai été aimée toutes ces années, mais l'ai-je aimé en retour ? J'ai été heureuse, oui je l'ai été. Mais l'ai-je vraiment aimé ? Je ne sais plus… Quand je sens mon cœur battre comme il bat lorsqu'il me regarde, lorsqu'il me prend dans ses bras, je me demande ce que j'ai ressenti pour lui depuis seize ans. Est-ce possible ? Ai-je pu accepter de vivre avec un homme que je n'aimais pas ? Ai-je pu rester près de lui toutes ces années ? Porter ses enfants et les élever alors que je ne l'aimais pas ? Ai-je bien été ce monstre-là ?

Répondez-moi vite, je vous en supplie ! Je suis perdue !

Jeanne

La jeune femme se relut, plia sa feuille, l'enferma dans une enveloppe et courut à sa voiture. Il fallait la poster vite, avant qu'elle perde son courage et la déchire. Une fois l'enveloppe glissée dans la boîte aux lettres de Marcigny, elle respira mieux. Il répondrait bientôt et elle pourrait avancer, continuer à relire toutes ces années vécues dans l'ignorance d'un si grand amour. Rentrée chez elle, elle fit le tour de son potager et constata avec joie que ses légumes continuaient à pousser. Elle récupéra quelques tomates bien mûres et prépara son déjeuner en respirant sereinement. Puis elle s'attaqua à l'exercice que lui avait proposé le Père Charles.

Je suis – Jeanne – une femme de trente-neuf ans – la fille de Paul et Marie Morand.

La fille de Paul et Marie Morand… Depuis quand n'avait-elle pas pris le temps d'appeler ses parents ? Elle pensa à ses propres enfants. Un jour, ils quitteraient la maison, eux aussi. Couperaient-ils pour autant tout contact avec elle ? Son cœur se serra. Elle comprit pourquoi l'exercice pouvait durer longtemps. Rassemblant son courage, elle prit son portable et composa le numéro fixe de la maison dans laquelle elle avait grandi. La sonnerie retentit longtemps tandis qu'elle se mordait les lèvres d'angoisse. Enfin, on décrocha :

— Paul Morand, j'écoute ! Qui est à l'appareil ?

— Bonjour papa, murmura-t-elle.

— Jeanne…

Elle entendit qu'il appelait sa mère, un bip annonça que le haut-parleur était en route et la voix de Marie Morand s'éleva à son tour.

— Jeanne, comment vas-tu ? lui demanda-t-elle. Mais tu appelles en plein milieu d'après-midi, tu ne travailles pas aujourd'hui ?

— Il y a beaucoup de choses qui ont changé, fit la jeune femme en s'asseyant. Je ne travaille plus, et je… J'ai dû quitter Paris.

— Quitter Paris ? Mais où es-tu alors ?

— À Marcigny, tu sais, dans la maison qu'on a achetée avec François, il y a quelques années.

— Mais pourquoi ?

Ils voulaient des nouvelles. Ils ne lui demandaient rien de plus. Pas de grand sermon moralisateur, pas de remontrances, rien. Jeanne inspira profondément et se lança dans le long récit des derniers mois. Ils l'écoutèrent sans l'interrompre, peinés d'apprendre tout ce qu'elle avait vécu sans eux. Pourtant, à aucun moment ils ne portèrent de jugement sur ce qu'elle avait fait. Ils se contentèrent de l'écouter. Elle avait tellement peur de les entendre lui dire qu'ils l'avaient prévenue, qu'on ne pouvait pas vivre avec un homme comme François, qu'elle avait tout fait trop vite… Mais ils ne lui dirent rien de tout cela. Au contraire, ils lui promirent même qu'ils prieraient pour eux. Touchée, elle les remercia à mi-voix. Ensuite, elle leur donna des nouvelles des enfants et leur apprit la mort de son beau-père. Marie lui dit qu'elle appellerait Valérie Baussère pour lui présenter ses condoléances. Quand Jeanne raccrocha, elle sentit un poids s'envoler de sa poitrine. Elle reprit sa liste :

Je suis – Jeanne – une femme de trente-neuf ans – la fille de Paul et Marie Morand.

Que suis-je d'autre ? se demanda-t-elle, le menton appuyé sur la paume de sa main. Je suis bien la compagne de François, et la mère d'Alexandre, Gaspard et Louise. Elle l'inscrivit sur la feuille. Quatre mots lui sautèrent aux yeux : femme, fille, compagne et mère. Ainsi listés, ils résonnaient différemment. Où les avait-elle lus, pour qu'ils prennent cette consistance particulière ? Elle les souligna et chercha ce qu'elle pourrait bien ajouter à sa description d'elle-même. Suis-je belle ? Elle alla au miroir accroché au-dessus de la cheminée et regarda son visage. Pas une trace de maquillage, quelques rides au coin des yeux et des lèvres, des joues creusées par les cernes et la maigreur, un visage perdu au milieu d'une cascade de boucles brunes indomptées depuis des semaines. Elle se sourit et son visage s'éclaira. Même ainsi, François lui avait dit qu'il l'aimait. Elle n'était pas maquillée, ses cheveux n'étaient pas lissés, elle ne s'était même pas parfumée le soir où il lui avait fait l'amour. Et pourtant, il l'avait aimée. Elle plongea dans son regard. Au fond, tout au fond de ses yeux marron, elle retrouva quelques paillettes dorées et sourit davantage. C'est l'amour qui avait fait naître cette lumière dans son regard… Elle observa sa silhouette, ses jambes mises en valeur par une longue jupe jaune moutarde et son ventre, marqué par trois grossesses, dissimulé sous un top à bretelles blanc. Que portait-elle, la veille de son départ ? Un pantalon fluide coloré et le même haut. Pas de talons mais une paire de tropéziennes extrêmement simple. Le genre de vêtements qu'elle affectionnait avant sa rencontre avec François. Et il l'avait aimée. Elle contempla ses ongles sur lesquels le vernis s'écaillait. Et pourtant, il l'avait aimée… Mais qu'aimait-il en elle si ce n'était pas son apparence ? Elle sourit encore et se trouva belle pour la première fois depuis longtemps, alors elle l'inscrivit sur sa feuille.

Je suis – Jeanne – une femme de trente-neuf ans – la fille de Paul et Marie Morand – la compagne de François Baussère – la mère d'Alexandre, Gaspard et Louise – belle

Satisfaite de ces premiers pas, elle retourna au jardin et s'assit au soleil, laissant ses rayons caresser son visage. Qu'a-t-il pu voir que je n'ai pas vu moi-même ? se demanda-t-elle encore, les yeux clos, bercée par le vent secouant les branches des arbres autour d'elle. Fouillant dans sa mémoire, elle tenta de se rappeler sa scolarité. Petite fille timide et silencieuse, elle était passée de classe en classe sans faire de bruit. Arrivée au collège, adolescente en crise, elle avait eu plus de mal à se plier à la discipline que lui imposaient ses professeurs. Déjà, elle se passionnait d'art et d'histoire et séchait la plupart des matières scientifiques qui ne lui apportaient rien. Elle avait péniblement atteint le Lycée, profondément marquée par quatre années de disputes perpétuelles avec ses parents qui ne la comprenaient plus. Où était passée leur petite fille si sage et si tranquille ? Qu'avait-elle à répondre ainsi à ses professeurs, à les prendre de haut, à mépriser leurs cours ? Pourtant, malgré cet absentéisme, elle avait réussi à passer dans la classe supérieure chaque année, ce qui agaçait prodigieusement ses camarades qui la traitaient d'*intellote*. Les professeurs avaient été forcés de reconnaître qu'elle était douée et qu'elle pouvait poursuivre sa scolarité au Lycée. Là, enfermée dans sa chambre, elle avait lu. Et encore lu. Tout ce qui parlait d'art et d'histoire était passé sous ses yeux. Des romans, des essais, des manuels, tout, elle avait tout dévoré avec passion. Elle était redevenue la jeune fille calme et attentive en classe, par peur de la pension qui lui pendait au nez. Elle s'était concentrée, elle avait pris des notes, et avait travaillé pour décrocher son bac avec mention. Au Lycée, on avait souligné son intelligence, la finesse de ses propos, la profondeur de ses réflexions dans ses copies et en classe. Ensuite, elle avait vécu ses études supérieures comme dans un rêve, passionnée par chacun des cours auxquels elle avait assisté. Jeanne se releva, retourna à sa feuille et ajouta le mot « intelligente » à sa liste. Le soir, avant de se coucher, elle la relut et imprima profondément dans son esprit chacun des mots qu'elle y avait écrits.

Je suis – Jeanne – une femme de trente-neuf ans – la fille de Paul et Marie Morand – la compagne de François Baussère – la mère d'Alexandre, Gaspard et Louise – belle – intelligente

*

Paris, le 16 juin

Chère Jeanne,

Je m'empresse de vous répondre ! J'ai lu beaucoup de tristesse dans votre lettre et j'y découvre un ton très différent des précédentes. Je m'explique : en relisant les premières, je vous ai trouvée très détachée de ce que vous écriviez, comme si vous preniez volontairement de la distance avec vos propos. Dans celle que je viens de lire, je ressens votre bonheur aussi bien que votre douleur. Vous vous exprimez avec une grande liberté, me livrant vos états d'âme avec passion. Bien que profondément attristé par ce que vous racontez, je ne peux que me réjouir de ce changement bien visible qui a eu lieu en vous.

J'aimerais vous rassurer. Non, vous n'êtes pas un monstre, Jeanne. Et je pense que, tout comme votre ami, vous êtes tombée amoureuse il y a très très longtemps. Mais votre être, enfermé dans le désir de lui plaire, a rejeté ces sentiments. Vous l'avez aimé à votre manière, avec votre tête, non avec votre cœur. Ces derniers temps, celui-ci a beaucoup souffert. Vous avez essayé de l'étouffer, encore et encore, mais vous avez lutté en vain (et c'est tant mieux !). Votre cœur a gagné la bataille qu'il menait contre votre tête. Vous découvrez des sentiments que vous ne soupçonniez pas. Laissez-les venir, Jeanne. Acceptez-les, appréciez-les.

Vous aimez François, Jeanne, je n'en ai jamais douté. Vous dites que toutes ces épreuves ne vous ont pas laissés indemnes, que vous vous faites du mal en restant l'un près de l'autre. C'est qu'il est peut-être encore trop tôt pour que votre vie de couple reprenne. L'un comme l'autre, vous avez des blessures à guérir, c'est certain. Mais permettez-moi un conseil : <u>ne rompez pas le dialogue avec lui</u>. Même s'il ne répond pas au départ, prenez de ses nouvelles, donnez-lui-en de vous, racontez-lui ce que vous vivez, montrez-lui qu'il fait encore partie de votre vie, que vous lui faites encore confiance et que vous voulez vous battre pour votre couple. Ne baissez pas les bras. Et si ce n'est pas déjà fait, ajoutez que vous êtes forte à votre liste !

J'attends de vos nouvelles,

Charles

Jeanne replia la lettre en souriant. Elle s'abandonna dans son transat en savourant le bonheur qui l'envahissait. Le Père Charles avait raison, elle n'allait pas s'avouer vaincue si vite. Elle s'était battue pour réussir au collège et au Lycée, elle s'était battue pour entrer à l'École du Louvre puis à l'IESA, elle s'était battue pour ouvrir sa galerie. Oui, elle était forte. Elle allait se battre pour sauver son couple. De retour dans son salon, elle contempla la liste qui n'avait fait que s'allonger au cours de la semaine écoulée et y ajouta « forte » ainsi que « passionnée », parce qu'elle aimait la façon dont il le lui avait écrit, et elle aimait l'idée de cette jeune femme passionnée qu'elle était encore capable d'être.

Je suis – Jeanne – une femme de trente-neuf ans – la fille de Paul et Marie Morand – la compagne de François Baussère – la mère d'Alexandre, Gaspard et Louise – belle – intelligente – battante – éprouvée – blessée – solide – curieuse – passionnée d'art et d'histoire – ambitieuse – libre – drôle (?) – forte – passionnée

Elle y avait inscrit beaucoup de qualités, hésitant à y introduire des défauts. Après tout, ils faisaient partie de sa personnalité aussi. Elle prit une feuille à part et griffonna rapidement ceux qui lui venaient à l'esprit :

Défauts : jalouse – vénale – égoïste – séductrice – fière

La fierté était-elle un défaut ? Elle avait été fière de paraître au bras de François, de porter ses enfants. Mais elle était également fière de sa réussite personnelle sans avoir rien à envier à personne. Elle réfléchit un moment, puis l'ajouta sur la première feuille. Laissant là ses pensées, elle retourna dans le jardin et s'affaira dans son potager et ses plates-bandes le reste de l'après-midi. Un appel la surprit alors qu'elle surveillait la cuisson de son dîner. C'était François. Elle décrocha, la gorge nouée :

— Allô ? fit-elle.

— Maman, c'est Alexandre, chuchota une petite voix.

— Mon chéri, pourquoi parles-tu si bas ? Tout va bien ? s'inquiéta-t-elle.

— Papa avait laissé son téléphone allumé alors je lui ai pris pendant qu'il donne le bain de Louise. Je voulais te parler.

— Je t'écoute, mon trésor, lui dit-elle en baissant le feu sous sa casserole pour ralentir la cuisson et se concentrer sur ce qu'Alexandre lui disait.

— Quand on va venir à Marcigny, on sera tout seuls avec toi ? lui demanda-t-il.

— Bien sûr ! Pourquoi me demandes-tu ça ?

— Parce que… comme t'aimes plus papa, peut-être que tu as un nouveau amoureux ?

— Alexandre, j'aime encore papa, murmura-t-elle avant de poursuivre, tremblante : qu'est-ce qui te fait croire que je pourrais avoir un nouvel amoureux ?

— Ben, c'est parce que la maman de Clarisse dans ma classe elle aime plus son papa et elle a un amoureux qui vit chez elle, et il est pas gentil avec Clarisse, elle a dit.

— Mon trésor, il n'y aura personne d'autre que vous trois et moi à Marcigny cet été, le rassura-t-elle.

— Mais est-ce que t'aimes quelqu'un d'autre que papa ?

— Non, Alexandre. Et je te promets que je n'aimerai jamais personne d'autre que ton papa.

— C'était bien quand on était tous à Marennes, soupira son aîné. Papa il viendra même pas un peu à Marcigny ?

— On n'a encore rien décidé.

— Tu pourras lui demander de venir ?

— J'essayerai, mon chéri. Tout va bien à Paris ? Et à l'école, vous préparez un peu les vacances ou pas encore ?

— On travaille encore beaucoup mais comme il fait beau, parfois on a une longue récré !

— Ah, c'est bien, ça. Et Gaspard, comment va-t-il ?

— Il arrive à lire un livre tout seul le soir quand on se couche, lui répondit fièrement son fils.

— C'est super, tu le féliciteras pour moi ! Et Louise ?

— Elle parle de plus en plus, et même elle porte plus de couches la journée.

— C'est génial, mon chéri, merci pour ces nouvelles, s'exclama Jeanne, des larmes de joie lui piquant les yeux.

— Oh ! maman, je dois te laisser, je crois que papa arrive, bisou, je t'aime !

Il raccrocha vivement et Jeanne contempla son téléphone quelques instants. Pourquoi Alexandre l'avait-il appelée en cachette ? Elle revint à la préparation de son dîner en se promettant d'appeler François dès que leurs enfants seraient couchés. Mais elle n'eut pas besoin de le faire, c'est lui qui rappela alors qu'elle finissait sa vaisselle. Sans doute Alexandre n'avait-il pas su comment refermer la page d'appels sur le portable de son père. Il était tout étonné de constater qu'on l'avait appelée depuis son téléphone. Elle s'expliqua et il poussa un profond soupir. Elle l'entendit marmonner quelques secondes, puis il se tut.

— François, murmura-t-elle alors.

— Mmmh ? fut sa seule réponse.

— S'il ne l'avait pas fait, je t'aurais de toute façon appelé pour avoir de vos nouvelles.

— Pourquoi ? lança-t-il d'un ton bourru.

— Parce que vous me manquez. Parce que je ne veux pas que nos enfants m'oublient. Parce que je veux continuer à tout partager avec toi… souffla-t-elle, tremblante.

— Tais-toi ! la coupa-t-il vivement.

— Non ! rugit-elle aussitôt. Non, je ne me tairai pas ! J'ai le droit de parler, François ! Et… Et ce que nous avons fait, la veille de mon départ, eh bien… ça me hante. Tu ne m'avais plus aimée comme ça depuis longtemps…

— Je n'aurais pas dû, je ne sais pas ce qui m'a pris, s'excusa-t-il.

— Je ne regrette rien, lui dit-elle, le cœur battant.

— Tu dois me haïr. Je suis désolé.

— Non. Je t'aime.

Il y eut un long silence. Jeanne attendit, la main crispée sur l'accoudoir du fauteuil dans lequel elle s'était assise, mordant nerveusement ses lèvres. Un nouveau soupir échappa à François. Puis, sa voix s'éleva, comme une caresse, et elle ferma les yeux pour mieux s'en imprégner.

— Qu'as-tu fait depuis ton retour ? lui demanda-t-il.

— J'ai travaillé dans le jardin. Il y a de plus en plus de roses de toutes les couleurs autour de la maison, et le potager produit de très bons légumes. L'herbe a reverdi, je l'arrose le plus souvent possible pour qu'elle soit belle pour les enfants cet été. J'ai fait nettoyer la piscine, aussi. Je me suis promenée et j'ai dessiné ce qui me tombait sous les yeux. Et j'ai écrit, raconta-t-elle très doucement.

— Tu as écrit ? releva-t-il, étonné.

— Oui. Quelques phrases qui me sont passées par la tête, quelques mots pour tenter de dénouer les fils de mes pensées.

— C'est bien, souffla-t-il. Et tes dessins ? Sont-ils toujours aussi beaux ?

— Il n'y a que toi qui puisses en juger, déclara-t-elle, ravie qu'il se souvienne de ses anciennes esquisses.

— Es-tu fière de toi ? reprit-il.

— Un peu, oui, murmura-t-elle dans un sourire. Ça me fait du bien.

— C'est l'essentiel…

— Et toi ? Comment s'est passé ton retour à Paris ?

— Bien. Camil avait bien avancé dans les négociations que nous avions entamées avec les Bulgares. On signera sûrement avant la fin du mois…

— Ah, c'est… commença-t-elle, s'attendant à ce qu'il s'arrête là.

— L'air est irrespirable ici, poursuivit-il, Alexandre a dû te le dire. Ils ont très chaud à l'école. La crèche de Louise est fermée, il y a trop de risques. Alors Évelyne a accepté de revenir s'occuper d'elle jusqu'aux vacances. Elle est ravie, tu penses bien ! Je leur donne des bains froids pour les rafraîchir, on sort se promener un peu le soir, quand la nuit tombe et qu'il fait enfin un peu frais. Ils ont hâte de te retrouver. Et je… Et toi, tu… Tu me manques, Jeanne.

La jeune femme sentit les larmes lui monter aux yeux. Depuis quand n'avaient-ils pas échangé de façon si paisible ? Son cœur se gonfla d'espoir. Elle formula enfin la demande qu'elle avait promise à son fils :

— Pourquoi ne viendrais-tu pas à Marcigny quelques jours ? Descends avec les enfants, ne me les envoie pas en train, s'il te plaît, François. Au moins pour le week-end ! Tu verras la maison, le jardin, je… On pourra… discuter…

— Je pars en déplacement dès le mardi, notre avion est à six heures, lui répondit-il. Mais je descendrai du vendredi soir au dimanche. L'école finit à quinze heures. On aura sans doute quelques bouchons, mais…

— Merci, souffla-t-elle, profondément reconnaissante. Merci, François !

Il acquiesça et ils raccrochèrent. Dans les jours qui suivirent, Jeanne répondit au Père Charles pour lui apprendre la nouvelle et lui transmettre la liste de ses « je suis ». Elle travailla d'arrache-pied dans le jardin pour le rendre le plus beau possible, rangea et nettoya la maison de fond en comble pour qu'ils s'y sentent bien, et se mit en quête de jouets qui puissent plaire ses enfants. Il y avait longtemps qu'ils n'avaient plus passé un été complet à Marcigny, et il leur faudrait de quoi s'occuper. Elle dénicha quelques jouets anciens dans une brocante, acheta des boîtes de Lego à construire, des cahiers de coloriages et des feutres de toutes les couleurs, des vêtements de poupée, une dînette qu'elle envisagea d'offrir à Louise pour son troisième anniversaire et quelques jeux de société auxquels ils pourraient jouer ensemble. Elle n'oublia pas de prendre également un ballon et des jeux gonflables pour la piscine. Ravie, elle installa ses surprises dans les chambres des enfants. Tout était prêt pour les accueillir et son cœur débordait de joie à l'idée de les revoir très bientôt. Elle eut encore François au téléphone. Ils parlaient des enfants, elle lui donnait de ses nouvelles, il lui en donnait des siennes. C'était court, et parfois ils faisaient face à de longs silences. Mais elle était trop heureuse qu'il recommence à lui faire confiance. Certes, il ne lui demandait plus son avis comme il avait eu l'habitude de faire au début de leur vie à deux. Mais au moins, elle savait où il en était, elle savait ce qu'il faisait, elle recommençait à entendre des noms, des chiffres. Et elle avait l'impression d'avoir à nouveau une place dans sa vie. Chaque jour, elle prenait le temps de bien relire tous ces mots qu'elle avait écrits autour du fameux « je suis » du Père Charles. Elle les méditait longuement, les laissait résonner en elle, et goûtait leur sens profond, comme si chacun d'eux était une corde de plus à son arc. Elle les appréciait et faisait de son mieux pour en vivre. De plus en plus de dessins s'entassaient sur la commode de sa chambre. Au crayon ou au fusain, parfois elle ajoutait un peu de couleur. Le plus souvent, c'était une simple esquisse, un morceau de paysage qui lui avait plus plu que le reste au cours d'une promenade, un détail sur la façade d'un bâtiment qui avait retenu son attention, un visage souriant ou pensif croisé au hasard de ses errements. Elle les contemplait avec fierté, les retravaillait ou les laissait tels quels, selon son humeur. Installée sur le muret délimitant le jardin, elle entreprit aussi de dessiner la maison, avec les magnifiques rosiers qui couraient désormais tout le long de la façade. Cela lui prit de longues heures. Elle pesta parfois parce que sa feuille se déchirait à cause de la gomme qu'elle avait frottée un peu fort. Mais d'esquisse en esquisse, le dessin s'affina, et bientôt, il fut prêt. Elle le colora très légèrement, retravailla les ombres, puis le signa. Sa griffe, ajoutée dans le coin en bas à droite de la feuille, lui arracha un sourire satisfait. Elle se mit en quête d'un cadre qui le mettrait en valeur et l'y enferma comme un trésor qu'elle suspendit au-dessus de la commode, dans sa chambre, à la place d'une vieille toile qu'elle avait appréciée autrefois mais qui ne lui faisait plus d'effet à présent. Reculant de quelques pas, elle croisa les bras. Oui, c'était parfait. Replaçant une mèche de cheveux rebelle derrière son oreille, Jeanne hocha la tête, tout sourire. Je suis une artiste, se dit-elle. Et, saisissant la feuille froissée à force d'être manipulée, elle ajouta ce mot à la suite des autres. Contente d'elle-même, la jeune femme descendit au salon, attrapa l'un des livres qu'elle avait dénichés lors de la brocante à laquelle elle s'était rendue, s'assit confortablement au fond du canapé et tourna les pages les unes après les autres. Plongée dans son roman, elle ne vit pas le temps passer. Le soir tombait lorsque son portable, posé sur la table attenante, se mit à vibrer frénétiquement. Elle le saisit et pâlit. Pourtant, elle décrocha.

— Allô ? Jeanne ? s'exclama Claire.

— Bonsoir, Claire.

— Jeanne, mais pourquoi tu ne réponds pas à nos mails ? On a eu des tonnes de propositions pour l'été, je t'ai tout fait suivre, ça ne t'intéresse pas ? s'échauffa la jeune femme.

— Je suis désolée, je n'ai rien lu. Je ne suis pas allée voir mes mails depuis des semaines, lui répondit-elle en réalisant soudain qu'elle s'était effectivement coupée de tout depuis son arrivée à Marcigny.

— Mais qu'est-ce qui t'arrive ?

— J'ai eu besoin de partir respirer.

— Mais, tu… Tu comptes revenir quand même ou pas ? s'enquit Claire.

— Très honnêtement, je ne sais pas. J'aimais beaucoup notre travail, mais aujourd'hui je ne lui trouve plus de sens.

— Quoi ? du sens ? mais qu'est-ce que c'est que cette histoire ? Jeanne, enfin, la galerie nous rapporte des milliers, on décroche des contrats avec de super artistes, on est entourés de gens brillants, on est soutenus par des mécènes extraordinaires ! Tu t'es battue pour tout ça, réveille-toi ! Le sens, on s'en moque ! Ce qui compte, c'est de vendre du rêve, non ? C'est toi qui disais ça. Trouve-le là, ton sens !

Jeanne soupira. Elle avait pris un virage que son entourage professionnel ne comprendrait pas. Le paraître, les masques, tout ce qui brille, elle n'en pouvait plus. Elle ignorait de quoi demain serait fait, elle ne savait pas ce qu'elle deviendrait une fois ses

« vacances » terminées. Elle avait les moyens de les prolonger encore longtemps, si elle le souhaitait. Elle n'y avait pas encore réfléchi. Tout ce qui importait pour elle en ce moment, c'était de se battre pour sauver son couple et sa famille.

— Je suis désolée, Claire, reprit-elle après avoir pris une profonde inspiration, tu ne peux pas comprendre. J'ai presque perdu François et mes enfants à cause de tout ça.

— Bah, je croyais que ça n'allait plus avec lui, justement ? Tu envisageais de le quitter, non ?

— Je me suis trompée sur beaucoup de choses.

Il y eut un long silence pendant lequel Jeanne réfléchit à la meilleure façon de conclure cet appel qui lui pesait.

— Claire, reprit-elle encore, cet été je te laisse libre d'organiser les expositions de ton choix avec Jérémie. J'ai besoin de réfléchir et j'ignore encore si je serai de retour à Paris au mois de septembre. Tenez-moi au courant de ce que vous choisirez ! Et de mon côté, je prépare ma rentrée et vous tiens au courant.

Elle raccrocha et reprit son livre. Elle aurait tout le temps d'y penser plus tard. Mais alors qu'elle tentait de se replonger dans l'histoire, un haut-le-cœur la fit frémir. Elle ferma les yeux, appuya sa tête au dossier du canapé et respira lentement. Mais rien n'y fit. Nauséeuse, elle gagna les toilettes et s'y enferma. Elle ne put rien avaler à l'heure du dîner et se coucha en se disant qu'elle avait sans doute un peu abusé du soleil ces derniers jours et qu'elle avait attrapé une insolation. Le lendemain matin, le mal était passé et elle reprit ses occupations en n'y pensant plus.

*

Paris, le 28 juin

Chère Jeanne,

Merci pour votre dernière lettre. Je suis ravi de voir que vous avez suivi mes conseils ! Votre petite liste est très intéressante et je vous propose à présent de choisir quelques-uns des points que vous avez relevés pour les approfondir plus particulièrement. Je vous laisse choisir ceux qui vous parlent le plus parmi eux. Méditez-les, et cherchez le moyen de les réaliser en vous. Vous m'en direz des nouvelles !

Je suis ravi que vous puissiez prendre du temps avec vos enfants cet été, ravi également que vous ayez entretenu le lien qui vous unit à François. Continuez, ne lâchez rien ! Vous voyez bien que vos efforts payent. Je me permets un conseil, afin d'éviter toute mauvaise surprise lors de sa venue très prochainement : mettez-vous d'accord, en amont, sur la façon dont vous voulez vivre ce week-end. Quelle image de votre couple voulez-vous donner à vos enfants ? Serez-vous fidèle à celle que vous étiez avant votre séparation, ou bien laisserez-vous toute la place à ces sentiments que vous apprenez à accueillir ? En d'autres termes, souhaitez-vous être froide et distante, ou partager le même lit que lui et vous languir de son absence lorsqu'il sera reparti ? Réfléchissez bien, Jeanne, s'il vous plaît. Vous souffririez trop, si vous n'étiez à nouveau pas sur la même longueur d'onde.

Je vous souhaite un très bel été ! Donnez-moi quelques nouvelles, si vous en avez l'occasion.

Charles

Jeanne sourit. On était le 2 juillet. Le soleil était éclatant, bien haut dans le ciel, et il réchauffait sa peau dorée par les longues heures qu'elle avait passées dehors ces dernières semaines. La maison était prête pour recevoir tout le monde. Elle se sentait bien et elle avait hâte ! Pourtant, une boule d'angoisse se formait dans sa gorge lorsqu'elle pensait à ses nouvelles retrouvailles avec François. Le Père Charles avait raison : qu'allait-il se passer ? Comment se comporteraient-ils face à leurs enfants ? Et entre eux ? Saisissant son portable sans même consulter sa montre, la jeune femme appela son compagnon. Il décrocha, étonné qu'elle l'appelle en plein milieu de la journée. Après avoir bredouillé quelques phrases sans grand intérêt, Jeanne en vint à la question qui lui serrait le cœur. François prit le temps d'y réfléchir et lui avoua qu'il y avait également beaucoup pensé. Il n'avait pas avancé du tout dans la procédure de séparation qu'il avait pourtant souhaité entamer au plus vite à son retour de Marennes. Il avait besoin de la voir et d'en parler avec elle. Où allaient-ils, tous les deux ? Pouvaient-ils vraiment envisager de se séparer alors qu'ils ne pouvaient plus douter des sentiments qu'ils éprouvaient réellement l'un pour l'autre ? Ils convinrent de rester discrets devant leurs enfants, et de se libérer de longues heures pour pouvoir discuter seul à seule. Jeanne raccrocha, rassérénée, non sans lui avoir dit qu'elle avait hâte qu'ils arrivent. Les journées s'écoulèrent et devinrent des heures. Un message annonça à la jeune femme qu'ils avaient quitté Paris sans encombre et roulaient maintenant vers Marcigny. Ils seraient là pour le dîner, comme prévu. Jeanne trépignait. Elle vérifia pour la millième fois au moins son apparence dans le miroir de la salle de bain. Exit les cheveux lissés, elle avait relevé ses boucles en queue de cheval. Ses yeux étaient à peine maquillés, et son visage tout bronzé rayonnait alors qu'elle ne parvenait pas à sourire, trop tendue. Elle s'observa de la tête aux pieds, pensive. Un débardeur de soie blanche et une jupe courte aux couleurs chatoyantes, une paire de tropéziennes, la première bague offerte par François, ainsi qu'un sautoir qu'il lui avait offert bien des années auparavant et qu'elle avait retrouvé dans un tiroir de la commode, et c'était tout. Plus d'artifices… Le four sonna, annonçant que le repas était prêt. Elle courut l'éteindre et jeta un coup d'œil à son portable. Dehors, le soleil disparaissait derrière les arbres et la fraîcheur revenait lentement après une nouvelle journée caniculaire. Ils ne tarderaient plus. D'ailleurs, ils étaient là, les graviers de l'allée crissèrent sous les pneus de la voiture. François coupa le contact et Alexandre et Gaspard jaillirent de la voiture en poussant des cris de joie. Elle les reçut dans ses bras, tremblante, et embrassa leurs visages heureux.

— Maman, t'es belle ! T'as bronzé ! s'exclama Gaspard en chatouillant son cou du bout de son nez.

— Maman, j'suis en vacances ! Et j'passe au CM1, et Gasp' au CE1, ajouta Alexandre, les yeux ravis.

— Papa m'avait dit ça. Je suis fière de vous, mes chéris, très fière !

Comme François s'avançait, Louise calée sur sa hanche, à moitié endormie par le long voyage, elle se redressa et lissa les plis de sa jupe. Ses yeux balayèrent la campagne avant de se poser sur son compagnon. Elle cligna des paupières, toute tendue vers lui, ne sachant plus que dire ni que faire.

— Bonsoir, murmura-t-il en se penchant pour déposer un baiser sur sa joue.

— Bienvenue, lui répondit-elle en esquissant un sourire.

— C'est très beau, toutes ces roses, approuva-t-il en désignant les massifs qui ornaient les plates-bandes à quelques mètres d'eux.

— Je suis heureuse que ça te plaise.

Il se penchait à nouveau vers elle quand Louise émergea de son demi-sommeil et tendit les bras pour se blottir contre elle. La jeune femme l'enlaça tendrement, lui souhaita un joyeux anniversaire dans le creux de l'oreille et lui promit qu'ils allaient fêter ses trois ans dès le lendemain midi. Elle avait tout prévu ! Elle précéda les nouveaux venus à l'intérieur de la maison et ils s'attablèrent rapidement pour dîner. Les garçons étaient surexcités de se retrouver là, beaucoup trop heureux d'être enfin en vacances, et en même temps épuisés par la route. Ils ne luttèrent pas lorsque François décréta qu'il était temps d'aller au lit et rejoignirent leurs chambres sans râler. Il fallut tout de même leur raconter une histoire, et fredonner une petite berceuse à Louise qui resta longtemps blottie dans les bras de sa maman. Ses yeux se fermaient mais elle voulait rester éveillée, de peur que dès le lendemain, Jeanne ne soit à nouveau plus là. Rassurée par les tendres paroles de la jeune femme, elle se glissa dans son lit. Jeanne remonta la couette sur ses épaules, l'embrassa, caressa ses cheveux blonds et quitta sa chambre sur la pointe des pieds. Elle rejoignit François qui finissait de ranger la cuisine. Elle allait lui proposer qu'ils fassent le tour du jardin quand le jeune homme lui avoua qu'il était, lui aussi, très fatigué. Il la suivit dans l'escalier, son sac sur l'épaule. La porte de leur chambre se referma silencieusement. Elle mordilla nerveusement sa lèvre inférieure tandis qu'il délaçait ses chaussures et abandonnait sa chemise et son pantalon sur un fauteuil. En caleçon, il passa dans la salle de bain pour se laver les dents. Elle hésita : pouvait-elle se dévêtir devant lui pour enfiler sa nuisette ? Il l'avait fait, lui, et ça n'avait pas eu l'air de le gêner. Balayant ses craintes, elle se changea avec des gestes lents. François fit mine de ne rien voir, plongé dans la contemplation de son dessin de la maison. Pieds nus, les cheveux dénoués, elle le rejoignit face au cadre.

— C'est magnifique, Jeanne, lui dit-il en se tournant vers elle. Tu as tellement bien su la mettre en valeur. C'est exactement ce dont nous avions rêvé, tu te souviens ? Et ce que tu as fait de la maison c'est… C'est formidable !

La jeune femme sentit ses joues s'empourprer sous l'effet du compliment.

— Je l'ai fait pour nous, souffla-t-elle, les yeux dans les siens. Pour que nous nous y sentions bien.

— Tu m'as manqué, murmura-t-il en caressant sa joue d'une main tendre et légère.

— Toi aussi, fit-elle en déglutissant difficilement, tous ses sens enflammés par cette caresse.

Il passa un bras autour de sa taille, un autre autour de ses épaules, la ramena au plus près de lui et inclina sa tête dans ses cheveux en soupirant. Jeanne s'agrippa de toutes ses forces à son dos, ses doigts s'enfoncèrent dans sa peau nue, son visage se réfugia contre sa poitrine. Elle ferma les yeux, tout enveloppée de sa chaleur.

*

— Penses-tu toujours que nous nous faisons du mal ? souffla Jeanne.

Ils étaient blottis l'un contre l'autre, au milieu de leur lit. La pénombre ne lui permettait pas de distinguer le visage de François, pourtant tout près du sien, sur l'oreiller, mais elle pouvait sentir son souffle sur sa joue, et elle savait qu'il ne dormait pas parce que l'une de ses mains ne cessait de monter et de descendre le long de son dos. Il ne répondit pas tout de suite et interrompit la course de ses doigts sur sa peau. Roulant sur le dos, il cala ses mains sous sa tête et prit une profonde inspiration. Elle attendit, un peu tendue, le visage appuyé dans son coude replié.

— Je ne sais pas, lâcha-t-il enfin. Et toi, qu'en penses-tu ?

— Moi, j'ai mal quand tu n'es pas là, j'ai mal quand je pense à toutes ces années que j'ai gâchées à cause de mon égoïsme et de ma superficialité. Non, ne m'interromps pas, poursuivit-elle en se redressant un peu. J'ai beaucoup réfléchi, tu sais. J'ai relu ma vie, ma façon de me comporter avec toi, avec nos amis, avec mes collègues, avec… mes artistes ou mes mécènes… Je sais que j'ai porté des masques. J'ai voulu qu'on m'aime, j'ai tout fait pour ça et je n'aurais pas dû. Mais quand tu es là, François, quand tu es près de moi, quand je suis dans tes bras, je ne peux pas m'empêcher d'espérer que si nous avons peiné ces dernières années, ce n'est pas en vain. Que nous pouvons avoir un futur bien plus heureux, tous les deux, avec nos enfants.

— Tu le crois vraiment ? lui demanda-t-il en tournant son visage vers le sien.

Jeanne put voir ses yeux briller dans l'ombre. Elle se rapprocha de lui, caressa doucement ses joues couvertes d'une barbe de quelques jours du revers de la main.

— Je veux y croire, reprit-elle.

— Ici, oui. Mais à Paris ? Lorsque tu auras repris ton rythme de vie, entre ton travail, tes vernissages, tes expositions… Que restera-t-il de toutes ces promesses que nous pouvons échanger ? Nous avons deux rythmes de vie très denses, Jeanne.

— Je ne sais pas si j'ai vraiment envie de retrouver ma galerie, murmura la jeune femme.

— Comment ça ? s'étonna-t-il en se dressant à son tour sur un coude. Mais Jeanne, ce travail, c'est toute ta vie !

— Non… Ma vie, c'est toi, François. Toi et nos enfants.

— Mais… tu t'es battue pour y arriver ! Tu laisserais tout tomber ?

— Je ne sais pas, je…

Elle se mit à trembler en repensant au tableau qu'Hélie avait fièrement exhibé la dernière fois qu'elle s'était rendue à sa galerie. Cette image d'elle qui trônait au centre de la pièce. Avait-elle été achetée ? Ou bien était-elle encore là ? Elle repensa à l'appel de Claire, aux quelques mails qu'elle s'était efforcée de lire ensuite, à la douleur qui était revenue la hanter en réalisant qu'Hélie continuait à peindre et à exposer ses toiles pour elle. C'était une épine dans sa chair, un rappel permanent de l'erreur qu'elle regrettait le plus et pour laquelle elle s'était haïe si fort et si longtemps, tentant d'expier sa faute à travers cette haine d'elle-même. Oui, elle avait avoué à François qu'elle l'avait trompé, et elle lui avait demandé pardon pour cela. Mais elle n'avait rien dit de plus, elle lui avait caché l'existence de cette toile révélatrice de son adultère.

— Jeanne…

La voix de François, si proche, la fit tressaillir. Elle se tourna de l'autre côté du lit en serrant les dents pour retenir ses larmes. Il posa une main sur son épaule et se pencha au-dessus d'elle.

— Tu ne veux pas y retourner, dit-il doucement. Pourquoi ?

Jeanne s'échappa de son étreinte et quitta le lit. Elle se plaça face à la fenêtre et contempla la nuit pleine d'étoiles, les bras croisés sur son ventre. Il ne bougea pas. La jeune femme prit une grande inspiration. Très droite, les yeux fixés sur une étoile un peu plus lumineuse que les autres, les doigts serrés sur ses coudes, les pieds ancrés dans le sol, elle avoua tout.

— Il m'a peinte, François. Hélie m'a peinte, après la nuit que nous avons passée dans l'appartement en rentrant de mon dernier vernissage. La dernière fois que j'ai mis les pieds à la galerie, il était là, et il présentait sa toile à Claire et Jérémie. Ils ne m'ont pas reconnue, ils ne peuvent pas savoir. Mais toi… Toi tu aurais su tout de suite. On ne voit pas mon visage, il est tourné vers un coin du tableau et caché par mes cheveux. Mais ce ventre, c'est le mien. Il a eu tout le temps de l'observer et de l'étudier parce que… parce qu'il n'y a pas eu qu'une seule nuit. À Cabourg, en décembre dernier, j'avais déjà cédé à ses avances. Tu ne me regardais plus, tu ne me parlais plus, il n'y avait plus que ton travail qui comptait, et moi… Moi j'étais tellement malheureuse que je n'ai pas pu le repousser, je n'en pouvais plus de me sentir si seule ! Alors, tu comprends ? Tu comprends pourquoi je ne peux plus y retourner ? Pourquoi je ne veux surtout pas y retourner ? Je ne peux pas leur faire face, je ne peux pas LUI faire face. Je… Je préfère tout perdre plutôt que de me retrouver à nouveau dans cette situation !

— Le salaud, rugit François. L'immonde salaud !

Jeanne se retourna, le visage plein de larmes, stupéfaite. Elle avait cru qu'il se lèverait, qu'il la secouerait, qu'il la frapperait, même, peut-être, lorsqu'il saurait enfin la vérité. Elle s'était attendue à tout sauf à ça. Assis au bord du lit, il fulminait. Il envoyait son poing dans les draps et le matelas avec une violence qu'elle ne soupçonnait pas chez lui. Elle pouvait entendre le sommier craquer. Tremblante, elle fit quelques pas et se rapprocha.

— Il a osé, fit-il en levant son visage éperdu vers elle. Il a osé, comment a-t-il osé ? Jeanne, comment a-t-il osé faire ça ? Pourquoi ne m'as-tu rien dit ? Il n'avait pas le droit, il ne peut pas rester impuni. Le salaud ! Je te jure, Jeanne, je te jure que si je l'avais en face de moi, je lui casserais la gueule !

La jeune femme déglutit douloureusement et posa ses mains sur ses épaules pour tenter de le calmer. Elle appuya son front contre le sien et ferma les yeux.

— Je suis désolée, murmura-t-elle, je suis tellement désolée…

— C'est moi qui suis désolé ! s'exclama-t-il. J'aurais dû être là, j'aurais dû… Mon Amour, comment avons-nous pu en arriver là ?

Mon Amour… Jamais, encore, il ne l'avait appelée ainsi. Jeanne se sentit trembler à nouveau. Il la prit par les hanches et l'attira sur ses genoux. Blottie entre ses bras puissants, le visage dans le creux de son épaule, à la base du cou autour duquel elle avait passé ses bras, elle se mit à sangloter. La joue contre la sienne, il pleurait, lui aussi, tout en la berçant tendrement. Larmes de détresse, de peine, de soulagement. Elles coulèrent longtemps sans qu'ils parviennent à les stopper pour échanger quelques mots. Enfin, quand ils purent respirer un peu plus calmement, il la souleva, l'allongea très délicatement, contourna le lit pour venir s'étendre auprès d'elle, rabattit les draps sur eux et passa un bras protecteur autour de sa taille.

— Je t'aime, lui dit-il. Merci de m'avoir tout dit. Dors, maintenant, je suis là.

Elle hocha la tête et accueillit le baiser qu'il déposa sur le bout de son nez en frémissant. Puis elle sombra dans le sommeil.

*

— Maman, maman ! Lève-toi, il fait beau ! Papa a préparé le petit-déjeuner sur la terrasse, viens vite !

Jeanne grommela et enfouit sa tête dans son oreiller pour tenter d'échapper à cette voix qui la réveillait et à ces mains qui la secouaient.

— J'avais dit en douceur, Alexandre, gronda la voix de François depuis le bas de l'escalier.

— Mais c'est en douceur, papa, répliqua-t-il, espiègle. J'ai pas sauté sur le lit !

Jeanne sourit. Ouvrant à moitié les yeux, elle remonta la couette sur sa poitrine et attrapa son fils dans ses bras pour le hisser sur le lit et le serrer contre elle en riant. Elle embrassa ses cheveux encore emmêlés par la bonne nuit de sommeil qu'il avait passée. Alexandre se colla à elle en roucoulant, ravi, le nez dans son cou.

— Tu te lèves, maman ? reprit-il. Tu viens prendre le petit-déjeuner avec nous ?

— Oui mon trésor, tu peux redescendre, j'arrive dans une minute.

Il hocha la tête et quitta sa chambre en courant et en criant à tout va qu'elle arrivait. Jeanne repoussa ses draps et chercha sa nuisette autour du lit mais elle n'était plus par terre : François l'avait déposée sur un fauteuil. Elle l'enfila, attrapa un pull, chaussa ses espadrilles, jeta un coup d'œil à son reflet et sourit avant de descendre. Plus de traces de larmes dans ses yeux, plus de tensions sur son front ni autour de ses lèvres. Elle se sentait bien. Tellement, tellement bien. Sur la terrasse, ils étaient déjà tous assis. Jeanne les salua. Les bols fumaient, l'air embaumait la brioche grillée et quatre paires d'yeux étaient braquées sur elle. Elle les regarda un à un en fronçant les sourcils, un demi-sourire aux lèvres, avant de prendre place avec eux.

— Eh bien quoi ? fit-elle, comme ils ne bougeaient pas.

— T'es contente, maman, qu'on a préparé le petit-déjeuner pour toi ? lui demanda Gaspard.

— C'est la surpriiise ! renchérit Louise en battant des mains.

— C'est papa qui a dit que ça te ferait plaisir, ajouta Alexandre. Ça te fait plaisir ?

— Ça me fait très plaisir, et je suis très très contente, les remercia-t-elle en battant des cils pour chasser une larme qui la gênait.

Cherchant le regard de François, elle lui adressa son plus beau sourire, auquel il répondit par un clin d'œil avant de lui tendre une tasse de café. Gaspard lui tendit une part de brioche beurrée et tartinée de confiture et Louise poussa précautionneusement vers elle un verre de jus d'orange. Elle les accepta, goûta à tout en souriant de plus en plus à l'idée qu'ils aient préparé tant de choses pour elle. Elle observa ses fils qui dévoraient avec appétit leurs tartines, les yeux encore pleins de sommeil et le pyjama tout froissé. Elle contempla sa fille qui s'appliquait à boire en tenant son bol à deux mains « comme une grande ». Elle regarda encore François, qui buvait son café, l'air de rien. Il était là, bien présent, sans son portable, vêtu d'un bermuda et d'une chemise aux manches retroussées, les cheveux encore humides et les joues fraîchement rasées. Se pouvait-il, par exemple, qu'il décide de les rejoindre chaque week-end cet été ? Se pouvait-il qu'ils se réconcilient définitivement et laissent derrière eux toutes ces années gâchées ? Se pouvait-il qu'ils puissent à nouveau habiter ensemble à la rentrée ? Ils avaient encore tant et tant à discuter… Mais pour l'heure, elle voulait profiter de ce petit-déjeuner, le premier qu'ils prenaient tous les cinq depuis de longs mois. Enfin, elle aurait beaucoup aimé en profiter pleinement, mais un frémissement lui souleva le cœur. Elle voulut le retenir, sourire, faire comme si tout allait bien, mais elle fut obligée de quitter rapidement la table pour se réfugier aux toilettes. À nouveau des nausées. Elle se demanda ce qui pouvait bien les provoquer. C'était la troisième fois depuis un mois. La voix de François, inquiet, mit fin à ses réflexions. Elle sortit des toilettes en s'essuyant la bouche et le rassura d'un hochement de tête. Mais elle avait pâli et il lui en fit la remarque. Elle mit ça sur le compte de l'émotion et revint s'asseoir avec eux. Oui, c'est ça, ce devait être à cause d'une trop grande émotion. La première fois, c'était après l'appel de Claire et la seconde après la dernière fois qu'elle avait eu son compagnon au téléphone. Le petit-déjeuner terminé, elle fit couler un bain pour ses enfants et s'occupa de le leur donner avant de prendre sa douche et de s'habiller. Lorsqu'elle redescendit, ils avaient trouvé le ballon et jouaient dans le jardin. François était assis dans un fauteuil de jardin, il les regardait distraitement. Elle s'assit près de lui. La main du jeune homme se posa sur son genou, légère, douce. Ils se sourirent.

— Tu as repris des couleurs, fit-il. Ça va mieux ?

— Oui, oui, assura-t-elle.

— Ça t'arrive souvent ?

— Une ou deux fois, depuis quelques semaines. À chaque fois, après un trop-plein d'émotion. C'est sans doute ça.

— Mmmh…

Jeanne se tut et regarda les enfants se poursuivre et se disputer le ballon. Louise peinait à rattraper ses frères mais ils lui lançaient la balle de temps à autre pour qu'elle puisse, elle aussi, participer à leur jeu. À ses côtés, François s'agita un peu, il lâcha son genou et se redressa. Soudain, il prit son visage entre ses mains, le tourna vers le sien et l'embrassa. Bien qu'elle ait très envie de répondre à son baiser, elle le repoussa doucement :

— Les enfants, murmura-t-elle.

— Pardonne-moi. J'en ai envie depuis ce matin, fit-il, penaud.

— Moi aussi, François, admit-elle, mais nous étions d'accord pour rester discrets devant eux. Je ne veux pas leur donner de faux espoirs. Et toi, ne m'en donne pas non plus, s'il te plaît, souffla-t-elle très doucement.

— Tout à l'heure, après le déjeuner, Louise fera la sieste, reprit François, plus grave, les yeux dans les siens. On peut aussi demander aux garçons de rester dans leur chambre pour lire ou se reposer et en profiter pour discuter, qu'en penses-tu ?

— Je suis d'accord. Tu veux faire le tour du jardin ?

Il acquiesça et elle le mena vers les parterres de fleurs, puis au potager. Ils savourèrent quelques tomates cerises gorgées de soleil et en ramassèrent pour le déjeuner. Un peu plus loin, François observa attentivement la tenue des framboisiers, puis la suivit vers la piscine. Au pied des buissons la cachant depuis la route, ils découvrirent des fraises des bois et appelèrent leurs enfants pour les leur faire goûter. Et tandis qu'ils s'engageaient dans une partie de cache-cache, ils remontèrent vers la maison. Jeanne voulait faire un gâteau pour l'anniversaire de Louise. Elle s'y attela tandis qu'il préparait le reste du repas. Ils déjeunèrent à nouveau sur la terrasse, et Louise souffla ses trois bougies avec des étoiles plein les yeux. Ils eurent toutes les peines du monde à la coucher car elle ne voulait plus lâcher ses cadeaux. Mais comme ses frères lui assuraient que même les grands pouvaient faire la sieste, elle finit par céder, et s'endormit bien vite. Les garçons s'installèrent dans la chambre de Gaspard avec une pile de bandes dessinées et promirent de ne pas en sortir tant qu'ils n'y seraient pas invités, ayant compris la demande de leurs parents. Une fois seuls, Jeanne et François firent un nouveau tour du jardin et s'assirent sur le muret. Il y eut un long silence entrecoupé de soupirs, aucun d'entre eux ne souhaitant prendre la parole le premier. Jeanne laissa finalement sa tête trouver refuge sur l'épaule de François. Il l'entoura d'un bras et inclina son visage contre le sien.

— Tu ne m'as rien dit, souffla-t-il. Tu as souffert tout ça toute seule et tu ne m'as rien dit. Pourquoi ?

— J'avais honte, François… Tellement honte ! Je t'ai blessé consciemment, pour me venger de tes silences et de ton indifférence à mon égard. Comment pouvais-je te demander de m'aider ?

— Mais je t'aimais, Jeanne, et je n'ai jamais cessé de t'aimer.

— Tu ne me le montrais plus. J'ai cru que tu me trompais, toi aussi. Je m'enfermais dans cette idée parce qu'elle allait bien avec l'image que je me faisais de moi…

— Si seulement tu pouvais te voir à travers mon regard, Jeanne, tu verrais à quel point tu es belle, s'enflamma-t-il en la serrant davantage contre lui.

— Belle ? répliqua-t-elle en s'écartant de lui. Mais, je… J'ai vieilli, et… Depuis que je suis ici, je prends moins soin de mes cheveux, et je ne porte plus ces vêtements que tout le monde porte dans notre entourage et qui se fondent dans la masse…

— Jeanne, rit-il, tu n'as jamais eu besoin de porter ces vêtements, de te lisser les cheveux, ou même de te maquiller pour que je te trouve belle ! C'est la personne que tu es qui est belle. Je me moque que tu aies quelques rides au coin des yeux, que tu portes cette jupe longue qui te va si bien, que tu sois pieds nus et que quelques boucles s'échappent de ton chignon. Jeanne, ajouta-t-il en prenant son visage entre ses mains pour plonger ses yeux dans les siens, ne sais-tu pas que je t'ai aimée à l'instant même où je t'ai vue ? Depuis ce soir-là, il n'y a plus que toi.

— Et si je perdais ma galerie ? Si je n'étais plus celle qui brille en société ? Si je devenais invisible aux yeux du monde ? insista la jeune femme, accrochée à ses poignets.

— Ça ne changerait rien. Tu brillerais malgré tout toujours pour moi, Jeanne. C'est ce que tu es que j'aime, pas ce que tu fais. Je t'ai soutenue pour ta galerie parce que c'était ton rêve et que tu méritais de le vivre. J'étais fier de toi, de ton courage, de ton audace aussi. C'est cette femme que j'aime, Jeanne, celle qui se bat pour obtenir ce dont elle rêve, celle qui ne baisse jamais les bras, celle qui est forte et courageuse, celle qui est libre et engagée. Cette femme-là, elle est belle parce qu'elle vibre au rythme de ses passions.

Jeanne frémit. Les mots de François, c'étaient ceux qu'elle avait commencé à coucher sur le papier quelques semaines plus tôt, appliquant les conseils du Père Charles. Il avait su voir ce qu'elle était au fond d'elle-même bien avant elle. Il avait placé sa confiance en elle et s'était battu pour elle, sans jamais baisser les bras. Elle sourit, sentant ses yeux s'emplir de larmes. Il se pencha et pressa tendrement ses lèvres sur les siennes. Elle passa ses bras autour de son cou pour répondre à son baiser. Ils s'embrassèrent longtemps, et Jeanne reposa sa tête sur l'épaule de son compagnon en fermant les yeux. Elle était bien, dans ses bras. Tellement bien… Pour rien au monde, elle ne voulait rompre la douce étreinte avec laquelle il l'enlaçait. Elle avait l'impression de revivre sous la caresse de ses doigts et de ses lèvres. Blottie contre lui, elle sentait comme une force nouvelle poindre en elle, un souffle puissant qui remontait du fond de ses entrailles. Elle s'accrocha à lui, ne pouvant plus lutter contre cette force qui les poussait l'un vers l'autre et leur redonnait vie. Son cœur se gonfla, son ventre s'enflamma. Danse de la joie…

— Si tu ne retournes pas à ta galerie, reprit-il finalement en la gardant contre lui, que feras-tu ?

— Je ne sais pas, je n'y ai pas encore réfléchi, lui répondit-elle, encore essoufflée, le nez dans sa chemise.

— Est-ce que… Est-ce que tu comptes quand même rentrer à Paris ?

— Je suis bien ici, murmura-t-elle, il y a longtemps que je ne me suis pas sentie aussi bien, François.

— Ma vie est à Paris, Jeanne. Et je ne peux pas travailler autre part, admit-il, douloureusement.

— Je sais, souffla-t-elle en s'agrippant davantage à lui.

*

Jeanne ne parvenait pas à dormir. Cela faisait des heures et des heures qu'elle cherchait désespérément le sommeil. À ses côtés, François dormait, quant à lui, profondément. Seul le murmure de sa respiration régulière brisait le silence. Elle repoussa les draps et sortit du lit pour se poster face à la fenêtre entrouverte. La nuit était noire et le ciel parsemé d'étoiles. La jeune femme soupira. Tout à l'heure, il partirait. Il était déjà resté plus longtemps que prévu et ils avaient pu passer deux merveilleuses journées tous les cinq. Ils avaient profité de la piscine et elle les avait entraînés dans une longue promenade autour de Marcigny. Juchée sur les épaules de son père, Louise poussait des exclamations de joie, tandis que ses frères couraient devant pour être les premiers à apercevoir le beau paysage qu'elle leur avait promis. Ils avaient ri, ils avaient joué, ils avaient discuté. Discrets devant leurs enfants, ils s'étaient aimés, dans le secret de leur chambre, à l'abri des regards. Rien n'était réglé, mais le mot « séparation » n'avait plus été prononcé. À présent, François s'apprêtait à rentrer. Dans quelques heures, après un dernier petit-déjeuner, il reprendrait la route de Paris avant de s'envoler pour la Thaïlande en compagnie de ses associés pour signer un nouveau contrat. Ils avaient dix jours pour mettre fin aux négociations. Dix jours pendant lesquels il serait presque injoignable. Il avait émis l'idée de revenir à son retour, mais qui sait si, d'ici là, il n'aurait pas changé d'avis ? Elle avait pu voir son visage s'assombrir, parfois, lorsqu'ils discutaient. Elle savait qu'il souffrait, même s'il se gardait bien de le lui avouer. Jeanne soupira encore. Derrière elle, le sommier grinça et le parquet craqua. Les bras de François l'entourèrent. Elle sentit son torse se plaquer contre son dos, et son visage se pencher dans ses cheveux.

— Tu ne dors pas, murmura-t-il en resserrant l'étreinte de ses bras autour de ses épaules.

— Je n'y arrive pas, lui répondit-elle, et ses mains remontèrent vers les siennes tandis que sa tête s'inclinait vers l'arrière.

— C'est mon départ qui t'inquiète ? Jeanne, nous savons tous les deux que cette séparation, comme les précédentes, ne peut rien changer entre nous, poursuivit-il, comme elle hochait la tête pour lui répondre.

La jeune femme se retourna légèrement et croisa le regard enflammé de son compagnon. Elle s'accrocha à la main qu'il avait laissée sur son épaule et plongea ses yeux inquiets dans les siens.

— Je crois, lui dit-il, mi sérieux mi amusé, que nous sommes condamnés à nous aimer jusqu'à ce que la mort nous sépare, ma chérie.

Comme il haussait les épaules, un demi-sourire aux lèvres, le cœur de Jeanne bondit dans sa poitrine et elle se retourna tout à fait pour prendre son visage entre ses mains. François passa un bras autour de ses épaules et couvrit sa main droite de la sienne, accentuant le regard avec lequel il l'enveloppait.

— Nous nous aimons, Jeanne, reprit-il encore, il va bien falloir que nous finissions par l'accepter…

Les épaules de la jeune femme se relâchèrent et elle sourit. Ses mains se firent caresses sur les joues de l'homme qui la tenait serrée contre lui. Elle n'osait y croire. L'attente était terminée. Ils n'auraient plus à se cacher des enfants. Ils allaient à nouveau pouvoir faire des projets communs. Elle rit à travers ses larmes de joie et passa ses bras autour du cou de François pour se blottir contre lui. Il l'enlaça et déposa un tendre baiser sur son front.

Chapitre 6

Un dernier regard, un dernier baiser, une dernière caresse sur sa joue, un clin d'œil pour les enfants ébahis qui ne comprenaient pas bien cette soudaine effusion de tendresse, et il grimpa dans la voiture qui démarra aussitôt. Passant la main par la fenêtre ouverte, François l'agita un peu et bientôt, sa voiture ne fut plus qu'une silhouette qui disparaissait au loin. Jeanne sourit. Dans quinze jours, il serait de retour. Il avait d'ailleurs laissé quelques-unes de ses affaires dans les tiroirs de la commode de leur chambre.

— Maman, papa t'a embrassée ! s'exclama Alexandre, les yeux ronds, alors qu'ils remontaient vers la maison.

— Ça veut dire qu'on va redevenir comme avant que tu habites ici ? renchérit Gaspard.

— Oui, les garçons, ça veut dire que la séparation de papa et maman est terminée, leur répondit-elle en attrapant Louise dans ses bras.

— Moi je savais bien que tu l'aimais trop, papa, reprit le cadet en croisant fièrement les bras sur sa poitrine.

Jeanne sourit encore et ébouriffa ses cheveux. Les vacances commençaient bien ! Les jours qui suivirent s'écoulèrent lentement, calmes et paisibles, emplis de rires et de sourires. Alexandre et Gaspard battaient des records de vitesse dans la piscine, et Louise parlait de plus en plus et de mieux en mieux. Elle avait soif d'apprendre et de comprendre, ses grands yeux tout éveillés se posaient sur tout ce qui l'entourait, et elle suivait ses frères avec plaisir lorsqu'ils l'incluaient dans leurs jeux. Jeanne les observait depuis la terrasse, relisant la lettre qu'elle venait d'écrire au Père Charles.

*

Marcigny, le 12 juillet

Cher Charles,

Les vacances ont commencé depuis quelques jours maintenant. François est venu passer le week-end avec nous et nous avons longuement discuté de ce que nous attendions l'un de l'autre. Je lui ai tout avoué de ma relation avec Hélie, jusqu'au tableau qu'il a peint de moi. Contrairement à ce que j'avais envisagé, sa colère s'est plus portée contre lui-même et Hélie que contre moi. Il comprend mieux pourquoi j'ai quitté Paris et n'y suis plus revenue alors que rien ne m'y obligeait. Je crois que nous avons fini de nous fuir et de nous séparer sans cesse. Il reviendra à Marcigny aussi souvent que possible jusqu'à la fin de l'été… Il m'aime. Et lui aussi, tout comme vous, il fait la différence entre ce que je suis et ce que je fais. D'ailleurs, ces mots que j'avais listés pour donner suite à vos conseils, il les a prononcés. C'est pour celle que je suis qu'il m'aime, pas pour ce que je fais… Je suis tellement soulagée !

Mes enfants sont heureux ici, eux aussi. Le grand air leur fait du bien, le soleil aussi. Ils jouent tous les trois pendant des heures, ils s'inventent des histoires, grimpent dans leur cabane, sautent dans la piscine, se déguisent… J'en profite, j'en profite à fond ! Il y a tellement longtemps que je ne les ai pas vus si heureux. À Paris, il y avait quelque chose qui les empêchait d'être pleinement ce qu'ils sont, tout comme moi. Ici, ils ne sont plus que des enfants, MES enfants, et ils jouent… J'aimerais pouvoir demeurer à Marcigny, mais le travail de François ne nous le permettra pas, malheureusement.

Que deviendrais-je, Charles, une fois de retour à Paris ? Cette question me hante et me fait peur.

Je continue à suivre vos conseils et je m'applique à développer ces qualités qui m'avaient frappée dès le début de cet exercice : je suis une femme, une fille, une compagne et une mère. C'est cela que je souhaite vivre pleinement cet été !

Je joins à ma lettre un dessin de la maison. Ça, c'est mon côté artiste qui prend de plus en plus de place, lui aussi !

Merci pour tout ce que vous avez fait pour moi ces derniers mois !

Jeanne

*

— Tu fais quoi, maman ?

La question d'Alexandre ramena Jeanne à la réalité. Elle tressaillit et posa ses yeux sur lui en souriant. Puis, d'un air complice, elle l'invita à s'installer près d'elle et lui montra les esquisses sur lesquelles elle était en train de travailler.

— Ouuaaah ! Mais tu dessines trop bien ! s'exclama son aîné en découvrant les dessins.

— C'est vrai, ça te plaît ? lui demanda-t-elle.

— Bah oui ! maman, on dirait que c'est une carte postale tellement c'est beau, assura-t-il en prenant un dessin entre ses mains.

Une carte postale… Jeanne sourit d'autant plus et déposa un baiser sonore dans les cheveux de son fils. Tout étonné, il la regarda, la scrutant de ses grands yeux gris.

— Merci, trésor, tu viens de me donner une idée géniale, lui expliqua-t-elle. Tu vois, poursuivit-elle, emballée par l'idée qui germait dans son esprit, je pourrais retravailler tous ces dessins que j'ai faits depuis mon arrivée ici et en faire des cartes postales !

— Des vraies qu'on achète ?

— Oui, pourquoi pas ?

— Et tu pourrais nous dessiner, aussi ! reprit-il. Moi j'aimerais bien que tu nous dessines comme si tu nous prenais en photo. Et ça ferait plaisir à papa aussi, non ?

— C'est une excellente idée, approuva la jeune femme en lui envoyant un clin d'œil.

Dans les jours qui suivirent, Jeanne imposa à ses enfants de longues séances de pose, mais ils s'y plièrent de bonne grâce, ravis de voir apparaître leurs visages sous ses traits de crayon de plus en plus précis. L'esquisse terminée, elle ajouta un peu de couleur, et choisit le jardin comme décor qu'elle déploya autour d'eux. Enfin, ils purent admirer le résultat final. Louise sourit en se reconnaissant, assise dans l'herbe entre ses deux frères, rayonnante, la bouche ouverte par un grand éclat de rire. Alexandre posait fièrement, assis en tailleur à sa droite, un bras passé autour de ses épaules, la tête légèrement inclinée vers la sienne, le visage paisible et souriant. À gauche de Louise, presque collé à elle, Gaspard, les genoux remontés sous le menton, les jambes enserrées dans ses bras, l'air heureux et rêveur à la fois, fixait intensément la personne qui tenait le tableau entre ses mains.

— On nous reconnaît bien, maman, déclara le blondinet en admirant la toile que Jeanne avait déposée devant eux, sur la grande table de la salle à manger.

— On va la mettre où ? s'enquit Alexandre en regardant les murs autour de lui.

— J'ai très envie de l'accrocher là-haut, sur le palier, en face de la bibliothèque. Qu'est-ce que vous en pensez ? leur demanda-t-elle en reprenant la toile entre ses mains.

— Oh oui, comme ça on la verrait chaque fois qu'on sort de notre chambre ! approuva Gaspard.

— Et papa il pourrait pas la rater, renchérit son aîné en hochant vigoureusement la tête.

— *L'arrive* quand papa ? fit Louise, les mains jointes, en levant les yeux vers eux.

— Après-demain, murmura Jeanne, le cœur battant. Son avion atterrit tout à l'heure, mais il doit se reposer avant de prendre la voiture à cause du décalage horaire.

— C'est quoi des *calages horaires*, maman ?

— Le décalage horaire, ma chérie, c'est parce que là où était Papa, en Thaïlande, il n'était pas la même heure qu'ici. Ici, quand on déjeune, papa est en train de dîner, lui. Et quand tu te couches, lui il est déjà endormi depuis longtemps.

— Mais papa y se couche toujours plus tard que nous ! rit Alexandre.

— Sauf quand il ne vit pas à la même heure que la nôtre, lui répondit-elle, amusée par sa remarque.

— Bah ! quand j'vais lui dire quand même qu'il s'est couché plus tôt que nous, ça va être drôle, hein, maman ? répartit-il, les yeux rieurs.

Jeanne hocha la tête et lui ébouriffa les cheveux. Ils accrochèrent la toile ensemble et elle se sentit soudain très fière d'avoir réussi à les peindre si bien, transmettant leurs émotions à travers son crayon, puis son pinceau. Ils se couchèrent sans trop lutter, mais non sans avoir contemplé le tableau encore et encore avant qu'elle ne ferme les portes de leurs chambres respectives. Revenue dans la sienne, elle alla à son portable qu'elle n'avait pas consulté de la journée, de peur d'y découvrir une mauvaise surprise, d'apprendre, par le biais d'un message, que finalement François ne reviendrait pas passer le week-end avec eux comme prévu. Ils s'étaient à peine parlé depuis son départ. Elle savait qu'il serait très occupé, et le décalage horaire ne leur rendait pas non plus la tâche aisée. Elle avait pris son mal en patience, se remémorant leurs derniers instants tous les deux pour s'assurer qu'elle n'avait pas rêvé. Et là, face à cette petite lumière clignotante et au prénom qui s'affichait sur son écran, elle hésitait, le cœur battant. Elle ouvrit le message en tremblant : « Je suis bien arrivé, écrivait-il, crevé mais ravi : on a signé ! À très vite, ma chérie, j'ai hâte de te retrouver ! »

Deux phrases, à peine trois lignes. François dans toute sa splendeur… Elle soupira et se coucha. Dans son rêve, il lui sembla entendre les graviers de l'allée crisser sous les pneus d'une voiture. Une porte s'ouvrit et se referma doucement. Des pas légers résonnèrent dans l'escalier. Un bruissement sur le sol, comme si on y déposait quelque chose. La porte de la salle de bain coulissa, mais la lumière jaillit par-dessous, et le bruit de l'eau qui coule se fit entendre. Jeanne ouvrit un œil, persuadée d'avoir rêvé, pourtant, il y avait bien de la lumière dans la salle de bain, et ce filet de lumière, aussi mince soit-il, éclairait très clairement un sac de voyage déposé à la hâte au pied du lit. Son cœur se mit à battre follement. François était là… Elle consulta son réveil, il était presque trois heures du matin, il avait donc roulé de nuit, en dépit du décalage horaire et de la fatigue liée à son travail. La lumière s'éteignit et la porte s'ouvrit. Malgré la pénombre, elle distingua nettement la silhouette de son compagnon tandis qu'il abandonnait ses vêtements sur le dos d'un fauteuil pour se glisser silencieusement dans leur lit. Elle attendit qu'il soit allongé et murmura :

— Tu es là…

— Je t'ai réveillée, pardonne-moi, souffla-t-il en tendant la main pour caresser son bras.

— Tu as roulé toute la nuit, reprit-elle en se coulant contre lui.

— Si tu savais comme j'avais hâte d'arriver, souffla-t-il encore en passant un bras autour d'elle.

— Tu es fou, avec la fatigue ce n'était pas prudent, répliqua-t-elle lorsque son visage se trouva tout près du sien.

François rit doucement et l'embrassa.

— Je ne pouvais pas rêver meilleur accueil que celui-ci, lui dit-il lorsque leurs lèvres se séparèrent enfin.

— Tu m'as manqué, bégaya-t-elle, tout essoufflée. J'avais peur que tu changes d'avis, et que tu ne viennes pas !

— Je suis là, mon Amour.

— Pardonne-moi, fit-elle en se lovant contre lui. J'ai encore du mal à y croire, j'ai l'impression que mon cœur va exploser, François…

Il rit encore et la serra contre lui. Quel bonheur, pensa Jeanne en sentant ses bras l'entourer et son visage se perdre dans ses boucles désordonnées. Elle se rendormit paisiblement, tout contre sa poitrine qui se soulevait au rythme régulier de sa respiration. Lorsqu'elle ouvrit les yeux, le jour était venu et les rayons du soleil filtraient à travers les persiennes et les rideaux. François était bien là, étendu près d'elle, couché sur le ventre, le nez dans son oreiller et les cheveux en bataille. Elle sourit, attendrie, et se redressa sur un coude pour caresser son visage serein. Le contact de ses doigts sur sa peau dérangea le jeune homme. Il lui tourna le dos en grommelant mais le sourire qu'il avait tenté de lui cacher ne lui avait pas échappé. Elle reprit ses caresses sur le bras qu'il avait laissé au-dessus de la couette, remontant vers ses épaules et son cou. François rendit les armes et ouvrit les yeux. Son regard d'acier frappa la jeune femme de plein fouet, mettant fin à ses caresses. Un feu dévorant s'était allumé dans ses prunelles grises, et en un instant elle se retrouva sur sa poitrine, bloquée entre ses bras puissants. Son front alla cogner contre son menton et elle ferma les yeux pour mieux savourer leur étreinte et les milliers de baisers dont il piquait le haut de son visage et la racine de ses cheveux.

— Bonjour, Jeanne, souffla-t-il finalement.

— Bonjour, François, répondit-elle sur le même ton en relevant la tête pour le regarder dans les yeux.

Ils s'observèrent un moment, hésitant quant à la suite à donner à cet échange de tendresse matinal. François prit le visage de la jeune femme entre ses mains et l'attira tout près du sien. Un appel venant de la chambre attenante mit fin à leur baiser avant même qu'il ait commencé. Le jeune homme soupira, renvoyant sa tête en arrière pour la laisser retomber contre les oreillers. Jeanne se redressa et s'assit au bord du lit, prête à aller chercher Louise.

— Laisse, murmura-t-il, je m'en occupe… Quand je pense que je voulais des enfants, marmonna-t-il ensuite, moqueur, en quittant la pièce.

Il revint quelques instants plus tard, Louise accrochée à son cou, roucoulant contre sa joue. Émue, Jeanne laissa sa fille retrouver son père avant de la prendre à son tour dans ses bras pour la saluer et embrasser son visage encore froissé par le sommeil.

— Papa *l'est* là, maman, répéta-t-elle plusieurs fois, ses yeux gris allant de l'un à l'autre.

— Oui, tu vois, papa a voulu nous faire une surprise, il est revenu plus tôt que prévu.

— Faut le dire aux garçons ! déclara la fillette en s'échappant des bras de sa mère.

— Doucement, ma chérie, fit François en ébouriffant ses boucles blondes. Laisse-les dormir encore un peu, d'accord ?

Louise fit mine de bouder, puis finalement se jeta contre lui et roucoula de plus belle. Il n'y avait plus de glace dans le regard de François, seulement une eau claire, limpide, terriblement douce, tandis qu'il enlaçait sa fille et murmurait dans ses cheveux qu'elle lui avait manqué. Jeanne sourit. Leurs quelques jours ensemble, même s'ils passaient trop vite, seraient beaux et paisibles, elle le savait, maintenant. Elle n'avait plus rien à craindre, ils s'étaient retrouvés. Tout en finissant la vaisselle, quelques heures plus tard, elle se prit à fredonner une vieille chanson qu'ils aimaient écouter autrefois. Cherchant les paroles, elle sentit soudain un étrange malaise l'envahir tout entière, enserrant sa tête dans un étau tandis que les battements de son cœur s'accéléraient. Elle posa son torchon et s'appuya au plan de travail en fermant les yeux, les jambes tremblantes. Une nouvelle nausée lui soulevait le cœur. Pas ce soir, pensa-t-elle, pitié, pas ce soir… Elle se sentit pâlir tandis que son front devenait humide de sueur. Respirant difficilement, elle rejoignit rapidement les toilettes, une main devant la bouche, et s'y enferma. Mais plus violente encore fut la douleur qui lui traversa le ventre alors qu'elle se remettait doucement debout, la bouche sèche. Elle revint au salon en se tenant le ventre. François avait posé son livre et la fixait, inquiet.

— François, je ne me sens vraiment pas bien, souffla-t-elle en déglutissant difficilement.

— Tu es très pâle, répartit-il en se levant pour venir à elle.

Il posa une main sur son front brûlant et grimaça. Jeanne sentit ses jambes se dérober sous elle et elle serait tombée s'il ne l'avait pas rattrapée en enserrant solidement sa taille entre ses bras.

— Ça ne va pas, murmura la jeune femme, le nez dans son pull. Ça ne va vraiment pas…

Quelques gouttes de sang coulèrent alors le long de sa jambe gauche, formant bientôt une petite flaque sur le carrelage, tandis qu'une violente contraction l'obligeait à se replier sur elle-même. Elle étouffa un cri de surprise et de douleur dans son poing en le collant contre ses lèvres.

— J'appelle les pompiers, se décida François en la déposant sur le sol et en l'aidant à s'asseoir.

Courbée sur son ventre, Jeanne gémissait de douleur sans comprendre ce qui lui arrivait. Affolée, elle avait l'impression que quelque chose se brisait en elle, et c'était comme si des milliers d'éclats de verre s'étaient plantés dans le bas de son ventre. Il était dur et gonflé. Et le sang ne cessait de couler, lentement, très lentement… François s'éloigna pour récupérer son portable et elle l'entendit vaguement passer son appel, l'esprit embrumé. Toujours au téléphone, il revint s'accroupir près d'elle et prit sa main en lui transmettant les questions qu'on lui posait. La jeune femme y répondit comme elle pouvait, le souffle court, le regard fuyant. Elle comprit qu'ils envoyaient une équipe pour la conduire aux urgences les plus proches. Levant les yeux, elle rencontra le regard gris de son compagnon.

Une peur panique mêlée à de la colère ou de la stupeur se lisait dans ses prunelles assombries. Que lui arrivait-il ? Il caressa distraitement son front et se releva pour téléphoner à leur jardinier, personne la plus proche de la maison, afin qu'il vienne garder les enfants pendant qu'ils seraient à l'hôpital. En attendant l'arrivée des pompiers, François fit les cent pas dans la pièce, les mains nouées derrière son dos, la tête penchée en avant, il semblait en proie à de longs questionnements. Jeanne le regardait, inquiète. Pourquoi ne disait-il plus rien depuis qu'il avait raccroché ? Elle n'avait pas pu entendre ce que les pompiers avaient conclu, elle avait juste vu ses yeux changer de couleur et ses sourcils se froncer, faisant apparaître les rides de son front. Enfin, ils arrivèrent, lui posèrent de nouvelles questions, palpèrent son ventre, échangèrent un regard entendu et entreprirent de l'allonger sur leur civière. Pierre Patrouillard arriva sur ces entrefaites et François lui laissa ses instructions avant de monter avec elle à l'arrière du camion. Ils repartirent, sirènes hurlantes, en direction des urgences. Agrippée à sa main, Jeanne cherchait à percer le mystère qui se cachait derrière son silence et l'empressement des pompiers. À l'hôpital, elle fut conduite dans une pièce où plusieurs médecins l'attendaient. François ne put l'y accompagner. De plus en plus inquiète, la jeune femme se laissa ausculter. Un des médecins lui posa des questions sur ses nausées et les douleurs qu'elle avait ressenties récemment. Il lui demanda comment allaient son appétit et son sommeil. La gorge nouée, Jeanne commença à saisir le sens de toutes ces interrogations. Enfin, la dernière question tomba :

— À quand remontent vos dernières règles, madame Morand ?

Et elle comprit. Ses yeux s'arrondirent de surprise, elle voulut se redresser mais la douleur dans son ventre l'en empêcha. Le médecin la regarda plus posément et reprit :

— Vous êtes enceinte, madame.

Le cœur de Jeanne se mit à battre plus fort, le sang commença à cogner dans ses tempes. Ses mains se mirent à trembler, des larmes lui montèrent aux yeux, brûlant ses paupières qu'elle ferma de toutes ses forces. C'était impossible. Ça ne pouvait pas recommencer. Pas alors qu'elle retrouvait enfin le bonheur de tout partager avec François. Elle ne pouvait pas avoir commis la même erreur une deuxième fois… Et pourtant, si. À l'enterrement de son beau-père, début juin, elle avait arrêté sa pilule depuis son arrivée à Marcigny puisqu'elle n'avait plus aucune raison de la prendre. Or, ils s'étaient aimés, là-bas, et sans se protéger… En y réfléchissant bien, les nausées avaient fait leur apparition quelques jours plus tard. Elle n'en avait eu que lorsqu'elle attendait Gaspard et avait oublié depuis ce que cela signifiait… À présent, elle se souvenait. Comptant dans sa tête, Jeanne réalisa qu'elle était enceinte depuis plus d'un mois…

— Mais… La douleur… souffla-t-elle en cherchant à capter le regard du médecin le plus proche, qu'est-ce que ça veut dire ?

— On va faire une échographie, lui répondit une femme, sans doute la sage-femme. Vous êtes peut-être en train de faire une fausse couche.

La jeune femme paniqua. En l'espace de quelques secondes, elle apprenait sa grossesse, puis le risque que celle-ci se termine bien plus tôt que prévu.

— Je veux voir François, réclama-t-elle en essayant une nouvelle fois de se redresser.

— Vous le verrez une fois que nous aurons terminé l'échographie, lui déclara-t-elle en appliquant le gel sur son ventre.

Il fallut attendre quelques instants, puis le ventre de Jeanne apparut à l'écran, et presque aussitôt, le bruit des battements affolés du petit cœur du fœtus emplit la salle. Jeanne regardait l'écran, scrutant l'apparition de son enfant dessus. Le cœur battait, c'était bon signe. Mais après ? La sage-femme sourit et lui montra une silhouette du doigt.

— Regardez, fit-elle, il est là. À première vue, tout va bien. Bien sûr, il bouge beaucoup, mais c'est normal. Ce n'est pas votre premier, n'est-ce pas ?

— Non, murmura la jeune femme. Ce sera le quatrième…

S'en suivit un long interrogatoire sur son régime alimentaire des dernières semaines et Jeanne dut admettre qu'ignorant sa grossesse, elle avait bu un peu de vin à table lorsque François était là, avait mangé de la charcuterie et du fromage et n'avait pas forcément nettoyé précautionneusement les légumes de son jardin avant de les cuisiner. La sage-femme reprit son observation, mesura le fœtus, compléta de nombreuses feuilles. Jeanne fut ensuite transférée dans une autre pièce, dans laquelle on lui fit une prise de sang. Puis un nouveau médecin l'ausculta, cherchant la cause de la douleur. En vain. La conclusion fut donnée en présence de François. Jeanne n'osait pas le regarder, mortifiée, paniquée à l'idée qu'il s'en aille… Le futur bébé était en bonne santé bien que très petit, et elle-même se portait bien. Une échographie de contrôle supplémentaire était à envisager avant la fin de l'été, afin de s'assurer que ce début de déni de grossesse n'avait plus aucun effet sur l'enfant à venir. On était au milieu de la nuit. Jeanne était épuisée. Les médecins décidèrent de la garder en observation jusqu'au matin et elle fut conduite à une chambre dans laquelle on les laissa, elle et François. Étendue sur le lit, le dos soutenu par son oreiller, les couvertures remontées jusqu'au menton, la jeune femme plongea son regard dans celui de son compagnon. Il n'avait plus rien dit depuis qu'ils s'étaient retrouvés. À l'annonce du médecin, il n'avait rien laissé paraître, pas même l'ombre d'un sourire ou d'une grimace. Qu'en pensait-il ? Que souhaitait-il ? Ils s'observèrent mutuellement longuement en gardant le silence. Jeanne attendait, ne pouvant se résoudre à parler la première.

— Putain, Jeanne, mais quand est-ce que tu vas apprendre à tirer des leçons de tes erreurs ? s'exclama soudain François en levant les bras au ciel.

Elle baissa les yeux, honteuse, d'abord. Un déluge de sentiments contraires s'abattit sur elle tandis qu'il parcourait leur petite chambre de long en large, incapable de dissimuler l'état d'énervement dans lequel il se trouvait. Jeanne serra les poings. Pour qui se prenait-il, à la fin ? Il était tout autant responsable qu'elle de cette nouvelle grossesse ! Relevant les yeux pour mieux le fusiller du regard, elle siffla entre ses dents :

— Je n'avais pas prévu qu'on coucherait ensemble le lendemain de l'enterrement de ton père. Ça fait deux fois que tu me reproches la même chose, François, alors que je ne suis pas la seule responsable dans cette histoire !

— Ça fait deux fois que tu me fais le coup du bébé qui s'invite à l'improviste aussi ! répliqua-t-il en croisant les bras.

— On ne vivait plus ensemble, je n'avais aucune raison de continuer à prendre la pilule, se justifia-t-elle en les croisant à son tour.

— Tu es sûre qu'ils ne se sont pas trompés sur la date de conception ? Il est bien de moi, pas d'Hélie ? s'enquit-il, mauvais.

— Tu es écœurant, murmura Jeanne, tremblante, en resserrant ses bras autour de sa poitrine.

— Et toi, tu es consternante !

À nouveau, ils reprirent leur échange de regards appuyés. Campés sur leurs positions, ils tremblaient tous les deux. Jeanne avait peur de ce qui adviendrait. Elle se sentait minable, et à nouveau humiliée par l'homme qu'elle aimait et qui ne lui faisait plus confiance, au point de douter d'être le père de ce nouveau bébé. Prenant une grande inspiration, elle se redressa et releva le menton avant de reprendre, courageusement :

— Si tu ne me fais plus confiance, alors mieux vaut effectivement que nous nous séparions définitivement.

Leurs yeux se voilèrent en même temps. Abîme de désespoir chez l'une, tempête dramatique chez l'autre. Les épaules du jeune homme s'affaissèrent, ses bras retombèrent le long de son corps et il ferma les yeux en soupirant. Et soudain, traversant rapidement la chambre en secouant la tête, il s'assit au plus près d'elle, la prit par les épaules et la serra de toutes ses forces contre lui.

— Ne dis pas ça, gronda-t-il, le nez dans ses cheveux. Ne dis plus jamais ça ! Je ne peux pas vivre sans toi !

— Tu me fais mal, souffla-t-elle en le repoussant délicatement, les mains plaquées sur son torse.

Il s'écarta et prit son visage entre ses mains. Jeanne baissa les yeux. Elle avait mal parce qu'il avait douté d'elle, mal parce qu'à nouveau, il ne voulait pas de l'enfant qu'elle portait, lui qui avait tant insisté pour qu'ils en aient, mal parce qu'elle ne savait pas de quoi demain serait fait. Était-elle prête à accueillir un nouvel enfant ? Serait-elle capable de le porter jusqu'au bout et de l'aimer ? Aurait-elle la patience de tout recommencer ? Et Alexandre, Gaspard, et Louise qu'elle retrouvait enfin ? N'allaient-ils pas se sentir délaissés lorsqu'ils comprendraient ? Des larmes de détresse glissèrent sur ses joues et se perdirent entre les doigts de François. Une question muette naquit sur les lèvres et dans le regard redevenu tendre de son compagnon. Elle se blottit contre lui, nichant son visage dans le creux de son cou, s'agrippant à ses avant-bras.

— J’ai peur, murmura-t-elle, le cœur battant. Que va-t-il se passer, maintenant ? Sommes-nous vraiment prêts à accueillir cet enfant ? Est-ce qu’au fond de toi, tu ne vas pas regretter qu’il soit né et me délaisser à nouveau ? Je… Je vais m’alourdir, et ça ne sera pas facile, je… J’ai bientôt quarante ans, je serai incapable de l’élever seule, François… Et je m’y suis tellement mal prise avec Alexandre, Gaspard et Louise… J’apprends seulement maintenant à être une mère pour eux alors que j’aurais dû le faire il y a dix ans !

— Ensemble, on y arrivera, ma chérie. Bien sûr, j’aurais préféré qu’on en discute avant, parce qu’un nouvel enfant, ce n’est pas rien… Mais c’est peut-être une chance pour toi et moi, tu ne crois pas ? Je suis désolé, je n’aurais pas dû m’emporter, je t’ai dit des horreurs et je le regrette. Pardonne-moi, demanda-t-il en la serrant plus tendrement dans ses bras. Te partager alors que je te retrouve à peine, c’est… difficile à envisager !

— Il ne sera pas là tout de suite, rit-elle.

— Mais il va prendre de plus en plus de place, poursuivit-il sur le même ton.

Jeanne frotta son nez contre son pull en fermant les yeux. Elle respira profondément, s’enivra de son odeur, de ce parfum si délicat dont ses vêtements avaient toujours été enveloppés. Enfin, relevant la tête, elle chercha son regard qu’elle capta et posa la question qui lui brûlait les lèvres :

— On le garde, alors ?

— Bien sûr qu’on le garde, répartit-il en reprenant son visage entre ses mains pour déposer un baiser sonore sur ses lèvres. Toi qui ne voulais pas d’enfant, tu vas à nouveau être maman, poursuivit-il, plus tendre.

— Et toi papa, renchérit-elle, émue.

Ils rirent, tous les deux, blottis l'un contre l'autre, et la jeune femme goûta pleinement la joie de cet instant. Leur premier petit éclat de rire depuis des mois, des années, peut-être. Ce n'était pas grand-chose, c'était même infime, mais comme ce rire lui avait manqué ! Elle se sentait délivrée d'un poids immense, d'une angoisse insoupçonnée jusque-là. Ils riaient, tous les deux, serrés l'un contre l'autre. Ce rire avait le goût, l'odeur, le son d'une promesse, tout comme cet enfant qu'ils garderaient, qu'ils attendraient, qu'ils aimeraient à nouveau. Les bras passés autour de son cou, Jeanne s'abandonna contre François, les yeux clos. Elle sentait la caresse de ses mains le long de son dos, la caresse de son nez dans le creux de son épaule, les battements de son cœur contre le sien. Il inspira en la serrant plus fort dans ses bras, puis l'aida doucement à s'allonger, déposa un dernier baiser sur son front redevenu tiède et alla s'étendre sur la banquette qu'on lui avait apportée. Jeanne attendit que sa respiration devienne plus régulière pour soulever ses draps et glisser une main sur son ventre encore plat. Elle déglutit difficilement et palpa sa peau raffermie par le sport. Et dire qu'un nouvel enfant s'était invité là-dessous depuis six semaines et qu'elle n'y avait pas pris garde… Elle n'avait pas su, même pas vu les signes qui le lui annonçaient. Ces nausées auraient dû lui mettre la puce à l'oreille. Et puis… Ce sentiment de plénitude lorsqu'elle était dans les bras de François, ces bouffées de joie lorsqu'elle croisait son regard, cette brûlure dans son cœur et dans son ventre lorsqu'il l'embrassait… Toutes ces sensations qu'elle avait connues et adorées lors de ses deux premières grossesses, quand elle les redoutait en attendant Louise. Un enfant, pensa-t-elle en caressant tendrement son ventre, j'attends un nouvel enfant… François a raison, c'est une chance pour nous, une chance pour notre famille. Nous allons tous nous réunir autour de l'attente de ce bébé ! Jeanne compta sur ses doigts et se prit à sourire. L'enfant serait là début mars. Peut-être même à la fin du mois de février. Elle frissonna et replia ses jambes contre son ventre, comme pour le protéger. Apaisée, elle s'endormit sans plus penser à rien.

*

Le taxi se gara devant le portail de la maison et François aida Jeanne à en sortir. Elle lui adressa un tendre regard tout en lui soufflant qu'elle était encore capable de marcher toute seule. Il rit en lui prenant la main pour remonter l'allée qui traversait leur jardin. Alexandre et Gaspard sortirent en courant à leur rencontre, suivis par le vieux jardinier qui donnait la main à Louise.

— Maman, pourquoi t'étais à l'hôpital ? s'enquit Gaspard en se coulant contre elle et en enserrant son ventre de ses bras.

— Doucement, Gaspard, il ne faut pas me serrer trop fort, lui répondit-elle en caressant ses boucles blondes. Tout va bien, ne t'inquiète pas.

— Mais alors pourquoi t'es restée là-bas toute la nuit avec papa ? insista Alexandre en levant ses grands yeux vers eux.

— Venez, on va vous expliquer, les rassura François en les entraînant avec lui vers la terrasse.

Au passage, il remercia chaleureusement Pierre Patrouillard pour sa précieuse aide et lui glissa la nouvelle à l'oreille en ignorant royalement les gros yeux que lui faisait Jeanne. Amusée, la jeune femme haussa les épaules et remercia à son tour le jardinier qui les quitta, un léger sourire aux lèvres, tandis qu'ils se rassemblaient tous les cinq. François prit Louise sur ses genoux et contempla longuement la jeune femme qui hésitait et cherchait ses mots face aux trois paires d'yeux de leurs enfants qui attendaient qu'elle parle enfin. La gorge nouée à l'idée qu'ils puissent mal le prendre, Jeanne murmura enfin quelques mots :

— Nous attendons un bébé, mes trésors.

— Bébé ? fit Louise en se tournant vers son père.

— Un bébé ? répéta Alexandre en fronçant les sourcils.

— Oh ! ça veut dire qu'on va avoir un p'tit frère ou une p'tite sœur ? s'exclama Gaspard, le visage illuminé par la nouvelle.

— Oui, Gaspard, rit Jeanne en essuyant une larme au coin de ses yeux.

— C'est pour ça que ton ventre est fragile ? Parce qu'il y a un bébé dedans ?

— Oui, mon chéri.

— C'est vrai ? reprit alors Alexandre en ouvrant de grands yeux étonnés.

— Oui, Alexandre, lui répondit François.

— Il arrive bientôt ? renchérit-il en se levant.

— Non, tu sais, il faut du temps pour qu'un bébé se prépare ! Il sera là dans un peu plus de sept mois, au début du mois de mars.

— Roooh, mais c'est trop long !

Jeanne sourit et rassura ses enfants : elle ferait tout pour que l'attente ne soit pas trop longue, elle comblerait chaque instant, et puis, bientôt, son ventre s'arrondirait, et ensemble, ils pourraient observer l'évolution du bébé qui allait prendre de plus en plus de place en elle. Ils passèrent leur week-end à réarranger la maison selon les envies des enfants. Alexandre et Gaspard voulaient partager la même chambre afin de prolonger leurs jeux. Gaspard déménagea donc dans la chambre d'Alexandre. Les deux garçons installèrent un tapis entre leurs lits, censé représenter la mer entre leurs deux bateaux. Les rideaux devinrent des voiles, les caisses des malles, les lits des coques de bateaux prêts à prendre la mer. L'armoire de l'aîné ressembla très vite à une plage ravagée par un raz de marée et Jeanne entreprit courageusement de leur apprendre à replier leur linge. Ils s'y prêtèrent de bonne grâce, inventant une nouvelle partie à leur jeu qui rendrait la tâche plus amusante. De marins, ils deviendraient commerçants et vendraient des vêtements pillés sur des navires ennemis et pliés par leurs soins. Leurs caisses de jouets débordèrent bientôt de bâtons qu'ils ramassaient dans le jardin et dont ils se faisaient des épées. Dans l'ancienne chambre de Gaspard, François monta un petit lit bateau qui lui avait appartenu, enfant, et qui dormait dans la cave depuis des années. Louise avait grandi et son lit de bébé ne lui convenait plus. Ces dernières semaines, elle était vraiment devenue la petite fille de trois ans qu'elle aurait dû être depuis de longs mois, déjà. Il lui fallait plus d'espace, le bureau était devenu trop sombre et trop exigu pour elle. Elle avait envie de jouer, d'explorer, d'inventer… La chambre gris clair se para de rose et accueillit ses lits de poupées et sa dînette pour la plus grande joie de la fillette qui s'amusait à cacher la plus petite de ses poupées sous ses robes pour imiter Jeanne. Elle avait parfaitement compris qu'un bébé habitait le ventre encore plat de sa maman et s'amusait à y poser sa main en répétant « allô bébé, bonjour le bébé » à tout va. Le dimanche, en fin d'après-midi, malgré un ciel encore éclatant de soleil, les sourires disparurent des visages épanouis de chacun. François rentrait à Paris. Il serra longtemps ses enfants dans ses bras, leur fit promettre d'être sages et gentils avec leur maman et demanda à Alexandre de prendre bien soin d'elle jusqu'à son retour.

— Tu es un peu l'homme de la famille, maintenant, murmura-t-il à son aîné en ancrant son regard dans le sien. Je compte sur toi pour veiller sur ta maman, ton frère et ta sœur jusqu'au week-end prochain.

— Oui, papa, promit le garçon en hochant la tête. Papa, pourquoi tu restes pas en vacances avec nous ?

— Parce que j'ai encore un peu de travail à Paris. Je serai en vacances le mois prochain.

Jeanne attendait son tour, à la fois impatiente et angoissée. Elle contemplait chacun de ses enfants blottis contre François et se disait que cette famille dont elle avait si souvent rêvé était devenue la sienne en quelques semaines. Parce qu'elle avait lâché prise, parce qu'elle avait accepté que tout ne soit pas parfait, mais que tout puisse recommencer. Ils avaient tous beaucoup souffert mais ils connaissaient maintenant la mesure de leur bonheur. Un bonheur sans prix, sans masque et sans artifices. Elle aimait ces visages bronzés et rayonnants, ces yeux brillants, ces cheveux éclaircis par le soleil, cette odeur de crème solaire et d'herbe qui embaumait l'air lorsqu'ils étaient près d'elle, ces rires, ces sourires… Alexandre entraîna Gaspard et Louise vers la terrasse et elle se retrouva seule avec François. Il souriait, à la fois grave et léger. Lui aussi, il avait bronzé. Et les traits de son visage se détendaient petit à petit, tout comme les muscles de son dos et de ses épaules. Il s'était redressé et paraissait plus grand, tout à coup. Elle se blottit dans ses bras, goûta la chaleur de son étreinte en fermant les yeux, respira son parfum, caressa distraitement ses joues rasées pour son retour à Paris et releva enfin la tête vers lui. Il posa une main tendre sur sa joue.

— Attends-moi, souffla-t-il les yeux dans les siens, encore quinze jours… Je règle tout, je valide tous mes contrats en cours et je reviens t'offrir les meilleures vacances de toute notre vie !

— Je t'attends, fit-elle. Mais j'ai hâte !

— Moi aussi…

Jeanne passa ses bras autour de son cou pour l'attirer à elle. Il l'enlaça, l'embrassa, s'éloigna, revint, l'enlaça encore, l'embrassa encore et la souleva légèrement de terre pour mieux la serrer contre lui.

— François… Le… le bébé, bégaya-t-elle en se sentant étouffée par cette étreinte qui la ravissait et l'affolait en même temps.

Il desserra immédiatement sa prise et ses pieds touchèrent à nouveau le sol. Leurs regards se retrouvèrent. Jeanne sourit, comme pour leur donner du courage. Délicatement, sans la quitter des yeux, le jeune homme prit sa main et la porta à ses lèvres pour l'embrasser. Puis il s'écarta de nouveau, mais définitivement cette fois, et il rejoignit sa voiture sans se retourner. La main qu'il avait embrassée, Jeanne la posa instinctivement sur son ventre en le regardant partir. Elle le ne retiendrait pas, elle le savait. Mais il lui manquait déjà, alors qu'il disparaissait à peine de son champ de vision.

*

Restée seule avec ses trois enfants, Jeanne entreprit de leur faire visiter la région qu'elle avait découverte au cours des longues semaines qu'elle y avait passées seule. Ils partaient en fin de matinée avec un énorme pique-nique dans le coffre et ne rentraient qu'en fin d'après-midi pour se détendre autour de la piscine. Il faisait beau et chaud, et les enfants étaient heureux. Les beaux paysages, les bois, les petits villages, les lacs sauvages, les rochers à escalader, les arbres dans lesquels ils pouvaient grimper, ils voulaient tout voir, tout savoir. Alexandre et Gaspard souriaient tout le temps. Ils donnaient la main à Louise lorsque celle-ci voulait quitter sa poussette et « marcher comme les grands », l'aidaient à monter sur de petits rochers, faisaient la course avec elle, jouaient à cache-cache derrière les arbres… Le soir, ils se blottissaient tous les trois contre Jeanne et l'écoutaient raconter une histoire qu'elle tirait d'un énorme livre de contes qui lui avait appartenu lorsqu'elle était enfant. Ils contemplaient les belles images ensemble, apprenaient des mots à Louise qui les répétait en chantant à tue-tête à travers la maison ensuite. Ils avaient aussi François au téléphone quand il se débrouillait pour sortir de son bureau assez tôt. Ils lui racontaient leurs journées, des étoiles encore plein les yeux, et il les écoutait, se réjouissant avec eux. Plus tard, lorsqu'ils étaient tous les trois endormis, Jeanne rappelait son compagnon et lui confiait sa joie, le bonheur paisible qui l'habitait, ce sentiment de plénitude qui gonflait son cœur chaque matin au réveil quand Louise venait se lover dans ses bras et qu'Alexandre et Gaspard, encore en plein rêve, se poursuivaient à travers la maison, transformés en pirates, en chevaliers ou en cow-boys…

Une lettre du Père Charles arriva un matin plus gris que les précédents. Ayant installé ses enfants autour de grandes feuilles à peindre, elle s'assit un peu à l'écart et ouvrit l'enveloppe en souriant.

*

Paris, le 24 juillet

Chère Jeanne,

Merci pour vos dernières nouvelles ! Je suis heureux de voir à quel point vous semblez épanouie par ce bel été et toutes les joies qu'il vous procure. Je vous remercie aussi – et vous félicite, surtout ! – pour le magnifique dessin de votre maison. Je comprends que vous puissiez vous y sentir si bien, c'est une très belle maison, et si vous continuez à entretenir votre jardin, elle doit être de plus en plus belle !

Je suis heureux que vous ayez pu enfin avouer toute la vérité à François. Ça a dû vous faire beaucoup de bien à tous les deux. Tout comme vous entretenez votre maison, entretenez ce renouveau avec votre compagnon. Ne coupez pas le lien qui vous unit à nouveau, enrichissez-le, nourrissez-le de discussions, de partages, de souvenirs. Vous en avez bien besoin, tous les deux !

Quant à vos enfants, j'imagine leur joie de vous savoir à nouveau réunis. Profitez de chaque instant que vous passez avec eux, créez-leur, à eux aussi, de merveilleux souvenirs dans lesquels vous êtes présente et disponible pour eux, ils en ont besoin, eux aussi, afin de ne plus douter de votre amour et de votre affection pour eux !

Enfin, Paris… Je comprends vos peurs à l'idée d'y revenir, mais avez-vous le choix ? Quelle alternative pourrait s'offrir à vous ? Si vous choisissez de rentrer à Paris, il faudra vous donner les moyens de continuer à vivre comme vous l'avez fait ces derniers mois. Sans doute y aura-t-il des renoncements à faire, mais j'ai confiance en vous et je sais que si vous le choisissez, vous y arriverez. Discutez-en avec François et vos enfants. Chacun a le droit de s'exprimer sur ce sujet, et aucun d'entre vous ne doit être écarté de la décision qui sera prise. Je me permets de vous donner un énième conseil afin d'éclairer votre choix : peut-être que le fait de vous installer pour un temps dans votre belle maison de Marcigny vous permettrait de consolider les bases sur lesquelles vous vous appuyez à présent. Réfléchissez-y !

Je vous souhaite de belles vacances, à bientôt peut-être,

Charles

Jeanne replia la lettre, pensive. Il avait deviné ce qu'elle sentait naître au fond d'elle alors qu'elle n'avait pas les mots pour le dire. Rester à Marcigny. Travailler moins. Être présente et disponible à ses enfants. Mais surtout, rester ici, dans son nouveau paradis. Puis-je seulement être heureuse ailleurs ? se demanda-t-elle en regardant ses enfants appliqués à tirer le meilleur de leurs coups de pinceau encore incertains. Ils se parlaient tous les trois, s'expliquant mutuellement ce qu'ils traçaient. Les aînés reprenaient Louise lorsqu'elle se trompait de mot, lui montraient leurs dessins, l'aidaient à tirer des traits bien droits… La jeune femme rangea la lettre dans son livre et se releva. Son portable sonna dans la cuisine et elle se hâta pour répondre. C'étaient ses parents qui appelaient. Étonnée, elle décrocha. Et alors qu'elle leur donnait des nouvelles des enfants, quelques minutes plus tard, ils lui demandèrent s'ils pouvaient venir partager sa joie pendant quelques jours. C'était la première fois en quinze ans qu'ils lui proposaient de quitter leur maison, leur région, même, pour venir découvrir l'univers dans lequel elle évoluait désormais. Le cœur battant, Jeanne accepta et s'empressa de préparer ses enfants à leur venue.

Les Morand arrivèrent par le train au soir d'une journée caniculaire en même temps que François. Jeanne les attendait sur le quai. Elle avait confié ses enfants au jardinier et à son épouse pour la soirée, et ils étaient ravis de retrouver le vieil homme et de pouvoir goûter à la merveilleuse cuisine de sa femme qu'ils n'avaient encore jamais rencontrée mais qu'ils adoptèrent à l'instant même où elle déballa le contenu de son grand panier sur la table de la salle à manger. Rassurée, la jeune femme avait donc pris sa voiture sereinement et roulé vers la gare la plus proche. Elle vit François en premier, mais c'est vers ses parents qu'elle se dirigea d'abord, parce que la tempête qui s'était déclenchée en elle à la vue de son compagnon lui était trop agréable pour qu'elle y mette fin en se blottissant trop vite dans ses bras. Patient, il attendit tandis qu'elle saluait Paul et Marie. Ils la complimentèrent sur son air reposé, sur ses yeux lumineux, sur son sourire heureux. Et puis, enfin, Jeanne fit les trois pas qui la séparaient encore de lui. Mordillant nerveusement sa lèvre inférieure, elle retint tant bien que mal un petit rire qui jaillit de sa gorge. Il était là. Avec sa valise. Prêt à lui offrir ces vacances merveilleuses dont il lui avait parlé quinze jours plus tôt. La jeune femme jeta ses bras autour de son cou, le cœur battant. Elle le savait, elle le sentait, son enfant, leur enfant, avait reconnu son père. François la serra tendrement dans ses bras, caressant discrètement ses hanches un peu plus larges que deux semaines plus tôt. Il dut sentir que, déjà, le bas de son ventre s'arrondissait un peu sous la robe ample qu'elle avait enfilée parce que son sourire s'accentua lorsqu'elle se blottit contre son torse. Ayant déposé un baiser sur son front, il passa un bras autour de sa taille et les entraîna, elle et ses parents, vers le parking de la gare. Ils ne se concertèrent que du regard avant d'annoncer la nouvelle aux Morand qui ouvrirent de grands yeux tandis que François engageait déjà la voiture sur la route, tout sourire.

— Eh bien ! s'exclama Marie Morand en se tournant vers le conducteur, pour un couple qui était à deux doigts de se séparer, je vous trouve plutôt sereins face à cette nouvelle !

— C'est que les choses vont mieux entre vous, ajouta Paul en posant sa grosse main de marin sur l'épaule de sa fille. J'en suis bien heureux.

Jeanne se contenta de hocher la tête et observa son père tandis qu'il regardait le paysage bordant la route. Il n'avait pas beaucoup changé, même s'il avait pris soin de retirer le bonnet de laine qu'il ne quittait jamais à Dunkerque. Ses cheveux gris-blanc étaient peignés, ses favoris et son collier de barbe toujours aussi fournis, et la peau de son visage, tannée par le soleil et le vent, se creusait de rides de plus en plus nombreuses. Mais au fond, tout au fond de ses yeux, la même lueur amusée dansait tandis qu'il souriait distraitement. Ses grosses mains calleuses et rougies à force de manœuvrer son bateau l'avaient toujours impressionnée. Aujourd'hui, tout comme son visage, elles devenaient la marque d'une vie accomplie, vécue pleinement pour une passion. Une passion qu'elle n'avait jamais voulu partager, mais dont elle n'avait jamais douté non plus. Jeanne sourit. Même ici, au milieu des terres, il portait sa marinière et par-dessus, sa vieille vareuse élimée aux teintes passées. C'étaient autant d'amarres, d'attaches à son vécu qu'il ne renierait pas. Elle fut prise d'un élan de tendresse pour cet homme si différent d'elle, et pourtant si proche. Son père… Elle avait tant enfoui les souvenirs de son enfance malheureuse qu'elle avait fini par tout mélanger. Sa tristesse, ni lui ni sa mère n'en étaient vraiment responsables. C'est la solitude qui l'avait rendue triste, parce qu'elle aurait rêvé d'avoir des frères et sœurs. Maintenant qu'elle avait trois enfants, elle réalisait à quel point les liens fraternels pouvaient être porteurs. Oui, ses enfants se portaient entre eux, ils s'aimaient et s'entraidaient tous les jours. Elle, elle n'avait pas eu cette chance. Et comme elle rêvait si grand, tout ce qu'elle avait pu vivre avait gardé le goût amer de la déception. Ses rêves, elle n'avait commencé à les vivre qu'auprès de François… Elle ne ressemblait pas à son père, du moins, pas physiquement. Mais sans doute lui avait-il transmis son goût pour les grands rêves et la passion de la vie. Physiquement, les années passant, elle réalisait qu'elle avait tout hérité de sa mère. La finesse de ses traits et de sa taille, sa peau légèrement ambrée, ses yeux sombres et flamboyants à la fois, ses lourdes boucles brunes et ses lèvres rouges, elle lui devait tout. Même en vieillissant, Marie Morand conservait sa beauté mêlée de dignité. La raideur qu'elle s'imposait depuis tant d'années ne l'empêcherait jamais de rester belle. Jeanne contempla le beau profil de sa mère tourné vers François. Bien sûr, la peau de son visage n'était plus aussi lisse et belle qu'auparavant, le temps faisait son œuvre. Mais dans ses yeux et son sourire, elle retrouvait l'éclat qui l'avait tant marquée, petite, et sa voix emplissait l'habitacle de la voiture d'une saveur particulière. Jeanne sourit paisiblement. Bientôt, François s'engagea dans la petite allée et se gara devant la maison. Il faisait encore très bon et le soleil couchant baignait les lieux d'une douce lumière.

— C'est beau ! s'exclama Marie en découvrant la maison et le jardin.

— Jeanne a beaucoup travaillé dans le jardin, lui répondit François en désignant les massifs de fleurs aux couleurs chatoyantes qui couraient le long des murs.

— C'est magnifique, vraiment, approuva Paul en souriant à sa fille.

Jeanne reçut leurs compliments en hochant silencieusement la tête, touchée. Ils firent le tour du jardin et entrèrent dans la maison où les trois enfants, en pyjama, assis les uns contre les autres sur le canapé, écoutaient Annie Patrouillard leur raconter une histoire. Dans la cuisine, Pierre finissait de ranger la vaisselle propre de leur dîner. Ils s'éclipsèrent tous les deux discrètement, les laissant à la joie de leurs retrouvailles. Plus tard, les enfants endormis et les Morand installés dans leur chambre, Jeanne rejoignit François dans la leur. Il vidait tranquillement le contenu de sa valise sur les étagères de leur dressing. Dans la salle de bain, sa brosse à dents avait rejoint la sienne, et son après-rasage trônait fièrement sur le lavabo, à côté de sa bouteille de parfum. Elle respira profondément, ravie de retrouver ces objets du quotidien qui lui avaient tant manqué sans qu'elle ose se l'avouer.

— C'est étonnant que mes parents soient là, non ? souffla-t-elle alors qu'ils se couchaient, quelques instants plus tard.

François sourit tendrement et posa sur elle un regard énigmatique.

— Je peux t'avouer quelque chose ? s'enquit-il.

— Bien sûr ! s'exclama-t-elle, sans comprendre.

— C'est moi qui leur ai proposé de venir… Je n'ai pas eu trop de mal à les convaincre non plus, tu leur manquais beaucoup, tu sais.

— Tu as fait ça… murmura-t-elle, le cœur battant. Mais… Pourquoi ?

— Pour que tu puisses les revoir ailleurs qu'à Dunkerque parce que je sais que tu as horreur de cette ville, et aussi pour qu'ils puissent voir les enfants. Ah, et pour une dernière raison, poursuivit-il encore.

— Laquelle ? fit Jeanne en tordant nerveusement ses mains.

— Pour qu'ils gardent les enfants en notre absence, lâcha le jeune homme.

— Je ne comprends pas…

Jeanne regarda son compagnon en essayant de percer le mystère caché derrière son sourire mutin et ses yeux rieurs. Il se redressa, quitta le lit en lui adressant un clin d'œil et revint avec une enveloppe qu'il lui tendit sans un mot. Elle l'ouvrit et y trouva deux billets d'avion au départ de Lyon pour Palerme le dimanche soir.

— Je t'emmène en voyage, reprit doucement François en s'asseyant près d'elle.

La jeune femme étouffa un petit rire mais ne put retenir son sourire. Son regard passa des billets au visage rayonnant du jeune homme plusieurs fois. Ils partaient. Tous les deux. En voyage. Depuis combien de temps ne lui avait-il plus fait de surprise de ce genre ? Son cœur se gonfla de joie tandis qu'elle l'attirait près d'elle pour l'embrasser enfin et lui dire combien il lui avait manqué, et combien elle l'aimait, et combien elle était heureuse, aussi, d'être à lui et qu'il soit à elle. Elle le serra contre elle, les bras passés autour de son cou, le visage dans ses cheveux, et elle rit, elle rit encore en l'entendant soupirer d'aise, en sentant ses mains sur ses hanches, son corps contre le sien. Dans la pénombre, il murmura qu'il était heureux de lui avoir fait plaisir et qu'il avait hâte, maintenant, que le week-end passe et qu'ils s'enfuient tous les deux comme des amants pour se cacher du monde. Il avait besoin de cacher leur bonheur pour le vivre pleinement, intensément, même. Il voulait être tout à elle et qu'elle soit toute à lui quelques jours, rien qu'un peu, comme au début de leurs amours. Jeanne acquiesça à tout, elle était trop heureuse qu'il s'ouvre enfin à nouveau à elle, qu'il redevienne l'homme imprévisible qui avait si bien su la séduire autrefois. Ils s'endormirent, blottis l'un contre l'autre, en rêvant déjà de cette merveilleuse semaine qui les attendait.

*

— Et là, Gaspard il a pris une énooorme épée qui était cachée dans l'arbre, et il a couru, couru, couru vers la montagne où y avait la princesse, et bim, il a décapité le méchant pirate avec son épée et il a sauvé la princesse ! Et comme c'était un prince, bah ils se sont mariés. Mais en fait, tu sais, la princesse c'était Louise et moi j'étais le méchant, et l'épée c'est celle que tu nous as fabriquée la dernière fois, et y a pas trop de montagnes dans le jardin mais on l'avait imaginée parce que ça monte un peu vers la maison, quand même !

Jeanne sourit discrètement en fixant le contenu de son bol pour ne pas rire. Alexandre racontait leur dernier jeu à François, des moustaches de chocolat au-dessus des lèvres, tout en léchant ses doigts couverts de confiture. Il l'écoutait patiemment depuis de longues minutes, tout comme Louise qui avait battu des mains chaque fois qu'on mentionnait son rôle dans l'histoire. Gaspard en avait rajouté un peu, couvrant de gloire le héros qu'il avait été et bombant le torse devant sa grand-mère en lui tendant ses bras à peine musclés pour qu'elle touche ses « biscottos ». Paul et Marie Morand avaient hâte que la scène se rejoue sous leurs yeux, mais pour le moment, ils étaient tous attablés autour d'un énorme petit-déjeuner, entre ombre et soleil en ce matin rayonnant. La veille, ils avaient profité du beau temps pour faire une longue promenade à travers les bois environnants. Les enfants avaient certainement marché deux à trois fois plus que les adultes parce qu'ils couraient sans cesse en avant d'eux pour « vérifier qu'aucun monstre ne se cachait derrière un arbre et qu'aucun pirate ne s'était réfugié derrière un rocher tombé dans l'eau du ruisseau qui coulait près d'eux ». Aujourd'hui, la journée serait plus calme. Il fallait préparer les enfants à leur absence, leur expliquer pourquoi ils partaient aussi, pour qu'il n'y ait pas de malentendu. Leur rappeler encore que leur papa aurait quelques jours de vacances avec eux et qu'ils pourraient profiter pleinement de sa présence à leur retour. Bien sûr, la peine se lut sur leur visage à l'instant même où François le leur annonça.

— Mais quand est-ce qu'on va avoir des vacances avec vous, nous ? soupira Gaspard, les lèvres tremblantes et les paumes tournées vers le ciel en signe d'incompréhension.

— Tu sais, Gaspard, que cette année n'a pas été facile pour nous, lui rappela François en le tournant doucement vers lui, ses grandes mains posées sur ses épaules.

— Mais pour nous aussi, c'était dur papa, de plus être avec toi, ou de plus être avec maman…

— Je sais, reprit le jeune homme en le hissant sur ses genoux. Mais pour que papa et maman soient tous les deux disponibles pour vous, ils ont besoin de se retrouver un peu tous les deux d'abord, tu comprends ? C'est important qu'un papa et une maman passent du temps ensemble, juste tous les deux. Bien sûr, tu ne te souviens pas parce que tu étais trop petit, mais ça nous est arrivé souvent, avant, de partir quelques jours ! Ça ne veut pas dire qu'on ne vous aime pas, au contraire, Gaspard, on vous aime tous les trois énormément. Mais là, avec maman, on a besoin d'un peu de temps juste entre nous.

— C'est parce que vous vous êtes beaucoup disputés ? s'enquit le garçon, ses yeux passant de l'un à l'autre de ses parents.

— Un peu, oui, lui répondit Jeanne en tendant la main pour repousser les boucles blondes qui obscurcissaient son front.

— Mais vous allez nous dire quand même où vous partez ? demanda Alexandre.

— On part à Palerme, en Sicile, lui apprit François.

— *L'est* où Cécile ? fit Louise.

— Non, Loulou, je ne parle pas de Cécile, rit le jeune homme. Je parle de la Sicile, une île au sud de l'Italie.

— C'est beau, là-bas ? demanda encore Alexandre.

— Oui, très beau !

Quelques heures plus tard, en grimpant dans le taxi qui allait les conduire à Lyon, Jeanne eut un petit pincement au cœur à voir ses trois enfants serrés les uns contre les autres qui leur adressaient un signe de la main en guise d'au revoir. Elle leur rendit leur salut et leur envoya un baiser de la main en souriant bravement. Elle ne les avait plus quittés une seule minute depuis un mois et cela lui faisait tout bizarre de se séparer d'eux maintenant, alors qu'elle avait tant attendu de les revoir quelques semaines plus tôt. La voiture démarra et François posa une main tendre sur son genou en lui glissant à voix basse qu'ils allaient lui manquer à lui aussi. Elle posa sa tête sur son épaule et frissonna lorsqu'il l'entoura d'un bras tendre et protecteur pour la garder tout contre lui et appuyer sa joue dans ses cheveux.

Chapitre 7

Jeanne repoussa les draps et quitta la douceur de leur lit pour marcher vers la fenêtre en s'étirant bruyamment, les bras tendus vers le plafond, consciente que pas un seul de ses mouvements n'échapperait au regard aiguisé de François qu'elle pouvait sentir dans son dos. Elle l'ouvrit toute grande, fit quelques pas sur le balcon et s'accouda à la balustrade en laissant son regard se perdre dans l'immensité bleue de la mer qui s'étendait à perte de vue. Arrivés en pleine nuit, ils n'avaient rien pu voir, mais à présent, le spectacle était éblouissant. Le soleil jouait avec la mer, parsemant les flots de milliers d'étoiles scintillantes. Et la mer était bleue… Tellement bleue qu'elle se confondait avec le ciel à l'horizon. La jeune femme sourit, ravie d'être là, d'avoir une chambre avec une vue si incroyable, et François tout à elle. Au creux de son ventre, la joie qui l'habitait toucha sans doute l'enfant qui grandissait parce qu'une sensation de plénitude la fit frissonner. Elle posa une main timide sur ce ventre à peine gonflé à travers sa nuisette.

— On est bien, là, pas vrai ? murmura-t-elle au bébé. Si tu pouvais voir les merveilles qui s'étalent sous mon nez, tu penserais sûrement comme moi… Je suis gâtée, tu sais, d'avoir ton papa dans ma vie !

Une nouvelle bouffée de joie envahit la jeune femme dont le regard retourna se perdre dans le paysage. Sept jours. Ils avaient sept jours tous les deux pour construire les fondements de leur nouvelle vie. La veille, dans l'avion, François lui avait expliqué à demi-mots ce qu'il souhaitait que ces quelques jours leur permettent. Il avait besoin de la retrouver, bien sûr, mais aussi de trouver quel sens donner à cette nouvelle page de leur vie à deux. Il n'avait pas envie de faire table rase du passé, au contraire, il voulait se servir de leurs erreurs, de leurs doutes, de toutes ces blessures qu'ils s'étaient infligées pour mieux avancer. Elle avait acquiescé à cette idée. Et puis, surtout, ils devaient réfléchir à ce qui se passerait au moment de la rentrée. François était conscient qu'un retour à Paris n'était pas forcément la seule option envisageable. Ils pouvaient en trouver d'autres, et ils les trouveraient. Je ne veux plus te perdre, avait-il conclu, je veux nous sauver ! Nous sauver, avait-il dit. Jeanne ferma les yeux en crispant ses mains sur la balustrade tout en hochant lentement la tête. Oui, nous allons nous sauver, François, nous allons y arriver, pensa-t-elle en rouvrant les yeux.

— Jeanne ! l'appela-t-il bientôt. Reviens te coucher…

Elle se tourna vers le lit et sourit en traversant le balcon puis la chambre pour le rejoindre. Il était encore allongé, un bras replié derrière la tête, confortablement adossé aux nombreux oreillers qui peuplaient leur lit. Avec ses cheveux en bataille, ses joues obscurcies par une barbe légère et son regard d'acier, malgré les quelques rides qui marquaient son front et le coin de ses yeux, il ressemblait à l'homme dont elle était tombée follement amoureuse, bien des années plus tôt. Il aurait toujours ce sourire à la fois moqueur et enfantin sur les lèvres et cette étincelle, dans le regard, dissimulée par de longs cils blond cendré. Comment avait-elle pu penser qu'elle ne l'aimait plus ?

Et lui, comment avait-il pu l'aimer si fort sans qu'elle s'en aperçoive ? Son amour pour elle se lisait dans son regard, dans son sourire, et dans ces deux bras solides qu'il tendait vers elle pour la ramener contre lui.

— J'ai besoin de te serrer dans mes bras, reprit François alors qu'elle se glissait à ses côtés, encore toute retournée par ce qu'elle venait de réaliser.

— Rien que ça ? rit-elle doucement tandis qu'il refermait ses bras sur elle.

— Je voudrais passer ma vie à te serrer contre moi, embrasser ton visage et caresser tes cheveux !

— Tu deviens romantique, se moqua-t-elle en relevant le nez vers lui. C'est l'âge qui fait ça ? poursuivit-elle en caressant tendrement ses tempes parsemées de fils d'argent.

— Perfide, siffla-t-il entre ses dents.

— Ça te va bien, le rassura-t-elle.

— J'ai l'impression de retrouver la Jeanne d'autrefois, soupira-t-il en piquant son visage de baisers.

— N'était-ce pas ce que tu souhaitais ? souffla-t-elle, émue.

— Si ! se défendit-il. Tu m'avais manqué…

— Je t'aime, François.

Il l'embrassa, la tenant serrée contre lui d'un bras, caressant son dos de l'autre. Et Jeanne se laissa doucement glisser sur les rives de l'amour vers lesquelles il l'entraînait à force de baisers et de caresses, comme il savait si bien le faire depuis leur rencontre.

*

Au cours de leur promenade le long de la mer, plus tard dans la journée, Jeanne questionna son compagnon sur ce qu'il entendait par « sauver leur couple ». Ils marchaient lentement, l'un à côté de l'autre, sur un sentier bordé d'arbres et baigné de soleil, et François lui avait pris la main pour l'aider à progresser au milieu des aspérités du chemin. Ils avaient peu échangé, se contentant de commenter de temps à autre le paysage qui défilait sous leurs yeux. La jeune femme sentait bien qu'il brûlait de lui parler, mais sans doute ne savait-il pas par où commencer. François tourna son regard vers elle et lui sourit. Depuis leurs retrouvailles, il avait beaucoup réfléchi au sens qu'il souhaitait donner à cette deuxième chance qui leur était offerte. Oui, il parlait de sens, lui, l'homme qui avait toujours foncé tête baissée sans se soucier de rien d'autre que de l'argent que son entreprise lui rapporterait. Ayant dit cela, il s'arrêta, regarda autour de lui, expliqua à sa compagne que pour comprendre tous ces changements qui s'étaient opérés dans sa manière de penser, elle devait en apprendre davantage sur lui. Il aurait besoin de lui parler longtemps, très longtemps, et pour cela, il valait mieux qu'ils soient assis quelque part. Debout, elle se fatiguerait vite… Jeanne hocha la tête, perplexe. Ils reprirent leur chemin sur quelques mètres, et descendirent bientôt vers une petite plage où ils s'assirent, entre ombre et soleil, à l'abri des regards et des oreilles indiscrètes. Le jeune homme reprit le fil de ses pensées. Avec elle, il remonta le temps jusqu'au jour où il avait su qu'il ne pourrait pas sauver sa boîte de la concurrence devenue trop rude pour lui. Foncer tête baissée pour faire de l'argent ne lui suffirait plus, son offre n'était plus intéressante. Trop occupé à faire augmenter ses chiffres, il ne s'était pas préoccupé de la montée des boîtes de conseil autour de son activité et il s'était fait avoir comme un bleu en pensant être le plus fort. Le cœur de Jeanne se serra en repensant à ces tristes jours où il avait traîné son âme en peine dans leur appartement, blessé dans sa fierté et son orgueil. François avait souffert de se retrouver seul et sans travail du jour au lendemain. Son travail, ce travail-là, en particulier, c'était toute sa vie, il y avait tout investi : son temps, son argent, son imagination, tout. Et là, tout était fini, terminé. Il n'avait même pas pu garder ses bureaux parce qu'il n'avait plus d'argent pour les entretenir. Il s'était senti humilié, réduit à néant. À contrecœur, et pour ne pas perdre totalement la face, il avait accepté le poste qu'on lui proposait dans une petite boîte de conseil jouxtant ses anciens locaux. Autour de lui, on lui avait tourné le dos. Ses anciens partenaires allaient voir ailleurs, ses collègues lui en voulaient d'être resté sourd à toutes ces fois où ils avaient tiré le signal d'alarme pour tenter de le faire réagir. Il s'était retrouvé seul, acculé. On lui avait dit de se reprendre, de remonter sa boîte, Camil lui avait même promis son soutien et son appui. À trente-huit ans, épuisé par tout ce qu'il avait entrepris pour tenter de la sauver, il ne se sentait plus capable de rien, il était vidé. Il aurait aimé s'en ouvrir à Jeanne mais à cette époque-là, c'est à elle que tout souriait. Elle était moins présente, toujours à rencontrer de nouvelles personnes, de nouveaux mécènes, de nouveaux artistes… Elle brillait, il sombrait. Il s'était senti écrasé par cette attitude fière et détachée de tout qu'elle affichait en sa présence. Dès lors, ils n'avaient plus réussi à se comprendre, ni même à se parler. Il en avait souffert, tellement, tellement souffert ! Pour ne pas devenir fou, il s'était lancé à corps perdu dans des sports qui lui permettaient de se sentir encore un peu vivant et de ne pas trop déprimer face à ce qu'il considérait comme le plus gros échec de sa vie. Dans la tourmente, pourtant, une petite lumière s'était allumée. La boîte pour laquelle il travaillait organisait et proposait de nombreux séminaires à ses employés, un peu partout en France, dans le but de créer de futurs partenariats avec d'autres entreprises. S'il s'y rendait en traînant des pieds parce que sa chute n'avait échappé à personne, il y rencontrait cependant des gens bien différents de ceux qu'il avait pris l'habitude de côtoyer au cours des quinze dernières années écoulées. Des gens qui ne s'embarrassaient pas de mots, qui parlaient franchement, qui étaient habités par autre chose. Des gens qui tendaient vers quelque chose de plus grand que la réussite dans leur vie. Des gens qui souhaitaient, finalement, non pas réussir dans la vie et aux yeux du monde, mais bien réussir de la vie, à leurs yeux seuls. C'est ainsi qu'il avait fait la connaissance d'Henri d'Aigrelens, chez qui ils avaient dîné quelques mois plus tôt. Jeanne hocha la tête à ce souvenir en souriant à travers ses larmes. François releva les yeux et tendit une main douce pour caresser ses joues humides et la rassurer, lui dire qu'il ne lui en voulait pas, qu'elle n'avait pas pu savoir ce qu'il avait traversé puisque lui-même ne s'en était jamais ouvert à elle jusqu'à maintenant.

— Je continue ? lui demanda-t-il, les yeux dans les siens.

— Oh oui, s'il te plaît, fit-elle en s'accrochant à sa main de toutes ses forces.

— Tu es sûre que ce n'est pas trop dur à entendre, pour toi ? insista-t-il en l'attirant contre lui.

— Ce n'est rien, juste mes hormones qui sont en plein délire alors je ressens toute puissance dix, rit-elle.

François déposa un long baiser sur son front, l'entoura de ses bras et reprit son récit. Sa rencontre avec Henri, puis avec d'autres personnes du même acabit que lui, avait bouleversé beaucoup de choses. Il y avait quelque chose de différent chez eux. Quelque chose de plus spirituel qui faisait qu'ils ne s'attachaient pas, comme lui, aux choses terrestres. Bien sûr, ils étaient heureux de réussir ce qu'ils entreprenaient, mais c'était surtout pour les fruits qu'ils récoltaient des efforts qu'ils avaient fournis, plus que pour ce que cela leur rapporterait. Ils vivaient plus simplement, aussi, ne cherchant pas à porter le costume le plus cher d'un magasin. François sourit en repensant à une boutade que lui avait envoyée Henri : « Ce n'est pas le prix de ton costume qui m'intéresse, François, mais l'homme qui le porte ! C'est ce que tu es qui compte, pas ce que tu as ni ce que tu fais, tu comprends ? » Il avait alors compris que sa valeur ne se mesurait pas aux chiffres qui s'alignaient sur son compte en banque au milieu de ces gens-là. Sa vraie valeur, c'était lui, et ce qu'il faisait de lui. Comme Jeanne riait, il interrompit une nouvelle fois son récit et l'interrogea du regard.

— Continue, murmura-t-elle, je t'expliquerai !

Ainsi, ce qu'elle avait découvert avec l'aide du Père Charles, François l'avait vécu, lui aussi, grâce à d'autres personnes croisées sur sa route, et à peu près au même âge qu'elle… Fallait-il qu'ils passent tous les deux par cette étape à la fois douloureuse et régénératrice pour saisir enfin le sens de leur vie ? Elle reporta son attention sur la suite du récit de François. Galvanisé par le soutien de ses nouveaux amis, le jeune homme avait décidé de reprendre sa vie en main. Tout en continuant à travailler, il avait cherché un moyen de relancer son activité. Il avait accepté l'aide qu'on lui offrait, chassant son orgueil, conscient que, seul, il n'y parviendrait pas. Et il avait travaillé, travaillé, travaillé d'arrache-pied pour y arriver. Et alors qu'il respirait enfin un peu, ayant trouvé un sens à donner à sa nouvelle entreprise et déniché une première offre de soutien financier, Jeanne lui avait annoncé sa troisième grossesse… Il avait cru qu'elle se moquait de lui. Quand avaient-ils pu trouver le temps de concevoir un nouvel enfant alors qu'ils n'étaient même plus capables de se parler ? Il lui en avait voulu de n'avoir pas fait plus attention. Et puis il s'en était voulu de l'avoir traitée si durement, parce qu'elle avait dépéri à vue d'œil, depuis. Il voyait bien qu'elle se languissait de sa présence, que sa grossesse était difficile, qu'elle souffrait de son indifférence… Mais il s'était enfermé dans son bureau, retiré loin d'elle, loin des cris du bébé, loin des appels incessants de leurs fils qui réclamaient son attention pour se concentrer, à nouveau, sur son travail. Lorsqu'enfin, il avait pu remonter sa boîte, il était trop tard pour sauver sa famille de la dérive dans laquelle il l'avait poussée. Alors il avait repris le cours de sa vie là où il l'avait laissée, s'efforçant d'en réussir malgré l'absence de Jeanne à ses côtés. La première fois qu'il était entré dans la chambre de Louise, son cœur battait si fort qu'il avait cru la réveiller. Il s'était approché de son berceau sur la pointe des pieds et l'avait regardée dormir. Elle respirait doucement, les bras rejetés de chaque côté de la tête, et son visage rond et lisse l'avait ému aux larmes. Il était resté là longtemps, sans doute une bonne partie de la nuit, à la regarder dormir. Sa respiration lente et régulière l'apaisait beaucoup. Il n'avait pas compté le nombre de nuits qu'il avait passées à veiller sur le sommeil de sa fille, cherchant un moyen de reconquérir sa compagne. Et puis, leur fragile équilibre à peine retrouvé, tout s'était à nouveau effondré… Il n'était plus question d'eux cette fois, mais bien de leurs enfants qu'ils avaient oubliés, perdus en chemin.

— Un cauchemar, se rappela François. J'ai cru que ça ne s'arrêterait jamais. Ne plus réussir à te parler me pesait. Mais me rendre compte que ces enfants que j'avais tant désirés étaient malheureux et que je n'avais rien vu venir, ça m'a achevé… J'ai rappelé Henri, que je n'avais plus vu depuis longtemps. Je lui ai demandé comment il avait fait, lui, pour concilier sa vie de famille et son travail sans doute plus prenant encore que le mien. Nous nous sommes revus. J'ai rencontré sa femme, je les ai questionnés, je les ai écoutés. J'avais besoin de comprendre ce sur quoi était bâtie leur vie, sur quel mystère reposait cet équilibre qui les rendait si heureux… Pourquoi moi, je n'avais pas ça ? Pourquoi après avoir longuement travaillé sur moi et sur ma valeur propre, après avoir retrouvé un sens à donner à mon travail et à ma vie à travers les services que je proposais, pourquoi je n'avais pas droit au bonheur dans ma famille ?

— Et que t'ont-ils dit ? lui demanda Jeanne, pendue à ses lèvres.

— Ils m'ont demandé sur quoi reposait notre union, quels étaient les projets que nous avions en fondant une famille, quels étaient nos projets à tous les deux… Et j'ai été incapable de leur répondre, Jeanne. Je ne savais plus… En avions-nous seulement parlé ? Qu'est-ce qui faisait que nous habitions ensemble ? Quel sens ça avait, tout ça ? Je n'en trouvais plus… On se faisait du mal pour rien, on n'était même plus capables de se parler, on vivait l'un à côté de l'autre sans se voir… J'ai essayé, mais tu ne me suivais pas…

— Donc tu as décidé de partir, souffla la jeune femme, les yeux dans les siens.

— Pour ton bien, et pour le mien, c'est ce qui m'a semblé être le mieux, oui, admit-il douloureusement.

— Et qu'est-ce qui fait, qu'aujourd'hui plus qu'hier, tu penses que nous sommes mieux tous les deux plutôt que chacun de notre côté ? s'enquit-elle, le cœur battant.

— C'est que je t'aime, Jeanne, et que quoi qu'il arrive, je ne cesserai jamais de t'aimer. Je l'ai compris très vite quand nous nous sommes séparés. Je ne voulais plus de cet amour qui m'empoisonnait, j'aurais voulu te haïr parce que tu m'avais trompé mais j'en étais incapable, je crevais d'amour pour toi, Jeanne, je me consumais. Je n'ai jamais été aussi malheureux que pendant ces quatre mois où je ne t'avais plus près de moi… Ta présence seule suffisait à me rendre heureux, même si nous ne nous parlions plus, même si nous échangions vacherie sur vacherie. Au moins, tu étais là !

Jeanne secoua la tête. De nouvelles larmes avaient jailli de ses yeux. En quelques instants, elle maudit ses hormones de la rendre si sensible aux paroles de François et puis, à la fois, elle s'en réjouit. Il la serra dans ses bras, embrassa ses joues mouillées de larmes, caressa ses boucles folles, prit son visage entre ses mains et murmura :

— J'ai aussi compris autre chose. Seul, on va plus vite, et c'est vrai que je suis allé plus vite que toi bien malgré moi ces dernières années… Mais à deux, on va plus loin. Et je veux aller plus loin avec toi, Jeanne !

— Plus loin ? fit-elle d'une voix étranglée.

— Marions-nous, Jeanne !

Un long frisson parcourut le corps de la jeune femme. Elle s'accrocha aux mains de son compagnon qui s'étaient faites caresses sur ses joues. Son cœur se mit à battre follement. Du fond de ses entrailles, tout au fond de son être, une boule de joie remonta dans sa gorge serrée par les larmes. Sa poitrine se souleva, son ventre devint l'épicentre d'un tremblement intérieur qui se répandit jusqu'à la pointe de ses cheveux, hérissant sa peau, étirant ses lèvres en un sourire unique, inégalable. Dans ses yeux se mirent à danser des paillettes dorées.

— Épouse-moi, reprit encore François. Deviens ma femme ! Je n'en peux plus d'être à toi sans l'être tout à fait. Je veux être ton mari pour le meilleur et pour le pire. On s'en fout que ça soit ringard aux yeux des autres, on s'en fout d'avoir déjà trois enfants et bientôt quatre, on s'en fout d'avoir vécu quinze ans tous les deux sans jamais officialiser notre relation, on s'en fout d'être vieux, on s'en fout de tout ça, d'accord ? Je veux être ton mari. Acceptes-tu d'être ma femme pour toutes ces années qu'il nous reste à vivre ?

Jeanne prit une profonde inspiration. Bien sûr qu'elle le voulait ! Pouvait-elle seulement dire non ? Elle avait eu tellement peur de le perdre, tellement peur d'avoir tout gâché. Bien sûr qu'on s'en foutait d'avoir tout fait à l'envers ! Les autres, elle s'en moquait, maintenant. Tout ce qui comptait, c'était eux, leur bonheur à tous les deux, le bonheur de leurs enfants, et ce bébé qui se préparait lentement, si lentement, à venir les rejoindre. Elle détacha les mains de François de ses joues et glissa ses doigts entre les siens. Les yeux fixés sur leurs mains jointes, elle prépara sa réponse, puis, le regard accroché à celui du jeune homme, elle murmura enfin, d'une voix qu'elle voulait forte mais qui tremblait tant elle était émue :

— Oui, François. Oui, je veux être ta femme et je veux que tu sois mon mari !

Il l'attira de nouveau contre lui et la serra dans ses bras. Elle sentit ses lèvres se poser sur sa joue et descendre dans son cou. Elle l'entendit soupirer de soulagement, puis… rire ? Oui, c'était bien ça, il riait… Stupéfaite, elle s'écarta un peu de lui et le regarda, interloquée, les mains posées sur ses épaules qui tressautaient au rythme de ses éclats de rire. Mais d'où venait ce rire si franc, si doux, si expressif qu'elle ne lui connaissait pas ? Il reprit son visage entre ses mains pour l'embrasser à travers les larmes de joie qui coulaient de ses yeux dont le gris virait presque au bleu, à présent. Comme elle l'interrogeait sur ce trop-plein d'émotion débordant tout à coup, il s'exclama :

— Mais Jeanne, si j'avais su, ce soir-là, il y a quinze ans, que tu me dirais oui en me regardant avec ces yeux-là, je ne t'aurais pas demandé de vivre avec moi, je ne t'aurais pas demandé de porter mon enfant, je t'aurais demandé de m'épouser tout de suite !

Ce fut au tour de la jeune femme d'éclater de rire. Elle jeta ses bras autour de son cou, murmura qu'il avait bien fait d'attendre, qu'au moins, aujourd'hui, elle était capable de laisser éclater sa joie à lui dire oui librement, sans penser aux autres, à leurs regards, à leurs critiques. Elle lui disait oui de tout son cœur, de toute son âme, en sachant parfaitement que devenir sa femme était la plus belle chose qui puisse lui arriver, désormais. Il la serra sur sa poitrine, noya son visage dans ses boucles brunes, s'excusa parce qu'il avait laissé la jolie bague qu'il avait prévu de lui offrir à l'hôtel, ne sachant pas bien où leur promenade les mènerait. Elle balaya ses excuses de la main avant de lui avouer qu'elle avait, en fait, très très envie de le voir passer cette fameuse bague à son doigt pour sceller la promesse de bonheur qu'elle accompagnait ! Ils se relevèrent, époussetèrent leurs vêtements et, un bras passé autour de la taille de l'autre, reprirent le chemin de leur hôtel. Jeanne patienta sur la terrasse tandis qu'il grimpait à leur chambre. Elle avait l'impression d'avoir à nouveau vingt ans, fébrile, les mains moites et tremblantes et le cœur complètement affolé. Ils allaient se marier… Était-ce vraiment sérieux ? François revint bientôt, il lui prit la main et l'entraîna à l'abri des regards pour lui dévoiler le contenu de la petite boîte qu'il serrait entre ses doigts. Autrefois, le jour où ils avaient parlé d'enfant pour la première fois, il lui avait offert un saphir rose. Elle l'avait beaucoup porté parce que même si elle ne scellait aucune union véritable, cette bague était restée le signe qu'ils s'aimaient assez pour vouloir fonder une famille. Des années plus tard, un rubis avait remplacé le saphir et elle l'avait malheureusement perdu au cours d'un voyage. Le premier bijou avait donc retrouvé sa place à son annulaire, et elle le portait encore aujourd'hui. François prit sa main, joua un peu avec la bague qui avait perdu de son éclat au cours de toutes ces années, puis la lui retira définitivement et la déposa dans la paume qu'elle lui tendait et qu'elle referma dessus. À sa place, il enfila un saphir aigue-marine, tout rond, cerclé de petits diamants, monté sur un anneau d'or. C'était une bague très simple qui n'était pas sans rappeler la couleur des yeux de celui qu'elle appellerait bientôt son mari. Jeanne orienta sa main vers le ciel, laissant les rayons du soleil la rendre plus étincelante encore et puis, tout sourire, elle passa ses bras autour du cou de François et déposa un long baiser sur ses lèvres.

— Merci, murmura-t-elle finalement.

— Elle te plaît ?

— Elle est magnifique et je serai très fière de la porter !

*

Jeanne ne parvenait plus à dormir. Elle se tourna et se retourna longuement dans leur lit mais rien n'y fit, sans doute la pleine lune avait-elle eu raison de son sommeil. Ouvrant résolument les yeux, elle contempla le visage paisible du jeune homme endormi à ses côtés. La tête dans son bras replié, il dormait vraiment à poings fermés. La veille, ils avaient encore marché de longues heures tout en discutant. À son tour, elle avait répondu à ses questions et lui avait raconté ce qu'elle avait découvert avec l'aide de Charles. Elle lui avait parlé des nombreuses lettres qu'ils avaient échangées et des précieux conseils qu'il lui avait donnés. Le jardin à cultiver, un retour à la terre qui lui avait permis de se retrouver, les exercices physiques qui l'avaient épuisée, les insomnies à force de tourner et retourner leur situation dans sa tête, la douleur de l'avoir perdu, la souffrance de lui avoir fait tant de mal, cette haine qu'elle avait éprouvée, ce dégoût d'elle-même, aussi. Et puis, enfin, la lumière… Toutes ces qualités, tous ces dons enfouis en elle, refoulés depuis tant d'années et enfin libérés ! Enfin, elle s'était autorisée à vivre, à exister, à vibrer ! Jeanne osa aussi lui parler de leurs retrouvailles au mois de juin, lors des funérailles de Thierry Baussère. Des retrouvailles qu'elle avait à la fois redoutées avec angoisse et attendues avec impatience. La douleur, le désarroi, la honte, aussi, le premier matin, lorsqu'il s'était enfui de leur chambre, penaud, après qu'elle se fut réveillée dans ses bras. Les frissons qui avaient parcouru son corps assoiffé d'amour lorsqu'ils s'étaient enfin embrassés sur la terrasse. La violence de leur étreinte, le désespoir qu'elle avait lu dans son regard, la chaleur de ses mains sur ses hanches… Toutes ces sensations nouvelles qui lui avaient redonné espoir. Et ce désir, enfin, de se battre pour eux, pour leur couple et pour leur famille. Au début, François n'avait pas dit grand-chose, la laissant s'exprimer librement. Par moment, il arrêtait leur marche, se tournait vers elle, posait une main sur sa joue et plongeait ses yeux dans les siens en soupirant. Ils se souriaient, conscients que, parfois, les mots ne servent à rien, puis reprenaient leur chemin, la main dans la main, et Jeanne reprenait son récit là où elle l'avait laissé. Elle n'avait rien voulu lui cacher de ses moments de doutes ni de ses angoisses. Elle lui avait aussi parlé de ce vide immense qui s'était petit à petit creusé en elle après la naissance de Louise, un vide que rien n'avait pu combler et qu'elle ne comprenait pas. Un vide qui l'avait effrayée, dans lequel elle avait cru se perdre jusqu'à sa rencontre avec Charles. Oui, elle avait bien failli se perdre, et sans son aide, elle n'aurait sans doute pas remonté la pente qu'elle avait dégringolée si aisément. Comme elle lui était reconnaissante de ne pas l'avoir abandonnée mais de l'avoir soutenue et si bien conseillée ! Il avait lu en elle, il avait su comment la guider dans cette nuit noire qu'elle traversait, aveuglée par l'incompréhension et la douleur. François avait tout écouté, tout accepté. De retour à leur hôtel, il l'avait prise dans ses bras et serrée convulsivement contre lui en lui demandant pardon de n'avoir pas su trouver les mots, de n'avoir pas su lui tendre la main au moment où elle en avait le plus besoin. Blottie contre lui, enfermée dans l'étau de ses bras puissants, elle avait encore beaucoup pleuré, riant à travers ses larmes parce qu'elle savait bien que c'était la faute de ses hormones si elle se transformait si souvent en fontaine, mais en même temps, c'était si agréable, si libérateur, aussi, de pouvoir pleurer tout son saoul sur cette épaule qui lui était offerte pour la vie.

— Je te promets, avait-il soufflé en la tenant toujours bien serrée contre lui, que toutes ces souffrances par lesquelles nous sommes passées ne seront pas vaines. Je t'aime, Jeanne, et même si nos souvenirs sont un peu ternis par toutes ces fois où nous n'avons plus su nous parler, je veux continuer à les chérir parce qu'ils sont les fondements de notre vie. Ça a été dur, nous le savons tous les deux. Peut-être que ça sera à nouveau dur dans les mois à venir, je ne peux pas te promettre une vie sans épreuves. Promettons-nous simplement de les traverser à deux. Si tu acceptes de garder ma main serrée dans la tienne dans ces moments-là, je sais qu'on y arrivera. Nous avons, en nous, toutes les ressources pour y arriver, maintenant.

Jeanne effleura la joue de son compagnon d'une main légère, y déposa un baiser et quitta la chaleur des draps pour aller s'aérer sur le balcon. La nuit était fraîche, elle frissonna en s'accoudant à la balustrade. La lumière de la lune baignait les flots d'une étrange clarté, à la fois douce et effrayante. Une question demeurait en suspens. Une question qu'ils n'avaient pas encore abordée tant ils avaient de choses à se raconter ! À la fin des vacances, qu'adviendrait-il de toutes ces promesses qu'ils échangeaient entre deux baisers brûlants ? Soucieuse, perdue dans ses pensées, elle jouait négligemment avec la bague qui ornait son annulaire en se demandant aussi ce qu'elle allait faire de sa galerie si elle n'y retournait pas. Il lui sembla qu'une nouvelle montagne se dressait devant elle, mur infranchissable, et elle soupira. Combien de montagnes lui faudrait-il encore gravir pour qu'un ciel sans nuage s'offre enfin à son regard ? Allons bon, se dit-elle en posant une main sur son ventre, tu vois, je recommence déjà à en faire des tonnes avec des broutilles sans grande importance ! Forcément, si je ne lui en parle pas, ton papa ne pourra jamais m'aider à trouver la bonne solution ! Jeanne secoua la tête et retourna se coucher. Lorsqu'elle s'allongea contre lui, François se tourna instinctivement vers elle et passa un bras autour de sa taille pour la garder près de lui. Elle tenta de lui parler mais il s'était déjà rendormi alors elle se pelotonna contre sa poitrine, ferma les yeux et se laissa reprendre par le sommeil.

*

— François, j'ai besoin de te parler de la rentrée…

Jeanne se posta devant le jeune homme qui, assis sur le balcon, profitait des derniers rayons du soleil. Elle avait tourné en rond pendant de longues minutes dans leur chambre, les mains nouées dans le dos, le visage penché vers le sol, cherchant ses mots. Depuis deux jours, déjà, alors qu'ils se rappelaient les merveilleux souvenirs du temps qui avait vu naître leur amour, elle réfléchissait à ce qui leur permettrait de vivre sereinement les prochains mois et les prochaines années de leur vie commune. À présent, elle était prête à lui exposer ses projets et à lui demander son soutien. François se releva sans un mot, retira ses lunettes de soleil et lui prit la main.

— Viens, murmura-t-il, allons marcher.

Elle acquiesça et lui emboîta le pas. En bas, sur le sentier qu'ils avaient arpenté de nombreuses fois depuis le début de la semaine, elle inspira profondément et se lança. Elle ne voulait pas rentrer à Paris. Voilà, c'était dit. Là-bas, ces dernières années, elle avait été trop malheureuse pour se sentir capable d'y retourner. Leur appartement était devenu un lieu où ne se mélangeaient que tristesse, désespoir et remords dans son esprit. Oui, bien sûr que c'était un bel appartement, et bien sûr qu'ils y avaient été très heureux, autrefois. Mais son cœur se serrait au souvenir des longues nuits qu'elle y avait vécues, en proie à de terribles insomnies qui lui retournaient le cerveau. Son cœur se serrait au souvenir de leurs pas se croisant dans le couloir sans jamais réussir à se retrouver. Son cœur se serrait au souvenir du visage pâle d'Alexandre rentrant de l'école après une énième bagarre, des yeux cernés de Gaspard après un nouveau cauchemar, des silences pesants de Louise. Non, vraiment, elle ne pourrait pas y vivre à nouveau. François proposa qu'ils déménagent, qu'ils cherchent un autre quartier dans lequel habiter, une autre école pour les enfants. Alors Jeanne, tremblante, releva les yeux vers lui et osa formuler sa demande. Sa voix ne faiblit pas tandis qu'elle reprenait, les unes après les autres, toutes les motivations qu'elle avait à demeurer encore un peu à Marcigny. Il resta un long moment sans rien dire. Sans doute pesait-il le pour et le contre, réfléchissant déjà aux allers-retours que ce désir lui imposerait. La jeune femme prit son visage entre ses mains et plongea son regard dans le sien.

— Accorde-moi un an, lui dit-elle. Un an pour retrouver un rythme de vie plus sain qui me permettra d'être plus présente pour nos enfants et plus disponible pour toi.

— Tu es consciente de ce que cela implique ? lui demanda-t-il. Plus de nourrice, la voiture tous les jours pour conduire les enfants à l'école et aller les rechercher, moins de loisirs à portée de main, moins d'attractions culturelles pour toi, des supermarchés gigantesques et encombrés… Tu devras tout faire par toi-même, Jeanne. Es-tu sûre de pouvoir y arriver ?

— J'y arrive déjà, non ? lui fit-elle remarquer en souriant.

— Oui, mais c'est différent, les enfants sont en vacances, nous n'avons aucune contrainte horaire…

— Donne-moi un an, François, s'il te plaît, insista-t-elle, le regard toujours ancré dans le sien.

— Et moi ? s'enquit-il alors.

Jeanne accentua la pression de ses mains sur les joues du jeune homme. Elle plongea plus loin dans son regard, chercha ses mots pour qu'il ne se sente pas blessé par ce qu'elle lui répondrait. Rassemblant ses idées, elle reprit :

— Je suis consciente de ce que je te demande, François. C'est un gros sacrifice. Je sais que ton terrain d'action se trouve principalement à Paris. Cependant, ne peux-tu pas travailler depuis la maison et t'y rendre lorsqu'il le faut vraiment ?

— Je ne pense pas. Pas tout de suite, en tout cas. Je peux déléguer un peu, mais je dois quand même être présent à chaque signature, tu comprends ?

— Oui. Et… Et si tu réorganises ton emploi du temps ? osa-t-elle. Si tu passes, par exemple, la moitié de la semaine à Marcigny et l'autre à Paris ?

François soupira. Elle lui en demandait beaucoup d'un coup. Il s'écarta et passa une main sur son visage, les yeux clos. Avec un pincement au cœur, Jeanne comprit que, bien qu'ils désirent ardemment redonner vie à leur couple, rien n'était encore joué. Il se tourna vers la mer, enfonça ses mains au fond des poches de son bermuda et plissa les yeux. Elle attendit patiemment à ses côtés, sachant bien que lorsqu'il faisait ces yeux-là, c'est qu'il réfléchissait à toute allure. Enfin, il la regarda. On aurait même pu dire qu'il la sonda tout entière de son regard d'acier. Elle ne cilla pas, mordant nerveusement sa lèvre inférieure, le visage tendu vers le sien.

— Va pour un an, déclara-t-il enfin. On s'installe à Marcigny avec les enfants, je récupère mon bureau et je fais tourner la boîte depuis tout en passant deux jours par semaine à Paris. Mais je travaille de neuf heures à midi et de treize heures à dix-neuf heures tous les jours, et c'est non-négociable, d'accord ? Je n'aurai pas plus de vacances, et je ne réduirai pas mes déplacements non plus. Cependant, je m'engage, lorsque la porte de mon bureau est fermée, à ne plus répondre au téléphone et à ne plus rien faire qui concerne la boîte pour être disponible pour toi et à nos enfants.

— Merci ! s'exclama Jeanne en jetant ses bras autour de son cou.

Il sourit enfin et la serra contre lui. Jeanne avait bien compris qu'il faisait un énorme sacrifice pour elle, aussi ne pouvait-elle qu'accepter les conditions qu'il venait d'énoncer. Tout en remontant vers leur hôtel, ils convinrent de vider rapidement leur appartement pour le mettre en location. Ils garderaient les meubles qu'ils aimaient le plus, les déménageraient à Marcigny, et liquideraient les autres. François conserverait le petit appartement qu'il avait loué depuis le mois de mars pour y vivre lorsqu'il serait à Paris. Et ils attendraient la naissance de leur enfant avant de prendre une nouvelle décision à ce sujet. Dans sa tête, Jeanne aménageait déjà la maison pour les mois à venir, visualisant les meubles qu'elle allait remplacer, pensant déjà aux tableaux qu'elle accrocherait aux murs, et à la grande glace qu'elle poserait au-dessus de la cheminée. François lui fit remarquer que ses yeux pétillaient. Elle se lança alors dans un long déballage de toutes ses idées qu'il interrompit bientôt d'un grand rire. Comme elle ouvrait de grands yeux, mi-amusé, mi-offensé, il lui promit qu'elle pourrait faire tout ce qu'elle désirait et qu'il ne viendrait pas mettre son nez dans ses affaires parce qu'il était bien incapable de réaménager leur salon dans sa tête. Elle leva les yeux au ciel en riant à son tour et ils rentrèrent. Le lendemain, pour leur dernière soirée à Palerme, ils participèrent à la grande soirée organisée par le restaurant de leur hôtel. Robe de cocktail et smoking étant demandés, ils avaient parcouru les rues de la ville à la recherche d'une tenue adéquate. À présent, Jeanne s'observait dans le miroir de la salle de bain. François était déjà prêt, il était descendu depuis quelques minutes déjà. La jeune femme tourna sur elle-même en souriant. Cette robe bleu roi ne ressemblait pas à toutes celles dont son armoire regorgeait à Paris, pour autant elle n'avait rien à leur envier. Plus simple, sans décolleté plongeant ni fioritures, légèrement plus courte, droite, elle mettait en valeur sa silhouette et son teint bronzé. Elle releva ses cheveux en chignon sur sa nuque, dégageant son visage et ses yeux à peine maquillés. Une paire de boucles dorées pendait discrètement à ses oreilles et sa nouvelle bague étincelait à son annulaire pour compléter sa tenue. Jeanne enfila ses escarpins, jeta un dernier coup d'œil à son reflet, se sourit une nouvelle fois et quitta sa chambre. En bas, accoudé au bar, François discutait avec un couple à peine plus âgé qu'eux. Il lui sourit lorsqu'elle traversa la salle pour le rejoindre et ne la quitta pas des yeux tout en poursuivant leur conversation. Glissant un bras autour de sa taille, il l'attira près de lui et lui présenta les deux personnes avec lesquelles il s'entretenait avant son arrivée. Elle les salua. Ils burent un verre ensemble, puis se séparèrent et François l'entraîna vers les danseurs. Elle posa une main sur son épaule, le laissa se saisir tendrement de l'autre, et ils s'accordèrent au rythme de la musique qui n'était ni une valse, ni un rock, plutôt un doux mélange des deux. Il se pencha bientôt vers son oreille et lui murmura qu'elle était très belle et qu'il était heureux et fier de danser avec elle ce soir. Ce genre de soirée qu'ils affectionnaient tous les deux, autrefois, lui avait manqué. Accrochée à lui, Jeanne rayonnait. Que pouvait-elle demander de plus qu'une soirée comme celle-ci pour terminer leurs vacances ? Elle se laissa guider par le jeune homme qui souriait et la couvait tranquillement de ses yeux gris, le regard enflammé. Ils avaient dix ans, quinze ans, vingt ans, et il n'y avait plus rien d'autre qui comptait que leurs corps emportés par le rythme entraînant et langoureux des musiciens. Puis, délaissant les danseurs, ils se régalèrent une dernière fois des délices siciliens dont ils s'étaient délectés depuis leur arrivée et descendirent sur la plage. Après avoir trébuché plusieurs fois dans le sable, François admit en riant qu'il avait sans doute un peu trop bu. Amusée, Jeanne le soutint dans l'escalier, heureuse de le retrouver si insouciant, lui qui s'était tant endurci pour entrer dans son rôle de directeur d'entreprise d'abord, puis dans celui de père. Ayant retiré ses chaussures, elle s'assit près de lui et caressa ses cheveux de la main. Bientôt, il l'attira vers lui et elle laissa sa tête reposer contre sa poitrine qui se soulevait au rythme de sa respiration.

— Merci de m'avoir offert de si belles vacances, murmura-t-elle, comme il défaisait son chignon d'un geste assuré.

— On en avait bien besoin, hein, mon Amour ? renchérit-il.

— Tu promets qu'on s'en offrira d'autres ? reprit la jeune femme en se redressant légèrement pour le regarder.

— Si tu me fais ces yeux-là en profitant de mon état lamentable, je ne vois pas comment je peux dire non, soupira-t-il.

— Il ne fallait pas boire pour deux, rit-elle.

Ils rentrèrent à Marcigny heureux et comblés. Alexandre, Gaspard et Louise sourirent en apprenant qu'ils ne quitteraient pas leur maison pour rentrer à Paris. Rassurés, ils reprirent leurs jeux là où ils les avaient laissés et les jours s'écoulèrent lentement, paisibles, illuminés par un bonheur désormais partagé à cinq. À la fin du mois d'août, quelques jours avant la rentrée, les familles respectives de Jeanne et de François se retrouvèrent pour la première fois ensemble à Paris. Il n'y eut pas de grande cérémonie, pas de centaines d'invités, pas de belle robe blanche ni de jaquette flamboyante. Il n'y eut qu'un homme et une femme entourés de leurs familles et de quelques amis choisis, un échange tremblant de consentements, deux « oui » sonores et larmoyants, et deux alliances doucement glissées à leurs annulaires. François et Jeanne se regardèrent droit dans les yeux et se sourirent. Adieu, Jeanne Morand, pensa la jeune femme en entrelaçant ses doigts à ceux de son mari. Bonjour, Jeanne Baussère ! Charles lui broya presque la main quelques instants plus tard lorsqu'ils sortirent tous de la pièce pour laisser éclater leur joie sur les marches de la mairie.

— Je suis tellement heureux, Jeanne, que vous vous soyez retrouvés, s'exclama-t-il en la sondant de ses yeux bleus. Vous rayonnez, cela me fait tellement plaisir, vous savez, de vous voir si heureuse !

— Et je vous dois tellement, Charles, lui répondit-elle, tout sourire. Sans vous, je n'y serais jamais arrivée. Merci, du fond de mon cœur, merci de m'avoir accompagnée, de m'avoir guidée, de ne jamais avoir lâché la main que je vous avais tendue !

— Oui, renchérit François en lui tendant la main à son tour, merci d'avoir su aider Jeanne lorsque je n'en étais plus capable.

— Je vous souhaite d'être heureux, conclut l'homme en posant ses mains sur leurs épaules pour les regarder l'un après l'autre. À deux, bien sûr, mais aussi avec vos enfants ! Et si j'en crois cette main que vous ne cessez de poser sur votre ventre depuis tout à l'heure, Jeanne, il y aura une belle occasion de vous réjouir à nouveau dans quelques mois ! Ne doutez plus de vos qualités de mère. Les visages rayonnants de vos enfants sont la preuve que vous êtes une super maman, la présence de vos parents aujourd'hui montre que vous avez retrouvé votre place de fille auprès d'eux et ces alliances que vous venez d'échanger sont, quant à elles, le signe que vous êtes cette compagne, cette épouse dont François ne peut plus se passer. Vous avez réussi, Jeanne, soyez fière de vous !

La jeune femme acquiesça, très émue. François remercia encore Charles pour sa présence constante et ses précieux conseils. Et puis, fou de joie, il attira Jeanne dans ses bras, la souleva et l'embrassa à lui faire perdre la raison. Essoufflée, elle éclata de rire en se blottissant contre lui lorsqu'il la reposa enfin sur la terre ferme avant d'appeler leurs enfants à venir les rejoindre. Ils étaient beaux, tous les trois, bien peignés, le regard lumineux et le sourire si tendre et si heureux. François souleva Louise dans ses bras et la fillette s'accrocha à son cou, collant sa joue à la sienne. Elle embrassa ses fils, ébouriffa leurs tignasses et les garda contre elle tandis que Marion, munie de son appareil photo, immortalisait la scène.

*

Debout sur le trottoir, Jeanne lève les yeux vers le deuxième étage de l'immeuble qui lui fait face. Cinq fenêtres aux volets clos s'étirent sous son regard. Sur le balcon, les fleurs et les plantes qu'elle aimait entretenir pour qu'on les admire ont mauvaise mine. Que reste-t-il de la splendeur de cet appartement dont la lumière jaillissait autrefois vers la rue, illuminant les passants dans la nuit ? Jeanne se demande ce qu'ils ont cru, tous ces gens qui, comme elle aujourd'hui, levaient les yeux vers ces fenêtres éclairées et apercevaient sans doute un bout de tableau, un morceau d'armoire, une ombre… L'immeuble est beau, tout y est en ordre, l'extérieur reluit. Le soleil qui l'éclaire encore le rend lumineux. Dans quelques instants, elle en poussera la lourde porte et y pénétrera. La belle façade disparaîtra, il fera sombre, peut-être un peu frais. Elle montera lentement les marches de l'escalier recouvertes d'un tapis ô combien piétiné. Elle ouvrira la porte de son appartement et visitera les pièces les unes après les autres. Rien n'aura changé, et pourtant, tout aura changé parce que cet appartement n'est plus le signe ostentatoire de la réussite de son mari ou de la sienne. Il n'est plus le lieu que l'on envie, que l'on admire, que l'on parcourt avec des yeux émerveillés en poussant des exclamations de joie ou de surprise. Il n'est qu'une enfilade de pièces qu'ils ont voulues belles et dans lesquelles ils ont oublié de vivre. Jeanne pose son regard sur chacune des fenêtres dissimulées par les volets. Cinq magnifiques fenêtres qui, une fois traversées, brisent le rêve et l'idée qu'on se faisait de ce qu'elles abritaient. Des pas se rapprochent, s'arrêtent tout près d'elle, une main glisse dans son dos, se pose sur sa taille.

— On y va ? murmure François.

Jeanne hoche la tête. Le jeune homme resserre l'étreinte de son bras autour de sa taille. Elle s'y réfugie. Ensemble, enlacés, ils traversent la rue comme on traverse un miroir pour cesser de s'y mirer et rentrer enfin en soi-même pour ne plus rester à l'extérieur.

Épilogue

Jeanne lisait, confortablement installée près de la cheminée. La douce chaleur du feu crépitant dans l'âtre se répandait dans la pièce, la réchauffant en cette glaciale soirée d'hiver. Épuisés par leurs courses-poursuites dans la neige autour de la maison, les enfants s'étaient vite endormis après le dîner. Elle leur avait promis qu'il viendrait les embrasser dès son arrivée. Depuis, ayant mis un peu d'ordre dans la cuisine et dans le salon, elle l'attendait. De temps en temps, elle relevait les yeux et caressait tendrement son ventre en rêvant. Les vibrations de son portable la tirèrent de ses pensées. Elle ouvrit le message de François. Malgré la neige, il avait pu prendre un taxi à la gare, il était en route, il serait là bientôt. Jeanne sourit et reposa son téléphone sur la table basse pour reprendre la dernière lettre du Père Charles, arrivée un peu plus tôt dans la journée. Il avait accepté de continuer à l'accompagner. Elle lui écrivait pour lui raconter ses joies, les petits bonheurs du quotidien qu'elle redécouvrait depuis le mois de septembre. Dans la dernière, elle lui annonçait la concrétisation d'un projet qu'elle avait longuement mûri ces derniers mois et il s'en réjouissait. Enfin, un crissement de pneus annonça l'arrivée de celui qu'elle n'avait cessé d'attendre depuis son départ. Elle ne bougea pas, attentive au frémissement de joie qui irradiait de son cœur et se propageait dans tout son être tandis qu'elle entendait ses pas se rapprocher de la porte. Elle s'ouvrit toute grande, et avec elle un peu de vent glacé s'engouffra dans la pièce. Frissonnant, François se réfugia à l'intérieur. Il secoua ses chaussures, déposa son sac sur le carrelage de l'entrée, se débarrassa de sa parka, et la chercha du regard. Leurs yeux se croisèrent. Il sourit. Elle se leva, fit quelques pas vers lui, le cœur battant. Il la regarda venir à lui, sans bouger ni cesser de sourire.

— Bonsoir, murmura-t-il lorsqu'elle ne fut plus qu'à quelques centimètres de lui.

— Bonsoir, souffla-t-elle, la main sur son ventre.

Le sourire de François s'accentua. Il se pencha vers ce ventre qui s'était encore arrondi en son absence, frotta son visage contre le pull de laine de son épouse en soupirant de bonheur. Lorsqu'il se redressa, les yeux brillants, elle entoura son cou de ses bras et se hissa sur la pointe des pieds pour réclamer son baiser. Il l'embrassa longtemps, la gardant au plus près de lui.

— Tu m'as manqué, reprit-il, prenant son visage réjoui entre ses mains.

— Toi aussi, assura-t-elle, accrochée à ses poignets. Viens vite, poursuivit-elle en l'attirant vers l'escalier, j'ai promis aux enfants que tu les embrasserais dès ton arrivée.

François passa un bras autour de sa taille et lui emboîta le pas. Dans la chambre des garçons, seul le souffle régulier de leurs respirations venait rompre le paisible silence qui y régnait. Le jeune homme se pencha sur leurs fronts qu'il embrassa tendrement. Alexandre ne bougea pas, Gaspard tressaillit, ouvrit un œil, le reconnut et sourit en se retournant.

— Tu peux éteindre la lumière, papa, j'ai plus peur, marmonna-t-il, le pouce dans la bouche.

Dans la chambre attenante, Louise s'accrocha à son cou et couvrit sa joue de baisers humides.

— Papa, demain tu me fais un *bonhonne* de *neize*, réclama-t-elle d'une petite voix endormie.

Il acquiesça, l'aida à se rallonger, l'embrassa tendrement, la recouvrit de sa couette et quitta la pièce. Dans le couloir, Jeanne patientait, le sourire aux lèvres.

— Tu leur as manqué, reprit-elle alors qu'il l'enlaçait à nouveau.

— Ils m'ont manqué aussi. Ça a été, cette semaine ?

Quelques mois plus tôt, elle se serait sûrement plainte pour obtenir du réconfort et de l'amour de sa part. Elle lui aurait raconté sa lutte pour mettre les garçons au travail au retour de l'école, le bazar régnant dans la maison, les piles de linge à repasser, les conduites fatigantes, la galère pour rouler dans la neige, le supermarché trop loin, le froid… Mais, il y avait aussi les rires des enfants pris dans leurs jeux résonnant dans toute la maison, les moustaches de chocolat chaud au-dessus de leurs lèvres après le goûter, la douceur des baisers de Louise accrochée à son cou à la sortie de l'école, les yeux émerveillés des garçons découvrant par la fenêtre la neige qui recouvrait le jardin à leur réveil, les interminables batailles de boules de neige et tous ces fruits et légumes bien meilleurs qu'à Paris. Alors, elle lui sourit, sereine, et répondit simplement :

— Oui, tout s'est bien passé. Mais j'avais hâte que tu rentres !

François lui adressa un tendre sourire. Il déposa un baiser dans son cou, caressa encore son ventre rond et l'attira vers leur chambre en murmurant :

— Tu es de plus en plus belle, Jeanne, tu sais.

Comme elle lui lançait un regard interloqué, il poursuivit :

— C'est parce que tu ne luttes plus contre celle que tu es.

Remerciements

– Au Lys Bleu Éditions, pour l'accompagnement, l'écoute, les conseils et la chance qu'il m'offre d'être publiée pour la première fois.

– À ma maman, fidèle relectrice depuis la première heure.

– À ma petite sœur Capucine, pour ses talents mis au service de la couverture de ce roman.

– À ma famille, à mes amis, à mes collègues et à tous ceux qui m'ont soutenue au cours de cette aventure.

– À ces fenêtres éclairées un soir d'été qui m'ont guidée vers Jeanne et, avec elle, vers tous ceux qui ont peuplé les pages de ce livre que vous refermez à présent.

Imprimé en Allemagne
Achevé d'imprimer en décembre 2020
Dépôt légal : décembre 2020

Pour

Le Lys Bleu Éditions
83, Avenue d'Italie
75013 Paris